米軍は、ニューギニア東部ラエ上陸に先立って、ラエ・サラモア地区の日本軍に対して徹底的な爆撃を行なった。写真はラエを爆撃するB24重爆撃機。東部ニューギニア戦線に派遣された日本軍将兵14万人あまりのうち、生存者は約1万人であり、その生存率は7パーセントだったといわれる。

(上)ニューギニア東部ウエワク付近にあるダグア飛行場にパラシュート爆弾を投下する米軍のB25爆撃機。(下)ブーツ飛行場。著者のいたウエワクから海岸線にそって西に約70キロのところにあった。

NF文庫
ノンフィクション

新装版

7%の運命

東部ニューギニア戦線 密林からの生還

菅野 茂

潮書房光人新社

はじめに

太平洋戦争の終戦から、六十年が経とうとしている。幸いにも日本は、平穏な日々に浸っている。戦争下を懸命に生き延びた人々の間でさえ、かの戦争も遠い記憶の底に忘れ去られようとしている。

戦争ほど残虐で、非人道的なものは他にないと思う。それにも関わらず、世界は今、険悪な情勢になってきたことは、まことに残念である。一日も早く戦争の終結と、人間が人間らしく生きられる、世の中になることを祈らざるを得ない。

私は太平洋戦争に一兵士として参戦、地獄絵さながらの東部ニューギニア戦線から、運命に導かれて生きて還ってきた。

このときの体験を手記にまとめ、昭和六十年（一九八五年）にタイトル『密林のつぶやき』（私家本）として発表した。

この体験記が、㈱東京経済渡辺社長の目にとまり、「貴重な体験は、ぜひ若い世代に伝えていくべき」との励ましの言葉をいただいたことから、過去のものとなっていたこの本が、再びよみがえることになった。

願わくは、戦争を知らない世代の一人でも多くの人たちにこの本を読んでいただき、平和の尊さや、人間の尊厳、命の大切さを真正面から考えるきっかけにしていただけるなら、このうえない喜びである。

二〇〇三年四月

菅野　茂

7%の運命——目次

第五章 内地帰還

写真提供／著者遺族

昭和十六年、兄弟姉と撮影。後列右が著者。翌年、仙台の陸軍航空教育隊に入隊、その後、飛行第六十八戦隊に転属し、満州、ニューギニアに転戦する。昭和二十一年一月、復員。

昭和十八年三月三十日、飛行第六十八戦隊の出陣式（上）。明野陸軍飛行学校にて。翌日、横須賀に進出、四月四日には空母「大鷹」に戦隊機と共に乗艦し、南方へ向けて横須賀港を出港した。右写真は右側が著者。

7%の運命

東部ニューギニア戦線　密林からの生還

第一章　軍人精神

すき焼きの味

昭和十七年十二月三十日の夕方、わが飛行六十八戦隊の第二中隊整備兵七十余名は、北満の果て、竜鎮駅《りゅうちん》からハルピン行きの夜行列車に乗った。完全軍装に防寒服を着けて着ぶくれしている兵隊たちの動きは鈍く、入口付近は騒がしく混み合っていた。乗車列の先頭に並んで乗った半年先輩の北山が、車両の中ほどから、「菅野、こっちゃ、こっちゃ」と、大阪弁で手を振って私を呼んだ。

人を押し分けるようにして声のほうへ行き、北山に向かい合った席に着くと、北山は待ち兼ねていたかのように、持ち込んだ一升瓶の栓《せん》を口で抜き、「さあ、一杯やらんかいなー」と言いながら、私のコップに酒を注《そそ》いですすめた。凍《い》てつく外の気温とは反対に、車内はボーッとするくらい暖かかった。

それまでの竜鎮での生活は酷寒との闘《たたか》いであった。荒涼とした広野の中にぽつんと設けられた竜鎮飛行場は、ソ連をにらんだ最前線の飛行場である。私たちはハルピンに駐屯していたわが六十八戦隊から、一個中隊一ヵ月の交代で派遣され、北の果ての空の守りに就いていた。竜鎮はハルピンよりはるかに寒い所だった。

竜鎮飛行場のピスト（操縦者詰所）には大きな寒暖計があった。内地の寒暖計と異なり、零度の位置が中間より上位にあって、うっかりすると、勘違いするような寒暖計だった。

ある晴れた日、零下四十六度を指していたときは、見間違いではないかと何度も見直した。格納庫の扉は凍って動かず、端からバーナーで溶かすかたわらからまた凍る。五俵もの木炭を燃やして扉の根元に並べ、扉を開けるのに半日も費《つい》やす始末だった。炊事場から湯気の立つ炊きたてのご飯を食缶に詰め、兵舎に運ぶそのわずかな時間にも、飯粒の表面は椛《こうじ》のようにボロボロに凍った。

小便をしても流れることもなく凍りつき、黄色い岩盤となって盛りあがった。黄色い小便の岩盤を鶴嘴《つるはし》で崩す作業が、われわれ新兵の日課だった。夜ベッドに就くと、凍傷の前兆である疼痛で、手足の指先がうずいて眠れなかった。

そんな連日連夜の凍てつく寒さとの闘いからもようやく解放され、ハルピンに帰れる喜びと、正月休みの二重の喜びに、兵隊たちの心は弾《はず》んでいた。北山は、陽気な好人物で酔うほどによく舌もまわった。私の隣りの席に、だぶだぶの満人服を着た五十歳ぐらいの男が座っていた。私たちの会話を聞いていたのか、終始にこやかに微笑《ほほえ》んでいた。やがて、北山が、

「ニー、お前も一杯やらんかいなー」

と言ってコップに酒を注いで差し出すと、なんと、「ありがとうございます」ときれいな

日本語の返事が返ってきた。とたんに、ほろ酔い気分もふっとんでしまった。服装が満人そっくりだったので、つい満人と思い込み、ぞんざいな言葉で応待していたことに、すっかり恐縮してしまった。

次の朝、ハルピン駅で下車するとき、その男の人はご馳走になったお礼と称して金五円宛を、私と北山に差し出した。当時の五円は私たち一等兵の、一ヵ月の俸給に近い金額だった。私たちはびっくりして固く辞退したが、

「酷寒の地でご奉公されている兵隊さんに、ご馳走になるわけには参りません。お正月の小遣いのたしにでもして下さい」

と無理に私たちの手に握《にぎ》らせてその人は立ち去った。私たちが、ハルピンの郊外に建つ赤煉瓦の兵舎に帰営した正月早々、こんどは内地の明野飛行学校で、新鋭戦闘機の改変教育を受けるという話がもちあがった。どのような機種が待ち受けているかは判らないが、研修が終われば、当然、新鋭戦闘機を携《たずさ》えて南方に進攻することが予想された。

六十八戦隊は、昭和十七年の春、ハルピンにおいて新たに編成された部隊だった。私の属する二中隊の基幹員と称する将校、下士官、古兵の多くは、六十四戦隊からの配転者であった。六十四戦隊は、緒戦の頃マレー半島で華々しい戦果を挙げた部隊で、隼戦闘隊と歌にまで歌われ、その名は全国的に知れ渡っていた。古兵たちはことあるごとに、連戦連勝の進撃でマレー半島を縦断して、いたる所で戦利品のコンビーフやクッキー、それに現地に豊富にあったバナナなど飽きるほど食った話を、誇らしげに私たち新兵に語って聞かせていた。

古兵たちの回想談に感化された私たち新兵は、酷寒の地満州よりも南方に憧《あこが》れを抱くよう

になっていた。われわれ新兵は、内地に帰れる喜びと南方進攻の夢を膨らませ、寄るとさわるとその話でもちきりだった。

いよいよ内地に向けて出発の日、防寒被服を全部返納してトラックの荷台に乗った。零下三十余度もあった寒風に吹かれながら、ハルピン駅に向かったが、寒さは意外と感じなかった。「心頭を滅却《めっきゃく》すれば火もまた涼《すず》し」と古人が言っているように、寒さも気持の持ちようで変わるらしい。

夕方、釜山直通の急行列車に乗り、凍てつく広野を一路南下した。二重窓の空間は全面氷に閉ざされ、車外の景観は全く望めなかったが、車内は汗ばむほどに暖房されていた。驀進《ばくしん》する車輪の騒音に眠れぬまま、じっと眼を閉じていると、忌わしい赤煉瓦の兵舎の回想が、脳裏を掠《かす》めて離れなかった。

われわれ初年兵三十名が、仙台陸軍教育隊から飛行六十八戦隊に転属になり、ハルピンの郊外に建つ赤煉瓦の兵舎に着いたのは、昭和十七年の八月初めの頃だった。待っていたのは、初年兵教育と称する、殴《なぐ》る暴力だった。毎晩の点呼後は、決まって畳裏の埃《ほこり》でも叩くようなビンタの音が、赤煉瓦の兵舎内にこだました。

ある夜、あまりのシゴキに初年兵のKは発狂した。鼻血を流してうつろな眼をしているKの異状に気づいた古兵たちは、次の日、訓練を休ませてK独りを内務班に寝かせて、飛行場に出た。その留守中、突如、錯乱状態になったKは、下士官室から軍刀を持ち出し、白刃を抜いて事務室に乱入した。居合わせた准尉と週番下士官ら三名が、あわてふためきながら窓から逃げ出す一幕もあった。

その夜、最古参だった松井曹長が古兵たちを集め、殴る私的制裁を厳しく禁止した。初年兵には地獄で仏を地でゆくような出来事で、松井曹長は仏様のように映った。だがそれもつかのまだった。古兵たちは、人目《ひとめ》につかぬよう、新兵を空室などに連れ込んでは殴るという陰惨《いんさん》な方法で制裁を加えるようになった。

私も、洗濯物の汚れが落ちてないという理由で古兵のSに空室に連れ込まれ、革のごついスリッパで連打された。右頰に大きな痣《あざ》が残り、右耳の聴力も奪われた。これが原因で四十年近く経った今も、油蟬の鳴き声のような耳鳴りに悩ませられる羽目になった。

このような惨《むご》い仕打ちを受けた後、私は将校室の当番で独りペチカに石炭を入れながら泣いた。むなしさに涙が止めどもなく流れ、炭バケツの底に、コップで水を注いだように溜った。このような暴力を受けても抗議することも、訴えることもできない狂った社会だった。

仙台の教育隊当時から一緒だったYは、こっそり醬油を飲んで、発熱と下痢を引き起こし病を装って入院した。「仮病をつかうのには、醬油の二合も飲めばよい」と、初年兵の間では常にささやかれていた。古兵たちの暴力から逃れるには、このような手段をとる以外に方法がなかったのであろう。

Yは入隊前、暴力団の社会に住んでいただけに、ドスのきいた凄味のある面構《つらがま》えだったが、それも軍隊の組織には全然通用しなかった。Yは仙台の教育隊のときには、私と隣り合わせの寝台に起居していた。ある日、汚れた褌《ふんどし》を私の寝台の下に隠して訓練に出た。その後の内務検査で発見され、最初は私が疑われ、随分しぼられた。だがその夜の褌の員数検査で、Yの仕業であることが判った。

「貴様、尿のついた褌を他人の寝台に隠すとは、もってのほかだ。精神が曲がってる」

と罵声がとび、もっとも酷と言われた各班廻りの制裁が与えられた。Yは下半身裸のまま、箒の柄に褌を括《くく》り付け、源氏の白旗よろしく高く掲げて、各班を訪ねた。

「Y二等兵、褌の洗濯が悪くて注意を受けました」

「なんだっ、その恰好は」

各班の古兵たちから卑下されては殴られた。教育隊には十二班あった。それを片端から廻っている姿は、哀れでもあり、滑稽《こっけい》にも映った。このように教育隊の制裁には、一種のユーモアを感ずることもあった。

原隊の古兵も全部が鬼のような古兵ばかりではない。なかには空腹を気づかって、アンパンをそうっと私の手箱に入れて与えてくれた古兵もいた。また北山のような、陽気な好人物もいた。鬼のような古兵はむしろ少数だったであろう。

様々の回想を乗せた列車は、酷寒の広野をひたすら突っ走り、国境を越え朝鮮半島に入った。その頃から二重窓の氷も溶け始め、車窓に茶褐色の禿山《はげやま》が、見え隠れするようになった。

釜山から連絡船で内地に入り、山陽線に乗り継いで、大阪に着いたのは四日目の昼過ぎだった。

私鉄に乗り替えの待ち時間が二時間あった。その間、自由行動が許可された。年次の若い兵隊たち十四、五名は、金三津少尉に誘われて道頓堀裏の料理屋の門を潜《くぐ》った。

玄関先に少尉のお母さんはじめ、家族揃って出迎えてくれているのにびっくり、恐縮して戸惑っていると、「どうぞ、どうぞ」とお母さんの笑顔に盛んに急きたてられた。勧められるまま奥の座席に通った。そこには山盛りの牛肉や野菜、さらに酒までが用意してあった。

ジュウジュウと音のするすき焼きを前に、われわれ新兵の身辺に気づかってくれる少尉の心にうたれ、箸の動きを鈍《にぶ》らせていると、「さあどうぞ、熱いうちに召しあがって下さい」と、お母さんは、私たちの小皿に個々にとってすすめてくれた。

当時は、物資が厳しく統制されていた時代で、このようなご馳走を調達するには、伝《つて》と相当な金額がなければむずかしかったであろう。

金三津少尉は幹候（幹部候補生）出身の整備将校で、十二月に六十八戦隊に配属になった新任少尉であった。気品のある、人間味豊かな人だった。

入隊以来、卑下され、殴られ、束縛された生活に、人間の喜びも軍人の誇りも失っていたこのとき、久しぶりに人の心の温さに触れ、涙をおさえながら、むさぼるように食った。甲斐々々しく接待していた二人の美しい和服姿の娘さんがいたが、少尉の恋人か妹さんか、考える余裕も見定める余裕もなく、刻々と迫る集合時間を気にしながら、がつがつ食った。

残るご馳走に未練を抱きながら席を立って、玄関先であわただしく巻脚絆を巻き始めると、お母さんと娘さんたちも一緒に、片方の巻脚絆を代わるがわる差し出して手伝ってくれた。娘さんたちの白い手にそぐわない巻脚絆を手渡されたときは、私はすっかりあがっていた。

一年ほどのち、私はニューギニアの密林で飢えに苦しんでいた。脳裏に浮かぶのは食べもののことばかり。この日のすき焼きは特に忘れがたく思い出され、しばしば兵隊たちの溜息混じりの語り草となった。だが、そんな日が来るとはこのとき誰が想像できただろうか。

明野飛行学校

三重県の明野飛行学校での宿舎は、飛行学校から二キロほど隔てた海岸の割烹旅館を当てられた。大広間にずらりと並べられた、朱塗りの膳を前にしての食事はちょっとおつな気分で、一本付いていれば、さしずめ団体旅行の宴会風景といった感じだった。

ハルピンの赤煉瓦の兵舎の、陰気で薄暗い内務班での食事風景を思い浮かべると、隔絶《かくぜつ》の感で、あまりの急激な変化にとまどった。食事当番も食器洗いもない。お客さん扱いだった。ただ、丼に盛り切りの一膳飯《いちぜんめし》では、激しい労働と食い盛りの兵隊たちの腹を満たすには、ほど遠い量であった。

昼間、学校で新機種の研修が終わると、業種別に帰るので、食事の時間帯がまちまちであった。その機会に乗じて、二度も食う不心得者が現われ、員数がいつも不足して騒ぎとなった。軍隊から賄《まかな》いを請負っている旅館にとっては大損害だったろう。大広間の入口に番頭や女中が立って、監視の目を光らせていたが、同じ服装で同じ年頃の兵隊たちとあっては、見破るのは困難のようだった。だが、日数がたつにつれ、彼らに顔を覚えられてしまうと、今度は、電気の引き込み線を操作して停電を誘発させ、その闇に紛れ込む始末。旅館も兵隊たちの悪知恵にはすっかり根をあげていた。

われわれ初年兵にとっては、少々ひもじかったが、点呼後の気合（ビンタ）もないこの旅館の生活は天国だった。

改変機種は、従来の九七戦闘機より一廻り大きい、機首の尖った、スピード感溢れる、キ六一と呼んで、わが陸軍が誇る新鋭戦闘機であった。これが飛燕《ひえん》と呼ばれていたことは、われわれは戦後になって知った。

当時、日本の飛行機のほとんどは空冷式エンジンを採用していたが、このキ六一は液冷式であった。当時日本と同盟国であったドイツのメッサーシュミットの改造型であるといわれていた。研修は構造の説明から始まり、直ちに整備訓練に移ったが、故障の続出に操縦者の研修飛行訓練も思うにまかせず、遅々として進まなかった。

故障はエンジントラブルもあったが、単純な故障が多かった。あるとき、格納庫から広場に引き出していると、尾輪《びりん》の脚の付け根がぽっきり折れた。明らかに材質の不良品である。当時ガダルカナル方面の戦局悪化に、国をあげての増産体勢。工場出荷を急ぐあまり、粗雑な部品まで混入されていたものと思われた。よくあった故障に、冷却器の油洩れがあった。われわれ整備兵が洩れ箇所をハンダ付けしたが、整備兵といってもハンダ作業は素人であった。おぼつかない手つきのハンダ作業を見守っている操縦者には、心許無《こころもとな》かったであろう。当時の日本の技術水準の貧しさから設計図どおりの飛行機が作れなかったように思われた。

飛行機は、車の運転とはわけが違う。もし空中で油洩れでもしたら、死に繋《つな》がることもある。操縦者たちもしだいに、この飛行機に対する不信の念を募《つの》らせていたが、「軍人精神」という重石の前には、女々《めめ》しく訴えることなど許されないご時世だった。

この飛行機はまだ試作機の段階であるように思われたが、南太平洋方面の戦況の悪化にあわてた軍の首脳部が、無理に戦力化を急いでいた。当時、われわれ兵隊には、南太平洋方面の戦況など知る術《すべ》もなかったが、「なんて、手のかかる飛行機だ」とぼやきながら、修理に追われていた。

ついに、この飛行機による最初の犠牲者が発生した。二月の初め頃、離着陸訓練をしていた一機が、飛行場の上空に姿を現わしたかと思うと、バランスを失ったかのように、飛行場の端の草むらに墜落した。猛然と立ちのぼった土煙《つちけむり》を目撃したわれわれ整備兵が始動車で駆けつけると、キ六一は紙屑でも丸めたように大破していた。その機内で、わが二中隊の福田曹長は、すでにこと切れていた。

温厚で愉快な、酒好きの曹長だった。ハルピンにいる頃、休日には、よく外出して飲んでいた。夜の点呼が終わっても帰営しないことがあった。融通がきかないのも軍隊だが、融通がきくのも軍隊だった。われわれ新兵だったら、門限に一分でも遅れると営倉入りの処罰を受けるが、曹長ともなると、中隊は表沙汰にもできず、週番士官は古兵たちを公用外出と称して、福田を捜しに外出させた。福田は決まって行きつけの飲み屋で酔い潰れていた。

「福田曹長に持参した公用腕章を巻きつけ、支えながら帰ってくるが、営門の近くまでくると、福田曹長は腰をぴんと伸ばし、堂々と歩調をとって営門を潜《くぐ》った」

と、次の日、迎えに行った古兵たちが笑って話すと、福田曹長も、テレ隠ししながらも、豪快に笑ってその場をごまかしていた姿が、余計に悲しく思いだされた。

二月半ば頃、海岸の旅館を引き払い学校内の建物に移った。明野飛行学校は、将校学校だったので、兵舎に類した建物はなかった。私たちは平屋建ての教室のような部屋に分散して入った。この飛行学校の給与（あてがわれた品物、ここでは食事）が、また素晴らしく良かった。主食の量も多く副食の豊富なのには、目を見張るものがあった。朝食は卵、納豆、海苔、干魚など。昼と夕食は、主に肉魚類の副食が三品ぐらいは付いていた。当時の日本は物不足で、厳しい物資統制の時代、一般家庭では、これだけの献立を揃えられる家は数少なかったであろう。これらも将校の飛行学校という、特権階級の学校だったからであろう。

飛行戦隊は、三個中隊と本部によって形成されていた。一個中隊は通常十二機、操縦者は、中隊長を長に十二、三名が配置されていた。整備兵は、整備将校を長に下士官、兵が七十余名で当たっていた。通常は、空中勤務者、地上勤務者と呼び分け、服装から三度の食事まで異なっていた。

訓練には、操縦者は飛行服、整備兵は工場労働者のようなツナギの作業服を着用していた。このような関係から、操縦者と整備兵の間には目に見えない境界が存在していた。その点、歩兵部隊等の雰囲気とはかなり違っていたように思われた。したがって中隊長に対する兵の結びつき、絆《きずな》も弱い。同じ釜の飯を食い、同じ弾丸の下を潜ってこそ、強い絆で結ばれるものである。必然的に兵隊の人事権は、地上勤務者に属していた人事係准尉が握るようになっていた。

軍隊は、星の数（階級）と飯椀《めんこ》の数（年功）といわれていたが、ときとして星の数より飯椀の数のほうが、発言力が強いことがあった。幹候出身や士官学校を出たての新任少尉より、年輪のある准尉に軍配があがっていた。この風習は、兵隊も同じであった。古参の一等兵には、新参の上等兵は頭があがらなかった。

わが戦隊では各中隊ともに不思議と申し合わせたように、人事係准尉には「ボロさん」というニックネームが付いていた。ボロボロになるまで軍隊に長くいたことを連想したものか、風貌からの発想かわからなかった。呼び方も、「准尉殿」がボロさんになり、「ボロ」と下落して、「奴は、ボロに点数がないからな」と言われたが最後、進級は絶望的だった。

三月一日付けで選抜上等兵の進級が発表されたが、私は洩れた。私も「ボロ」に点数がなかった組であろう。その頃、新たに初年兵が配属されてきた。われわれもようやく二年兵になったわけだが、私たちの上には三年兵、四年兵、五年兵の後期と上積みされており、「二年兵面《づら》するにはまだ早い」と一喝された。まだまだ初年兵扱いを余儀なくされた。

わが二中隊の整備准尉で、少年飛行兵一期出身のKは淋病《りんびょう》に罹《かか》っていた。戦地に行く前に治そうとあせり、幾種類もの薬を重複して飲んだ。その薬害で排尿が止まり、松阪市内の民間の小さな病院に入院した。私と森脇が付き添い当番を命ぜられた。病院を訪ねるとKは七転八倒の苦しみだった。牛のような大きな図体から発する唸り声が、病院中に響き渡っていた。

私たちはいかんとも手のほどこしようがなく、ただおろおろしていたら、その態度が気に喰わんと八ツ当たりして、挙句《あげく》のはて、Kは煮え湯の薬缶を、私たちめがけて投げつけた。淋病のような不名誉な病を恥じるどころか大声をあげてわめき散らし、一般市民の患者の迷惑を省みることもないKだった。その横暴な振舞いにあきれるやら腹が立ったが、階級がすべてのこの社会では、いかんとも処置なしだった。ちょうどそのとき、新婚間もない竹内中隊長の奥さんが見舞いに訪れ、その惨状を目撃してしまった。彼女は、Kに罵《ののし》られながら床に飛び散った煮え湯を拭き取っている、私たちの姿を見ていた。そんな私たちの姿が惨めに哀れに映ったのだろう、次の日、手作りの中華饅頭を私たち当番に差し入れてくれた。

南方進出が目前に迫った昭和十八年十二月の第三日曜日、外出の許可が出た。内地での外出は、これが最後になるだろうとささやかれていた。われわれ二年兵と初年兵は相携《あいたずさ》えて外出した。明野駅近くまで行くと、前方の田圃《たんぼ》の中の一本道を、風呂敷包みを背負った老夫婦の二人連れがとぼとぼ歩いてきた。南方進出をほのめかした私の手紙を見た父母が、急遽、夜汽車に揺れながら駆けつけてきたのだった。

父母との偶然の出会いに私は他の仲間たちと別れ、父母と一緒に伊勢の街に行った。伊勢の街は将兵の外出や出征兵士祈願の家族で、ごったがえしの混雑だった。星二ツ（一等兵）の私は、将校や下士官に敬礼に次ぐ敬礼で、伊勢神宮の参拝どころではなかった。軍隊は星の数（階級）に敬礼することになっていた。他部隊、自部隊を問わず、三ツ星（上等兵）以上には全部敬礼せねばならなかった。うっかり欠礼でもして両親の面前でぶん殴られでもしたら、それこそ両親をどれだけ悲しませることになるかと思うと、目を八方に配っていなくてはならず、満足に歩くことさえできない状態だった。

逃げ込むように駅前の旅館に入り、宿の一室で久し振りに親子水入らずの対話の時間を過ごした。小便も凍る北満での洗濯の模様も語った。「洗濯物をもむ先から、水はかき氷のようにざくざく凍る」と話すと、父母は目をうるませながら聞いていた。

次の日、再び父母は学校を訪れた。内務班長だった滝沢軍曹の計らいで、学校内の見学と特別に外出が許された。威容を誇るキ六一飛行機の翼に吊るした落下タンクを見た父が、恐ろしそうに近づき、「これは爆弾か」と私に尋ねた。田舎者の父の目には爆弾と映ったらしい。

父母と連れだって再び伊勢の街に出た。月曜日とあって将兵の姿もなく、内宮から二見浦方面までゆっくり散策できた。帰路奈良と京都を見物して帰ると言う父母を伊勢駅で見送った。二日間の面会で心の区切りがついたのか、ほほえみは浮かべていたが、その顔にはかくしきれない淋しさが漂っている。やがて、車窓に押しつけたふたつの顔を目の底に残し、汽車は遠のいていった。

昭和十八年三月三十一日、わが六十八戦隊の出陣の日。飛行学校の庭の桜は五分咲きに咲きかけていた。夜半からの霙《みぞれ》まじりの雪は桜の花に重くのしかかっていた。縁起でもない門出の日となった。その雪桜の下を緊張した面もちの操縦者の一行四十余名が駈け抜けて行き、各々の愛機に乗ると、爆音をとどろかせながら、追浜《おっぱま》飛行場めざして次々と飛び立った。最後の一機を見送った後、われわれ整備兵二百余名は、夜行列車で横須賀に追及（あとから追いつくこと）することになっていた。

その夜、新品の軍装に整え宮川駅のホームで列車を待機していると、同年兵の青木の彼女が、母親と一緒にあわただしく駈け込んできた。青木はそれほどハンサムでもなかったが、不思議とモテる男だった。気取らない優しい性格がうけたのであろう。飛行学校内の売店で働いていた娘さんと、わずかの間にすっかり好い仲になっていたようだ。ホームの端の暗がりで、ひそひそささやく二人を遠巻きにした兵隊たちは、みな羨望《せんぼう》の眼差しを注いでいた。やがて列車が到着すると、命令は非情であった。「乗車」の一声によって、二人は生木を裂くように別れなければならなかった。

海ゆかば

　夜行列車で横須賀に到着すると、われわれ整備兵は追浜飛行場に直行した。飛行場に隣接する岸壁に停泊していた空母「大鷹《たいよう》」に、わが戦隊のキ六一、四十数機を積み込む作業に汗を流した。その夜は横須賀の重砲隊にやっかいになったが食事の粗末なのにはびっくり――米粒などどこに入っているか判らないような丸麦の飯。まるで馬なみの食事であった。同じ日本の軍隊でありながら、飛行学校の給与と比べるとあまりにも極端な格差に驚いた。

　四月四日、空母「大鷹」は、前後に巡洋艦二隻、左右に四隻の駆逐艦に護《まも》られ、周囲を威圧するが如く、堂々と横須賀港を出港した。しかし、厳しい軍事機密を布《し》かれての出港だったため、岸壁に日の丸の旗もなく見送りの人影もない静かなさびしい船出だった。われわれ整備員は、発着甲板に整列、准尉の指揮で祖国に訣別の敬礼を行なった。終わって声高らかに『海行かば』を合唱した。

　海行かば水漬くかばね
　山行かば草むすかばね

メロディーは心を剔《えぐ》る。私は胸が熱くなり、瞳が濡《ぬ》れた。後退りするように映る横須賀の低い山並みをじっと見詰めたまま、みな個々に異なった回想を募《つの》らせて立ち竦《すく》んだ。再び望むことができるであろうか、母国の山影に別れを惜しみ、発着甲板から動こうとしなかった。この劇的な祖国との別れに、戦隊長はじめ操縦者のほとんどが、発着甲板に顔を現わさず船室に籠《こも》っていたのが不思議だった。

戦後、判明したことだが、わが戦隊の下山少佐は、キ六一に対し不信感を抱き出陣をためらっていた。試作機のような飛行機を携えて進出しても、犠牲のみが多く戦力につながらないと判断していた。戦隊長は、整備のベテランの渡辺少尉を伴い、航空本部を訪れ、キ六一の実態を訴え、出陣の延期を要請した。

その頃、ガダルカナル方面の戦況悪化で焦《あせ》っていた航空本部の首脳部は、

「軍人精神が足らんからだ。不備の部分は、軍人精神で補え」

と日本軍隊の殺し文句で一蹴した。少佐の肩書きをもってしても、二の句の告げない組織であった。こうして追われるように出陣する羽目となった戦隊長をはじめ操縦者たちには、精神的沈滞があったに違いない。

空母「大鷹」は、商船春日丸を改装した仮設空母で、艦内は長い迷路のような通路が縦横に走り、うっかり歩いていると迷い子になるようなことがあった。将校は一等船室におさまっていた。私は本山中尉の当番に就いていた。身の廻りの世話に中尉の室を度々訪れたが室の豪装な造りには目を見張った。何より驚いたのは大きな鏡の前の洗面器にお湯が出ることであった。私はこれまでお湯の出る洗面器など見たことがなかった。

今の若い人は洗面器にお湯が出るのはあたりまえであるが、当時の日本は一流ホテルも少なく、あったにしてもわれわれ一般庶民がのぞく機会などなかった時代だった。

出港して六日ほどたって、トラック島近海に達した頃、突如、

「敵潜水艦現わる」

という放送に、一瞬緊張した。わが護衛の駆逐艦の投下した爆雷の音に、度肝《どぎも》を抜かれたが、事なく最初の目的地の春島に到着した。

上陸地付近の浜には椰子の樹が茂り、夕陽を背景に絵のように美しかった。いよいよ憧れの南国。その景観が現実となって展開していたが、じっくり観賞する暇もなかった。上陸に引き続き、機材の陸揚げ、飛行機の運搬とフル回転の作業が待っていた。

次の日から、浜に隣接した飛行場に展開し飛行訓練に明け暮れたが、故障は依然として絶えない。この飛行場は、海岸に面した崖を崩して造成した滑走路が海岸に沿って長くのびていた。横風が吹くと、飛行機の離着陸には、極めて危険な飛行場であった。だがなおも拡張中で、その工事に日本から数百名の囚人を連行して就役させていた。彼らは、「青」と呼ばれていた人々で、服装の色が青一色に統一され褌の色まで青色だった。

石を担《にな》い土を掘る。激しい重労働に褌一本で働いている者もいた。背中に彫《ほ》ったみごとな観音像の入墨《いれずみ》が、汗で泣いているようにみえた。時折、看守の目をかすめては、われわれの周辺に来て、煙草をくれといった。

交換にと持参した紫檀《したん》のような堅木《かたぎ》で作ったマドロスパイプの出来ばえに、私は目を見張った。ろくな道具もない彼らがどのような方法で通したのか、細い孔、先端には彫刻まで施してあった。煙草を喫いたい一心から精根を傾けた作品を手にして、彼らのことを考えた。何事も精根を傾けて事に臨《のぞ》めば、不可能が可能になる道があることを私に教えてくれた。これは私の人生にとって、生きた教材として今も心に残っている。

彼らは、一箱の煙草を手にすると褌の下に器用に隠して、看守の目を逃れるように飛行機の翼の下を這いながら立ち去る。その姿が哀れであった。

ある日、キ六一の二人目の犠牲者が出た。編隊飛行の終わった一番機が着陸して、滑走路の端でUターン姿勢に向きを変えたところに、僚機が着陸して暴走、衝突。一番機の少尉が即死。僚機のフラップの故障による事故であったが、僚機を操縦した少年飛行兵出身の若い伍長は責務に苦しんだ。その夜、彼は自決を計ったが発見され果たせなかった。中隊長が、「お前の命は俺が預かる。死に場所は俺が与える」と諭し、ともに男泣きに泣いたという。

四月二十七日、わが戦隊の飛行機はいよいよ目的地ラバウルに向けて出発。十数機の故障機を残して、三十余機が轟音《ごうおん》を轟かせ次々と飛び立った。ラバウルまでは、洋上千三百キロ。洋上飛行の経験もなくおぼつかない飛行機に身を托《たく》すとあっては、操縦者の苦悩は計り知れまい。だがいったんはばたいた以上、まず己《おのれ》との戦いに勝たねばならない。雲間に消える機影に、無事到着の祈りを込めて見送った。

われわれ整備の後発組はその夜、二隻の駆逐艦に便乗して追及した。速さ三十ノット、掻《か》き立てる波が、舷側より高く上がり、波の壁の中を猛烈なスピードで突っ込んでいく。たちまち船酔い……吐くものは胃液の一滴も残さず吐き出し、狭い艦内に全員グロッキーになって伸びていた。駆逐艦の艦内は隅々まで工夫され、空間を無駄なく利用していた。寝台、食卓、物入れと、同じ場所が二重三重に利用できるようになっている。空母「大鷹」の士官室はホテル並みの豪装な室だったが、駆逐艦の士官室は物置のような粗末な室が当てられ、同じ海軍士官でありながら、何か割が合わないように思えた。

苦痛だったのは、はじめて体験する洋式便所であった。洋式に慣れないわれわれには。出るものも出ない。やむなく便座に乗って使用すると、船の大揺れにあったりして。振り落とされる始末だった。ある古兵が、

「便座に乗って用便していると、ちょうど揺れたはずみに、落としものがごってり床に落ちた。生暖かい自分の落としものを、紙に包んで掃除するのに大汗かいた」

と笑いながら話していた。船酔いに沈滞していたわれわれ便乗組も、便所での悪戦苦闘の話題となると、いつも笑いが洩れていた。

乗艦してから二日目、天長節（天皇誕生日）を迎えた。祝いに酒が振る舞われたが、われわれは船酔いで酒どころではなかった。この駆逐艦に便乗してから気がかりだったのは、海軍さんの沈滞だった。前に乗った空母「大鷹」の艦内の雰囲気とはかなり違っていた。敵航空機や潜水艦に対する備えで緊張しているのかとも思っていたが、何か暗い表情だった。

私たちの近くで、勤務の終わった海軍の下士官が振舞酒《ふるまいざけ》を飲んでいた。彼らの会話を、聞くとはなしに聞いて驚いた。山本司令長官の戦死であった。信じられない。さらに耳を傾けていると、われわれの目的地ラバウルから飛び立った飛行機に乗っていて、ブーゲンビル島上空で敵戦闘機に包囲され、撃墜された模様だった。海軍の要《かなめ》の山本司令長官ともあろう人が戦死する戦場とは、どんなところであろうか、想像さえできなかった。その戦場に刻々と近づきつつあると思うと、背筋が寒くなる思いがした。

丸二日、船酔いに苦しんだ飲まず食わずの旅も終わり、急に機関の回転音が静かになった。甲板に出ると、すでにラバウル湾に入っていて、右手に噴煙《ふんえん》を上げている裸の山が間近に迫っていた。上陸するとすぐに、先発隊の差し廻した二台のトラックに分乗。熱帯樹林の鮮やかな緑の並木路の両側に、洒落《しゃれ》た洋風の建物の並ぶ町並みは、異国情緒を醸《かも》し出していた。

「とうとう俺も遠い南の異国の島に辿り着いた」

感激に浸《ひた》りながら並木路を走り抜けると、すぐに急な登り坂になった。二台のトラックのうち一台は国産の日産自動車製、一台はシンガポールで捕獲した戦利品の外国製のトラックだった。外国製のトラックは険しい坂道でも力強く登っていくが、私の乗った国産車はたちまちエンコして、冷却器がお茶をわかす始末。日本の技術水準の貧しさを、ここでも見せつけられた思いがした。

空ゆかば

わが戦隊の翼を休めていたラバウルの西飛行場は、低い山並みに囲まれた小さな盆地のような所にあった。われわれの野営地は、この飛行場から四キロほど離れた雑木山の中にあり、天幕と掘立小屋の宿舎が混在していた。

先発隊で到着していた同年兵の佐藤重が、私の顔を見つけると駆け寄ってきた。彼に案内され宿舎の天幕に入り、彼の隣りの席に私の装具を置くと、彼は私に耳打ちした。

「本部と一中隊の飛行機は、一機が到着しただけであとは全滅した」

突然の彼の言葉に私が戸惑っていると、さらに彼は、

「スパイが羅針盤《らしんばん》を狂わせたらしい。スパイの手先になった整備兵の存在を疑われているから気をつけろ」

と、顔を強張《こわば》らせていた。私は彼の言葉に驚いた。信じられない出来事を、あれこれ頭の中で素早く推理してみた。

〈トラック島の海岸に敵潜水艦が浮上しスパイが上陸したのか。それとも飛行場の拡張工事

に働いていた囚人の中の政治犯の仕業であろうか？　それに整備兵が、それらの手先になって動いたのであろうか？〉

いろいろ考えたが、どれもが信憑性《しんぴょうせい》がなかった。

〈あの警備の厳しい状況のもとで、映画もどきの芸当が果たしてできるであろうか？〉

不審を抱いた。だが現実に羅針盤の狂いで発生した事故に違いはなかった。機は燃料切れで途中の島に不時着、また海中に没した。二名の犠牲者と九機の飛行機の損失は、わが六十八戦隊の出鼻を挫《くじ》く大惨事であった。スパイ説の噂は、われわれ整備兵の心に、その後も重く澱《よど》んでいた。

毎晩、「ポートモレスビーの定期便」といわれた敵の大型爆撃機が、飛行場の上空に飛来した。グオーン、グオーンと爆音が響くと、飛行場周辺の防空陣地から一斉に照空灯の光の帯が、闇の空に縞模様《しまもよう》を描いた。照空灯の交叉点にB17の機体が捕らえられ、灰色に映し出されると、高射砲が一斉に唸る。海軍の機関砲の発射する弾道《だんどう》が、赤、黄、紅と、まるで連続花火のように美しい。宿舎から抜け出して、観戦している兵隊たちが、「それもう少しだ、頑張れ」と盛んに声援を送るが、機関砲の射程では敵機の高度に達せず、弧《こ》を描《えが》いて落下する。B17は、悠々と飛び続けて立ち去ると、周囲は急に闇と静寂を取り戻した。

この爆撃機は、二、三機で毎晩のように現われては、空の戦争絵巻を繰り展《ひろ》げていたが、爆撃の被害を蒙《こうむ》った話も聞かなかった。敵の心理作戦であったのであろう。われわれも対岸の火事でも見物するような弥次馬根性で観ていた。

わが二中隊長の竹内大尉は、剛気な性格で敵機の挑発《ちょうはつ》を、いつも歯ぎしりして見ていた。

ある夜竹内大尉は、空中攻撃を図って単独で飛び立った。だが、六千メートルの高度で飛来する敵機の高度に達する前に逃げられ、目的を果たせなかった。竹内大尉は、隊付き将校から昇格した新任の中隊長で、明野での新婚二ヵ月の生活に、新妻を残して出陣した。ひげを蓄え、口はいつもへの字に結んだ、戦国時代の若武者といった感じの人だった。

前の中隊長のM大尉は、細い神経質な人で「掃除は隅から」といった標語を自ら作って内務班に張り、初年兵の私たちに箒《ほうき》の使い方をいちいち指導するほどで、竹内隊長とは正反対の性格だった。細かいことに煩《うるさ》い指導者は嫌われる。中隊長に対する評価は、呼び方で決まる。「中隊長殿」が、「中さん」になり、「中スケ」と下落する。

竹内隊長は、「中隊長殿」と、呼ぶにふさわしい隊長だった。

「自分の中隊の兵隊の顔が、なかなか覚えられない。二中隊は全員ひげをつけろ」

と一風変わった中隊命令が出て、将校から初年兵まで全員ひげを生やす羽目になった。ひげ面には似合う顔と似合わない顔がある。初年兵でも豪壮なひげの持ち主もおれば、また泥鰌《どじょう》ひげのようなものもあった。貧相なひげをいつも大事そうに、指先で揉みながら伸ばしている准尉もおり、わが中隊は「ひげの中隊」で一躍有名になった。

五月下旬頃、トラック島に残した故障機も整備され戦列に加わった。戦隊の可動数も二十機近くになった。それを待ち焦がれていたように、一、二中隊は、ニューギニアに進出することになった。その派遣整備兵に私は選ばれた。空輸する関係から、整備兵は少数の八名に絞《しぼ》られ、持ち物も制限された。雑嚢と柳行李の弁当箱だけの軽装に決められたが、生まれて初めて乗る飛行機とあって私の心は弾んでいた。

仲間たちの羨望の眼差しを背に、灼熱《しゃくねつ》の滑走路の端に搭乗を待っていると、海軍の一式陸攻が慌ただしく飛び立っていった。爆弾をいっぱいに抱いた重い機体は、エンジンを全開に吹かしては、次々と離陸する。その度ごとに猛烈な砂塵が舞い上がり砂嵐となって吹きつける。目、鼻どころか、半袖の防暑衣をも通して肌に突き刺さるように砂粒が降り注いだ。汗と土砂との、泥人形の体で全機離陸を待った。

ようやく、MC輸送機に搭乗して席に着くと、薄いジュラルミン一枚の機内は、灼熱地獄《しゃくねつじごく》。目も眩《くら》むばかりだったが、搭乗の興奮はさめず、離陸の瞬間に心を躍らせ、私は子供のように、小さな窓に顔を寄せた。予想に反して大したショックもなく、機体はあっけなく舞い上がった。眼下の景観を観賞する暇もなく機は、海面の上空に出てしまった。

座席の天井の通風筒を捻ると、冷たい風が流れ込んだ。汗ばんだ肌につかの間のさわやかさ。機内は急に冷え込み、今度は歯の根も合わぬほどにがたがた震える寒さになった。轟音と気圧の低下による耳鳴りに悩まされながらも、気分は上機嫌だった。柳行李の弁当箱を開けると、飯は胡麻をまぶしたように砂に覆われ、食えたものではなかった。一式陸攻の離陸の砂嵐の仕業《しわざ》に恨みを残しながら蓋を戻した。

やがて黒ずんだ緑の大地が、眼下に横たわっていた。ニューギニアの密林であることはすぐにわかった。白い帯のような大小の河川が、曲がりくねって光に映し出されている。果てしなく続く前人未踏の密林に、私の眼は奪われていた。

その頃、この密林に覆われた眼下で、飢えに苦しみながら凄惨《せいさん》な死闘を繰り展《ひろ》げている多くの同胞がいたことなどは知るよしもなく、私は空からの雄大な眺めを満喫していた。

ここで当時の、東部ニューギニアの戦況について、奥村明光氏の著書『南太平洋最前線』を借用して抜粋《ばっすい》してみよう。

米豪連合軍の最高司令官マッカーサー大将は、ラバウルと東部ニューギニアの日本軍の分断を図って、莫大な戦略兵器を楯《たて》に、ラエ、サラモアの攻略を進めていた。これに対し、大本営は、ラバウルの第八方面軍から、五十一師団の精鋭を、緊急輸送して対決せんと、輸送船八隻、護衛の駆逐艦八隻、それに陸海の戦闘機合わせて二百機を動員した「八十一号」作戦を発令した。わが日本軍は、敵の空襲をさけるため、わざわざ悪天候を選んで、ラバウルを出港したのは、十八年三月一日の夜半だった。

二日目の朝、敵重爆撃機二十九機に襲われ、輸送船一隻が撃沈されたが、将兵は駆逐艦に救助されラエに急行して上陸した。

明けて三日、魔のダンピール海峡も無事に通過し、目的地サラモアを目前にした時、突如敵戦爆連合の百二十機が、海面すれすれの超低空から襲いかかった。

高度六千の、日本軍護衛戦闘機は、完全に不意をつかれ、慌《あわ》てて急降下したが、中空の敵戦闘機隊に阻《はば》まれ、壮烈な死闘を展開している間に、わが輸送船七隻、駆逐艦四隻が、敵の餌食《えじき》にされて沈没。糧秣、弾薬、重火器の全てが波間に消えた。海に投げ出された将兵七千余名の中、救助されてラバウルに戻ったのは、二千四百余名。ラエに丸腰で這い上がったのが、八百七十余名という惨憺《さんたん》たる結果に終わった。

この輸送作戦の失敗により、その後は輸送船による補給は全く途絶え、駆逐艦、または夜陰に乗じて、小型の舟艇で細々と続けるという、おそまつで寒しい羽目になった。

敵側は、サラモアとは目と鼻のナッソウ付近に、米軍二万が上陸、また内陸部のワウ高原地帯に、豪軍落下傘部隊を続々降下させ、その数一個師団以上となり、ラエ、サラモア地区に、ジワジワと包囲態勢をとって締めつけていた。

わが六十八戦隊も、この切迫した戦場の空からの支援に急に差し向けられたわけだったが、末端兵の私はこれらの戦況などは知るよしもなかった。生まれて初めての空の旅を楽しんでいたのだった。

東部ニューギニア・セピック河付近要図（終戦時の態勢）

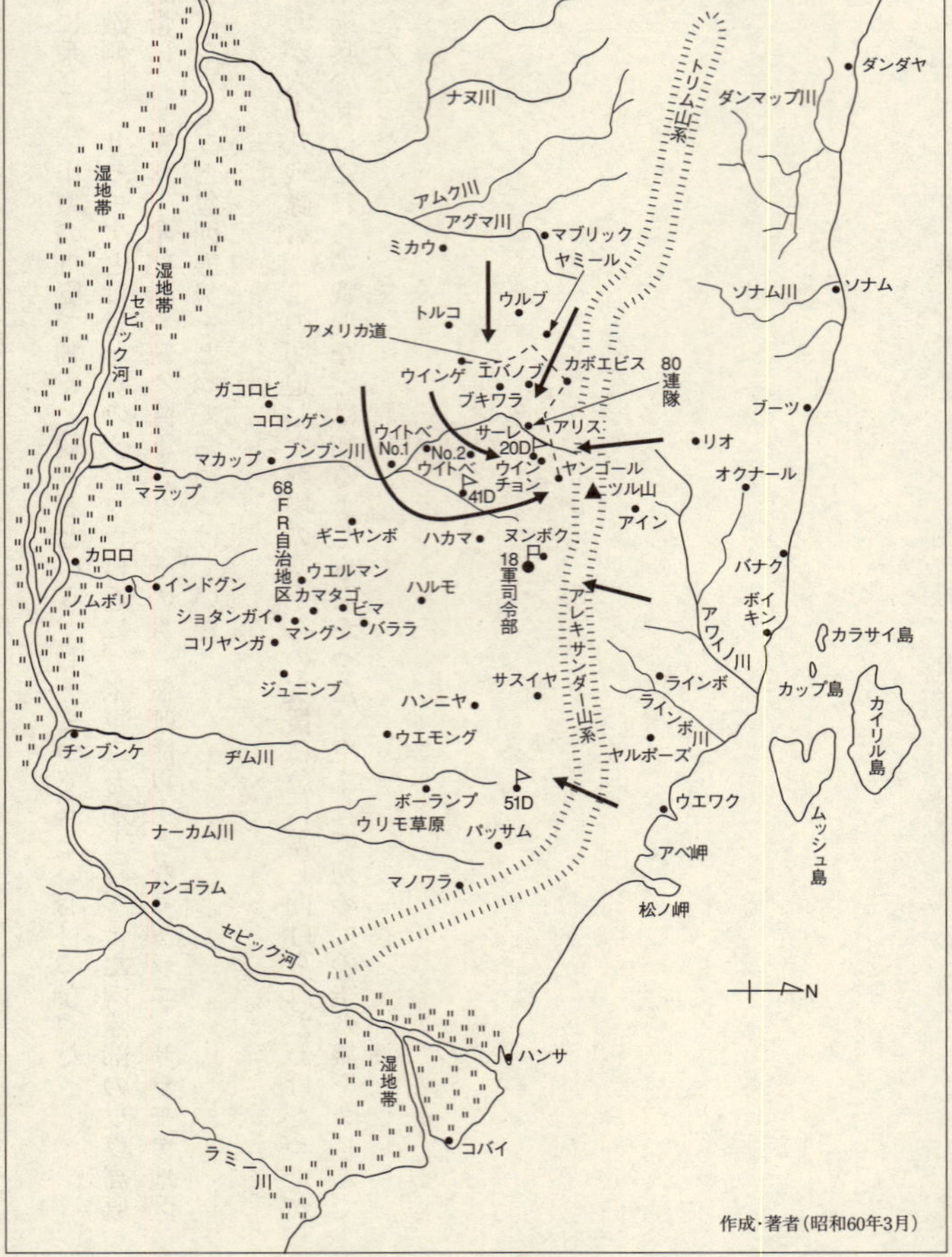

作成・著者（昭和60年3月）

第二章　南方戦線

海と椰子林の郷

昭和十八年五月二十六日、海と椰子林の郷ウエワクに着いて半月、この間に三度、船団掩《えん》護《ご》に出撃しただけで、ここ、ウエワクには空襲もなく、スカッとした戦果もなく、われわれは平穏な日を過ごしていた。

ウエワクの東飛行場は椰子林を切り開いて造成した飛行場で、土砂の滑走路が海岸線にそって長く伸びていた。山寄りには椰子林が残っており、険しい斜面を登った高台は高射砲陣地になっていた。海側は湿地で、そこを横断して誘導路《ゆうどうろ》が設けられ、海岸の椰子林内に構築された掩体壕《えんたいごう》（飛行機を格納して置く壕）につながっていた。椰子林内の幹道を挟んで、大小のニッパ小屋が掘っ立てられ、集落をなして賑わっていた。その大部分は飛行部隊関係の宿舎に当てられ、私たち二中隊の派遣整備兵四名もその一棟に住みついていた。

私が飛行場中隊の炊事場から夕食を受領して戻ると、

「菅野、今日のおかずはなんだ」

き込んだ。飯盒の並べられるのも待ちきれないらしく、古兵の原は、飯盒の蓋を片っ端から開けて覗

「あーあ、またもゴッタ煮だ」

溜息混じりに嘆《なげ》いた。明けても暮れても缶詰と乾燥野菜の煮物に、原でなくともうんざりだった。干した小松菜の味噌汁にいたっては、馬草《まぐさ》のような匂いさえした。四方を緑に囲まれ緑の世界に住みながら、緑の野菜に飢えているのが皮肉であった。

人間はある種の栄養素が欠乏すると、本能的に要求するらしい。飯盒の蓋に盛った干し大根に麩《ふ》、それに鯖の缶詰を入れたゴッタ煮を、まずそうにつっついていたY軍曹が、

「明日は、俺と加藤が出撃待機しているから、菅野と原は野草を探してくるか」

とひとりごとのように言った。

次の朝、原と連れだって宿舎を出た。海辺までは二百メートル。海辺一帯に群生している朝顔の花そっくりの蔓草《つるくさ》が目的だった。よく見ると葉は椿の葉のように厚みがあり、蔓を千切ると、牛乳のような白い汁が出た。私は山村育ちである。白い汁の出る草は毒性のものが多いと子供の頃から教わっていたので、この蔓草の採取を断念した。

渚《なぎさ》に立ってみた。波は規則的に、ただ白い砂浜に打ち寄せていた。洗われたような砂浜は、大きく湾曲して「松の岬」に続き、人影もない。郷愁の念にかられて、日本の兵隊が名付けたのであろう「松の岬」。その松ならぬ椰子林が、低く長く太平洋の紺碧《こんぺき》の海に突き出していた。松の岬に背を向けて渚を歩く。山菜採りを自慢とした私も、内地の山野と異なった植物ばかりで勝手が狂い、皆目見当がつかない。椰子林内から川幅七、八メートルほどの浅く

淀《よど》んだ川が海に注いでいた。椰子の丸太を渡した土橋を渡り対岸を遡《さかのぼ》ると、ところどころに半円を描いた澄んだ小さな淀みの水面があった。そこに無数の魚影を発見した。

「古兵殿、沙魚《はぜ》です」

声を弾ませながら指差した。二人はそうっと遠巻きにしながら近づき、目をこらして観ると、水面ばかりでなく、周囲の砂の上にも沙魚が横たわっているのにはびっくり。チョンチョンと跳び回っては、水中でも砂の上でも自由自在に飛び跳ねていた。

「なんだ、あれはっ」

二人は驚きながら声を出した。

「捕《つか》まえよ」

原の掛け声にうながされ淀みに駆け寄ると、沙魚は一斉にチョンチョンと飛び跳ね、たちまち四方に散った。その素早さはとても人間の技では追いつかない。向こう岸に渡るが早いか、大木の幹に這い登っていく。

「魚が木登りする。おかしな魚だ」

「ウン、あれは、木登り魚《うお》って言うんだ」

原は古兵の面目があるのか、知ったかぶりをした。

「いる、いる。菅野見ろよ、いっぱいいるぞ。あの太い樹の根元を見ろよ」

原は、改めて驚いたように、対岸を指差した。

変な魚だ。胸鰭《むなびれ》の代わりに小さな脚が二本あるから、急ぐときは水中を泳ぐより水面を跳《ちょう》躍《やく》したほうが速いらしい。それにしても妙に警戒心の旺盛なやつだった。対岸の木に登っていながら、目は絶えずわれわれを見ていた。まるで、こちらの動きを監視しているようだ。私たちは捕らえるのをあきらめた。そしてさらに遡って行くうちには、行手の足元にチョンチョンと忙しく飛び跳ねる姿が、うるさくさえ感じられるようになった。

対岸のジャングル内に獣道《けものみち》のような細い道を発見したので、滑走路の方向をめざして歩いた。辺りが急に開けて騒がしくなった。滑走路の先端であった。

台湾の高砂《たかさご》義勇隊が、飛行機の離着陸に障害になる立木を伐採していた。精悍《せいかん》な顔、筋肉の盛り上がった逞《たくま》しい肩。上半身裸、裸足で湿地に入り、盛んに蛮刀《ばんとう》を振るっていた。ニッパ椰子の太い枝葉も片っ端から切り落としていく蛮力は、端で見ている私の胸をもスカッとさせるくらい良く切れた。ニッパ椰子の葉の先端に生えている鋭い棘《とげ》も、彼等の鍛えた肌には感じないらしい。驚きの眼で見ていたら、小休止の号令が出た。二十名ほどが一団となって湿地からあがり、装具の置いてあった付近に集まって腰を下ろした。

私たちもその席に近づいて、食用となる野草の有無を訊ねた。

「これはカンコンといって食べられます。その辺りの湿地に生えています」

と言って高砂族の一人が、採取して束ねてあった中から一本抜いて見せてくれた。ちょうど芹《せり》のような見本を片手に、私たちも近くの湿地のジャングルに潜《もぐ》り込んだ。暗く湿った泥土に足をとられながら探し廻ったが、収穫はさっぱりなく、さらに奥のほうに踏み分けながら進んだ。密集した湿地の樹木は、重なり合うように繁茂して、われわれの侵入を拒《こば》んでいた。

カンコン採取を断念して、今度は、山寄りの密林のほうに歩いた。密林の入口近くに群生している里芋を見つけた。掘ってみると芋は全然付いていなかった。それでも、髄の部分は食用になるだろうと、原と二人で歓声をあげながら採取して帰った。飯盒いっぱいに入れて煮込んだ後、水にさらしてから一切れ試食すると、口中が猛烈に痺《しび》れた。あわてて水を頬張り嗽《うがい》を繰り返したが、感電したような激痛が口中に走った。

原が不審そうに、「どうかな」と聞いた。

「とても食えた代物《しろもの》ではないです」

と私は答えた。

「バカなー」と言いながら原は摘み食いをした途端、「あー」と悲鳴をあげながら顔を押さえた。

この芋にだまされたのは私たちだけではなかった。ニューギニアに渡った多くの日本将兵がこの芋の感電を受け「電気芋」と呼んで怖《おそ》れていたことを知ったのは、ずうっと後のことだった。

私たちは憧れの南海に来て、広大な椰子林に起居し、まだ南海のシンボルである椰子の実を味わったことがなかった。碁盤《ごばん》の目のように整然と植えられたどの樹にも鈴成りに成っているのは見事だ。その椰子の実を見上げては、その味はどんなだろうかと、好奇の目を注いでいた。

すべすべした幹肌《みきはだ》、三階建ての屋根の高さほどもあるてっぺんまで登れる者は、われわれの仲間にはいなかった。生野菜に飢えていたので、なおさら味わってみたくなっていたのは私だけでなかった。その夜、Y軍曹が、

「菅野、お前は田舎育ちだから、木登りは上手だろう」

ときた。危険で骨の折れる仕事は、年次の若い兵隊にお鉢が廻ってくる。それが軍隊の習わしだった。私は意を決して登ることにした。

次の日。私は、なるべく低く、しかも熟れている褐色を帯びた実が多く付いている樹を選んだ。見上げると、傘のように葉枝を広げた辺りまでは、七メートルくらいはある。その間に、手かけ足かけになるような枝も節目も全然ないが、私はある程度、木登りには自信があった。

帯剣を背の腰に差して、なんなく葉枝の付け根までは登った。放射状《ほうしゃじょう》に広がっている葉枝の上に乗るのは危険な技《わざ》だ。梯子《はしご》もかけずに屋根に登るようなもので足の支えがない。注意深く慎重に行動して何とか登った。上から見ると、下から見上げるよりは、はるかに高い。ひとが命がけで登っているのに古兵の原と加藤が実が落ちるのをもどかしそうに見上げている。その顔に、少々腹が立った。実の付いている房の付け根に、帯剣を何度も振るって切り落とすと、子供の頭大の実が七、八個もついている房が落下して地響きをたてた。

そのとき、突然、腕に火傷のような激痛を感じた。見ると、飴色《あめいろ》をした大きな蟻が左腕に噛み付いていた。急いで払った。気づかなかったが、付近の枝にも葉にも、頭を逆立《さかだ》て鋭い歯をむきだして怒り狂っている蟻が、いるわいるわ、無数にいた。彼らの楽園を荒らした侵略者に、猛然と襲いかかろうとしているではないか。私は、背筋が寒くなった。たちまち首筋に、腕に、激痛を感じたが、いちいち払いのけている余裕がない。悲鳴をあげながら撤退《てったい》となった。

葉枝の下に降りるのが登るとき以上に危険なのだ。転落でもしたらお陀仏《だぶつ》になる。焼け火箸《ひばし》を当てられたような痛みに耐えながら、慎重に幹に乗り移り滑《すべ》るようにして地上に降りた。原と加藤が慌てて蟻を払いのけてくれたが、胴体が千切れても首だけ皮膚にくらいつき、離れようとしない執念深い奴もいた。こうして命がけで採った椰子の水も、はじめてのせいか青臭く、うまいとは思わなかった。椰子水の魅力にとりつかれたのはこれからしばらく経ってからのことである。

ある日、古兵の加藤がどこで聞いてきたのか、「ウエワク半島の海軍部隊に、二人の若い日本女性のタイピストがいる」との情報を得てきた。

横須賀を出港して三ヵ月、女との出会いは全然なかった。汗臭い男だけの世界に長く住んでいると、女の魅力に非常に敏感になっていた。予想もしなかったこのウエワクに、若い娘が忽然《こつぜん》と現われたという話は、加藤でなくとも大ニュースに違いがなかった。加藤は猥談《わいだん》の上手な男で、いつも周辺を賑わす男だった。このときも「眼の保養に見に行こう」と、人の好いY軍曹を盛んに誘っていた。

その頃、二人の日本娘の出現に沸いていたウエワク地区とは逆に、前線のラエ、サラモア地区の日本軍は、敵の膨大《ぼうだい》な物量戦に、苦境の淵に立たされていた。昭和十八年五月初め頃から、その援軍に、東飛行場の東側から松の岬にかけて駐留していた四十一師団の各部隊が、続々と前線に向けて出動していた。

六月三十日、わが六十八戦隊も空からの支援に加わった。この日は珍しく敵機と遭遇しなかった。わが戦隊は敵の上陸拠点を、超低空から攻撃して全機帰還した。

実戦には初陣だったある軍曹は、

「桟橋付近に群がっていた敵兵に思いきり撃ちまくると、蜘蛛《くも》の子を散らすように逃げまどっていた」

その景観の興奮がまだ覚めないのか、頬を紅潮させ、声を弾ませながら繰り返し語っていた。もちろん、このくらいの打撃で敵の局面は変わりはしなかったのだが。

ブーツ飛行場

ある日、船団掩護に出撃していた竹内中隊長機が故障して、「ブーツ飛行場に不時着す」という連絡が入った。私は、Y軍曹と一緒に急いで修理に行くことになった。

四キロほど離れた中《なか》飛行場から飛び立つ、九九双軽（九九式双発軽爆撃機）に便乗することになり、トラックで同飛行場に着いたときには、すでに便乗機は、操縦者も乗り込んで滑走路の端で待っていた。私はトップの銃座に乗った。この席は飛行機の先端で半円形の総硝子張り。通常は射手の乗る席であった。それだけに展望は頗《すこぶ》る好い。だが、いったん事故でも発生したら真っ先にお陀仏になるのも、この席なのだと思うと、ちょっぴり不安になった。

ブーツ飛行場は、海岸線に沿って西に約七十キロほど離れていた。離陸すると高度八百メートルくらいの低空で、海岸線に沿って飛び続けた。白い波が縞模様《しまもよう》を描いて、浜に打ち寄せているのも、はっきり見える。飛行機からの眺めは、このくらいの高度が景観最高。ところどころに先住民集落もあった。椰子の木の間から、ニッパ小屋の屋根が覗《のぞ》いている風景は、まるで箱庭を見るように美しい。その付近に白いオウムが二羽舞っていた。

素晴らしい眺めに酔っていたのも束の間、飛行場の滑走路が視界に入ってきた。高度は更に下がった。そのまま着陸姿勢に移るように思い、体を強張《こわば》らせていると、飛行機は滑走路を超低空で縦断して旋回した。

「着陸の失敗だったのかな?」

不審に思って飛行場を見ると、端のほうに見慣れたわが戦隊の三式戦キ六一が一機、取り残されたようにあるだけ。他に機影は全然なかった。こうして滑走路の上空を、二度旋回したあと、更に一段と高度を下げたと思うと一直線に滑走路に突っ込んだ。地面が盛り上がるように映る。一瞬、体全体が硬直した。

「ごつん」と激しく接地した震動が伝わった。機は猛烈なスピードで突っ走っている。滑走路の先端ぎりぎりで止まったときには、身体中の力が、一ぺんに抜けてゆくような気がした。

後で判ったが、この飛行場は、まだ造成中であった。搭乗機の操縦者は、慎重に滑走距離を目測しながら旋回飛行を続けていたのであろうが、「それにしても未完成の飛行場に着陸するなんて、軍隊とは無茶なことをするもんだ」と冷汗が出た。

すぐに中隊長機に駆け寄り、故障の原因を調べた。エンジン内部の故障で、野戦では修理不可能であった。竹内中隊長とY軍曹は、この日のうちにこの九九双軽でウエワクに帰った。私は、乗員オーバーで乗れず、この夜はこの飛行場中隊に宿泊することになった。

飛行場中隊は（飛行場大隊も同じ）、飛行戦隊の裏方的役割を果たす部隊で、飛行場の警備、給与、宿舎の建設、ときには戦隊の整備の手伝いもするといった、飛行戦隊の女房役的な性格の部隊であった。

飛行場中隊の上等兵は、近くの密林内に建てられた小さなニッパ小屋の前まで私を案内し、「ここで休んでいただきます」と、丁寧な言葉づかいで遇し、私に敬礼して立ち去った。〈どうも俺を下士官か将校と勘違いしているらしい。この小屋の造りも兵舎と違い、下士官か将校用に建てたもので、こぢんまりして造りもいい〉

私は小屋の中で、周囲をきょろきょろ見廻しながら困惑していた。

ウエワクの飛行場から整備服のまま、急いで駆けつけたので、階級章も付けていなかった。〈新鋭戦闘機の修理に飛行機で駆けつけるくらいだから、先方は、てっきりお偉方と思ったのだろう。それにひげを生やしていたのがまずかった。今さら一等兵です、と申し出るのも気遅れするし……だが、バレたらどうしよう〉と戸惑った。

その反面、〈先方が勝手に下士官と思い込んだだけで、こっちが階級を偽ったわけではない〉と開き直ったような気持になり、〈いつも虐《しいた》げられているんだ。たまには曹長も悪くないだろう。ここは曹長面して押し通そう〉と、腹を決めた。

「〇〇一等兵、食事を持って参りました」

夕方、小屋の入口に不動の姿勢で食事を掲げている飛行場中隊の一等兵の姿を見たときは、またも一瞬、どきりとした。

「あー、ご苦労」とわざと横柄《おうへい》に構えて、その場は逃れたが、内心「えらいことになった」と悔い、ひとりぼそぼそと食事をしたが、味もそっけもなかった。逃げだしたいような衝動にかられながら、落ち着かない一夜を過ごした。

翌朝、ブーツ、ウエワク間を、定期的に運行していた大発（大型発動機艇）に乗るため、早々とこの宿舎を出て海岸に急いだ。一枚の板を渡しただけのタラップを渡り、入江の巨木の下に、敵機の目を逃れるため隠れるように停泊していた大発に乗り移ったが、出航時間に早かったせいか、なかなか動こうとしない。何かに追われているような心境で、じりじりしながら待っていた。その間に、どやどやと、多くの将兵が乗り込んでくる度ごとに、どきりとしながら隠れるように小さくなっていた。

ようやく、エンジンの音が一段と大きくなり、岸辺を離れたときは、大きく息をしながら、「とんだ茶番劇に巻き込まれた一夜だった」と、胸をなでおろしながらくすくす、ひとり笑っていた。

奈落

昭和十八年七月八日、私たちウエワクに派遣された二中隊の整備員四名は、本隊復帰を命じられ、九七重（九七式重爆撃機）に便乗して、ウエワク東飛行場を飛び立った。ラバウルに向け一時間半ほど飛んだ頃、操縦席の後方に座っていた機上機関士が、突然身を乗り出し、指差しながら操縦者と話し合っている姿に異状を感じた。

「敵機だーっ」

私は感電したように身体が強張《こわば》った。搭乗機は、ぐんぐん高度を下げ逃避を始めた模様だった。

この爆撃機は輸送専用に使用していたので機銃は全部取り外し、丸腰の飛行機であった。

敵戦闘機の攻撃を受けたらひとたまりもない。ウエワクから飛んだ時間から推定して、ダンピール海峡付近の上空であろうか？　この辺りが一番危険な空域であると聞いていた。操縦席の背後のほうに座っていた私たちには、機外の様子はさっぱり判らず、操縦者の一挙一動に全神経を尖《とが》らせた。二十分ほどたったであろうか、随分と長い時間に感じた。操縦者の動作もおだやかになり、再び高度を上げ始めたときには、ほっと胸を撫で下ろした。

やがてラバウルの上空に達すると、今度は、付近一帯が猛烈なスコールに見舞われていた。簾《すだれ》を立てたような真っ黒い雨雲に覆われている風景が、操縦者の肩越しに見えた。その巨大な雲の塊《かたま》りの周囲を旋回飛行を続けた。太陽の光線の角度で、雲の一部が金色に映し出されている部分もある。何度廻ったか判らないが、大分長い時間旋回していた。操縦者は燃料切れを心配したのか、それとも雲の裂目を発見したのか、突如雲の中に突っ込んだ。一瞬機内は真っ暗になった。ゴツン、ゴツンとバウンドしたと思うと、急に機外は明るくなって、見覚えのある飛行場を滑走していた。

「どうやら今度も無事に大地を踏める」

私は心の中で小躍《こおど》りした。

停止してUターン姿勢に移ったとき、操縦者は背後を向き、自分の左腕を軽く叩いて、「どうだ、腕がいいだろう」とゼスチャーで示しながら、にっこり笑った。私たちも思わず拍手をして、彼の勘と操縦技術を心から讃えた。

その日の夕方、中隊事務室兼宿舎になっていた人事係准尉を訪ね、本隊復帰の申告に行くと、

「ご苦労であった。明日は特別休暇をやるから温泉にでも行って汗を流してこい」

と准尉は珍しく機嫌がよかった。

この夜は酒も振舞われた。久し振りの酒に各中隊のどの小舎も賑わい、『湖畔の宿』が盛んに歌われた。

山のさびしい湖に
一人来たのも悲しい心

四ヵ月前、内地にいた頃は、この歌を耳にしたことはなかった。その後に発表された流行歌であろうが、ラジオも新聞もないこの南海の果てまで、兵隊たちの口から耳に歌い継がれて、凄いスピードで伝えられていた。この歌のメロディーが兵隊たちの心を捕らえて離さなかったのであろう。陶酔したように何度も何度も合唱していた。

次の日の朝、ウエワクから戻った私たち四名——Y軍曹他三名は、ラバウル湾に面した温泉にトラックで出かけた。目的地付近に到達したが、辺り一帯は丈余の草に覆われ温泉場らしいものは見当たらない。トラックを降り、草を踏みしめた足跡を辿《たど》って行くと、海岸の崖の端に湯煙が噴いている露天風呂があった。

温泉というからには、少なくとも山奥の湯治場くらいを連想して、もしかすると甘味品か酒にでもありつけるのではなかろうかと、期待に胸をふくらませてきたが、更衣する小屋もない温泉にすっかり期待外れ。私たちはお互いに顔を見合わせながら声もなく湯煙を眺めていた。私たちの他に人影もなかったが、石鹸の匂いと数個の風呂桶だけが、温泉の名残を留めていた。草むらの上に衣服を脱ぎ、湯舟の縁に立つと、沸騰するばかりの熱湯。

「ここに至って、湯にも入らず帰るのも業腹《ごうはら》だ」

全員で、海に飛び込み、海水の掻《か》い込み作業に汗だく、ようやく湯に浸《つ》かった。汗を流した後の湯の感触は、また格別だった。久し振りの硫黄臭い湯に満足して、積もった戦塵《せんじん》を洗い流した。

帰途ラバウルの街の慰安所に寄った。女たちの部屋を、古兵の原と連れだって覗《のぞ》いて廻ったが、どの部屋の前にも他部隊の兵隊たちの長蛇の列。とても帰隊時間までには間に合いそうもない。あきらめて売店に行くことにした。

メインストリートの街路樹の下で、船から降りたばかりと思われる女たちの一団（十五、六名）が休息していた。大勢の兵隊がもの珍しそうに取り囲んでいた。その兵隊たちの中にY軍曹と運転手のE上等兵の姿があったので、私たちが近寄ると、

「あの娘たちは、海軍の軍属を志願したそうだが、だまされて連れてこられたらしい。あの娘は富山の浴場の娘だと言っていた」

Eは、指差しながら、気の毒そうに私たちの耳元でささやいた。なるほど言われてみると、どの顔も暗く沈んだ表情。ろくに化粧もなく、どう見ても巷で働く女たちではなかった。炎天の中に和服を着て柳行李を持っている姿が、一層いたましく映った。男も女も滅私奉公の時代である。だが、私には割り切れなかった。こんなことが公然と行なわれてよいのだろうか。私は胸に噴《ふ》きあげるものを抑えながらその場を去った。

売店では、砂糖もろくに入ってない煮小豆《あずき》をビールの空瓶に詰めて売っていた。それ以外の品物は何もなかった。売店の片隅でビール瓶を逆立て小豆をすすっていると、古兵の加藤

が息を弾ませながらやってきた。

「女たちの雇い主に十円札を握らしたら、病気療養中の張り紙をして休んでいた女の部屋に案内され、雇い主が女に因果を含めて廻してくれた」

彼は誇らしげに私たちに語った。この方面にかけては、何とも機転の利く奴だ。感心するやらあきれもした。

当時は階級によって花代が異なっていた。記憶が定かではないが、兵隊が二円、下士官が二円五十銭、将校が三円と、花代にまで階級制度があって、十円は相当な金額だった。

加藤の話を聞いていると、私の脳裏に再び街路樹の下で休んでいた娘たちの面影がちらついた。「泣くだけ泣いた」といったあきらめの表情で、じっとうつむいていた娘たち。病んでも静養もできない因果な運命。奈落の底に突き落としたのは誰だ！

「軍のお偉方に賄賂を使って、慣れ合いでことを運び懐《ふところ》を肥《こや》す獣ども、くたばれーっ」

叫びたいような気持になりながら帰隊した。

この日から四、五日経った頃、今度は第十四飛行団（飛行戦隊をまとめた組織）あげてウエワクに進出する旨の命令が出た。

「なんてことだ。命がけで帰ったばかりなのに。それに貴重な飛行機を使用して輸送しながら、軍隊の首脳部のやることは、さっぱり判らない」

だが、このような不満をおくびにも出せるような時代ではなかった。

空中勤務者と一部の整備員は空路ウエワクに直行することになったが、整備員の主力は、輸送船で行くことになった。ラバウルからウエワク間の航路沿いは、すでに敵の制空制海圏の下にあった。このため太平洋を大きく迂回してパラオ経由で行くことになった。

昭和十八年七月半ば頃、私たちは八百トンほどの小さな貨物船二隻に分乗してラバウルを出港した。

ラバウル湾の出入口付近は、敵潜水艦の溜り場になっている。その危険な海を、私たちの乗ったチッポケなボロ船は、船艙《せんそう》を三段階に仕切った蚕棚《かいこだな》のような所に将兵を満載して、八ノットの低速度でよたよた航行していた。このチッポケな貨物船には、輸送する将兵を賄《まかな》う厨房《ちゅうぼう》設備がない。明けても暮れても乾パンと缶詰の食事。水は一日水筒一杯（約七合）の生活を余儀なくされていた。三日目頃からは空腹でも乾パンを受けつけない。水にふやかし無理に喉に流し込むようにしたが、乾パンを見ただけで胸が逆流するような気がした。

このような悪環境で、肉体的にも精神的にもへとへとになっていたある日の夜半、古参のF曹長が大きな声で、「不寝番はおらんか。不寝番はおらんかあ」と二度、三度と呼んでいた。瞬時をおいて暗闇から初年兵のE一等兵があわてて現われ、

「不寝番、参りました」

「貴様、居眠りをしておったな」

と声が険しい。E一等兵は返答に困って沈黙していると、F曹長はさらに内務班長N軍曹を呼びつけた。

「お前は、どのような初年兵教育をしておる」

と、激しくどなりつけた。大勢の兵隊の前で頭から罵声《ばせい》を浴びせられた内務班長は面子《めんつ》丸つぶれ。腹を立てた内務班長は、教育係の古兵たちを集合させて、

「お前ら俺の顔に泥を塗ったな」

と激しい口調で怒りを爆発させた。こうした一階級ごとに怒りが倍加され、その後は、嫌な聞くに耐えない制裁の音が船艙内に響いた。たちまちE一等兵の顔は、紫に腫《ふく》れあがり、口から血を滴り流しながら、ぐらぐらと床に倒れた。古兵たちは口々に罵《のの》りながら、倒れたE一等兵を引き摺り起こして、またも殴った。E一等兵の顔は、見るも無残な、歌舞伎の芝居に出てくる、お岩のような形相に変わっていった。

あまりの凄惨《せいさん》な場面に、思わず私は顔を背《そむ》けた。

「なんたる仕打ちだ。これが教育か」

私の胸には限りない憤りが込みあげていた。不寝番が居眠りすることは、重大な過失であろうが、初年兵だって同じ人間だ。この悪条件の中で不寝番に立てば、心身共に朦朧《もうろう》とするときもあるだろう。教育だったら、それなりに諭《さと》す方法もあるはずだ。

F曹長も内務班長も、古兵たちも、この奴隷船のような生活の不満を、E一等兵にぶつけたとしか思えなかった。同じ日本人として生まれ、同じ目的の元に、この南海の果てまできて、いつ敵潜水艦にボカ沈をくらうか判らない。死と隣り合わせにいながら、なぜこれほど憎み苦しまねばならないのか。

「このような人間味のかけらもない奴らと、俺は一緒に死ぬのは嫌だ」

無念やるせないが、われわれ末端兵は手の施しようもなく、ただ歯をくいしばって我慢するより仕方がなかった。あまりにもショッキングな場面を目撃して、眠れぬ夜を過ごした。

甲板に出ると、まだ明けやらぬ水平線上に赤く染まった細長い雲が横たわっていた。

自然は休息を知らない。人間社会の、船艙の、憎しみも悲しみもよそに静かにゆっくりと明けようとしていた。

このチッポケなボロ船は、自ら身を護るため、ニューアイルランド島、アドミラルティ諸島と、島陰から島陰を縫《ぬ》うように航海していた。湖のような静かな海、今にも沈みそうな小さな島にも、椰子が茂り原住民のニッパ屋根がのぞいていた。薄暗い海に、カヌーを操《あやつ》り漁をしている親子連れの姿があった。自然の恩恵に浴し自由に生きる原住民の生活が、私には限りなく羨ましく映った。

ラバウルの街で出会った、奈落の底に突き落とされた娘たちの顔と、暴力の限りを尽くされ、お岩の顔のようになっても一言の抗議もできないE一等兵の面影が、美しい海面に二重写しに映った。もし日本人でなかったら、この原住民のように自然に自由に生きられる。私は日本人であることが嫌になった。私は日本人を捨てたい。そう思った。

パラオの灯

人間の様々な苦悩を乗せたこのボロ船は、敵潜水艦の餌食にもならず、地獄のような九日間の船旅を終えようとしていた。

パラオの岸壁に接岸するのを待ち兼ねたように、人事係の准尉は私たち二年兵の四名に握り飯づくりを命じた。積み荷の中から米二袋を抜き出し、奴隷船のような生活から解放されて岸壁に降りた。

当時パラオは、日本の委任統治領で、日本人が大勢住んでいた。飯焚き場所を求めて、重い米袋を担《にな》い港町の裏町を歩いていると、うろついている私たち兵隊の姿が不自然に映ったのか、若い奥さんたちが四、五人集まり、私たちのほうに目を注いできた。

「輸送船で乾パンばかり九日間も食っていたので、飯を焚きたいのです」

奥さんたちに訴えると、奥さんたちは同情して、町内の大家族の家を訪ね、三升釜を二個借りてくれた。

ある家の庭を借り、急ごしらえのかまどを造り準備していると、

「私たちがお手伝いします。休んで下さい」

と五人の奥さんがてきぱきと米を洗い釜に入れる。私たち兵隊はもっぱら薪集めと火を燃す役についた。

盥《たらい》に濡らした風呂敷を敷き、焚きあがった飯を空ける。空いた釜にまた米を入れ火にかける。五十余名、二百個余りの握り飯を作るのに、三升釜は何回転もした。岸壁で荷役作業に従事している仲間たちに、一刻も早く届けたい。火傷《やけど》しそうな熱い飯を手早く握った。

その頃になって、甲斐々々しく手伝ってくれる奥さんたちの美しさに気づいた。黒い髪、白い肌、どの人々も若く美しい。女のいない殺伐とした野戦にいたためか、女に対する官能の働きで、皆美しく見えたのであろう。中に一人、相当年配のおばさんもいたが……。

握り飯作業も終わる頃、一人の奥さんから鰹を一本もらったので、刺身にして奥さんたちと一緒に食事した。

地獄の船旅から一転して触れる人の情、嚙みしめる米の味、舌に乗せた刺身の舌ざわり、あまりの急激な変化に、脳も胃袋も戸惑っていた。家庭的な和やかな雰囲気に包まれたのも

久し振りで、忘れていた娑婆《しゃば》の生活に危うく涙が落ちそうになった。

この島の善良で親切な人々の身辺にも、戦争の黒い影が襲っていた。このパラオ諸島に住む人々の生活物資のほとんどが、内地からの輸送に頼っていた。「その輸送船が軍に徴用され、主食、調味品、その他の生活物資の配給が途絶えている」と、奥さんたちは、異口同音に不安を募《つの》らせていた。年配のおばさんは、沖縄から移住して二十年、血の出るような苦労の果て、ようやく漁船を手に入れなんとか生活の目安がついた途端、亭主も船もろとも軍に徴用されたと、顔を曇らせていた。戦争の恐怖が、この人々の生活に日一日と重くのしかかっていた。

「このような白い飯は、滅多に口にすることはできません」

と、奥さんたちは残った握り飯を家族に包んだ。

「お蔭様で助かりました。お手伝いのお礼です」

私たちが残った米を差し出すと、奥さんたちは目を輝かせて分け合った。

その夜から私たち兵隊は島の外れにある鰹節工場に宿営することになった。戦争が激化するにつれ、鰹漁も途絶え、工場の操業は停止したままのようであった。床のコンクリートも乾き、魚臭も消えていた。工場の前の池の鰹の臓物で飼育していた鰐十数匹が、ここが鰹節工場であった名残を留めていた。鰐こそが災難であった。餌の途絶えた池に終日沈黙していた。この工場に二週間ほど滞在したが、鰐が餌を食っている風景を見たことがなかった。氷河時代を生き残ったこの動物、断食こそが生き残りの秘訣なのであろうか。いつも剥製の置物のようにじっとしていた。

着いた翌日から荷役作業に駆り出された。ニューギニア戦線に送り込まれる軍需物資が、連日運ばれてきた。その荷役作業に数千人の兵隊が、各部隊から動員されて、船艙の底に、岸壁に、トラックの荷台に、蟻のように群がっていた。このチッポケな島の至る所に、島も沈まんばかりに、軍需物資の山が築かれていった。

汗と埃の一日の荷役作業が終わって帰ると、真っ先に、鰐の池の一隅を拝借して水浴した。次々と帰営しては水浴に押しかける兵隊たちが、徐々に鰐のすみかを侵《おか》して近づく。たまりかねた鰐が、「ガバリ」と首をもちあげると、兵隊たちは、振キンのまま「わあー」と喚声をあげながらコンクリートの壁を這いあがる。朝夕顔を合わせていながら、この動物には如何《いかん》とも馴染めなかった。

この鰐の池に二週間ほどお世話になった後、パラオ本島と水道一つへだてた、小さな島に移転した。ここでも毎日荷役作業に動員された。その荷役作業中に酒や食料品を掠《かす》めて帰る者がいた。中には集団で掠め取り、宿舎に帰っては夜な夜な酒を飲んでいるグループもあった。一般島民の窮迫した生活を尻目に、へべれけに酔っぱらい、乱痴気《らんちき》騒ぎ、挙句の果ては喧嘩……。

ラバウルからの船中で、不寝番の初年兵が居眠りをしていたと、お化けのような形相になるまで殴る発端となった火つけ役のF曹長は、軍刀を引き抜いて他中隊のボロさん（人事係准尉）と果たし合いを始めた。

「この馬鹿ども、互いに斬り死にすればよい」

と誰も仲裁に入る者もなく高見の見物を決めこんでいると、拍子抜けしたのか、わけのわからぬ放言をわめき散らしていたが、呆気なく幕になった。

この宿舎の近くには一般島民の住居もあった。何たる恥さらしだ。私は腹立たしかった。冷厳な軍紀も、末端兵には酷に過ぎるくらい厳しいが、階級が上がるに従って実にでたらめだった。輸送指揮官の若い中尉も、これら古狸どもには手の施しようがなかったのか、いつも沈黙を守っていた。

ある日曜日、パラオ本島に外出が許可された。水道を渡し舟で渡ると、兵隊たちは、各々に先を急いだ。渡し場から本島の歓楽街までは約三キロ、みな目の色を変えて先を争った。陽はかんかんに照り、汗は容赦なく流れた。街の辻に歩哨《ほしょう》が立っていた。何気なくその前を通り過ぎようとした私は、呼び止められた。

「古兵殿、褌《ふんどし》が出ています」

振り向いて腰の辺りを見ると、なるほど私の防暑衣の半ズボンの端から、白い褌が長く垂れ、地面に届かんばかりに露出していた。汗で肌に巻きつき、ずり落ちたのであろう。気づかなかったにせよ、大失態。真っ昼間、褌を吹き流しながら街を歩いていたと思うと、顔から火が噴かんばかりに恥ずかしかった。弾んでいた心も、一ぺんにしょげてしまった。

歩哨は、私を野戦帰りと察して、あえて「古兵殿」と呼んだのであろうが、何とも間が悪い失態だった。この失態から私は褌が大嫌いになった。復員してからは一度も使用したことがない。

いよいよニューギニアに向けて出港する日が近づいた。パラオ港は、大小の艦船でひしめいていた。その合間を、小さな艀《はしけ》が水澄ましのように気忙しく動き廻っていた。沖に停泊している、わが部隊の乗る貨物船の舷側には、荷を満載した多くの艀が横づけされ波間に漂っていた。貨物船から伸びたクレーンの巨大な腕は、艀に積み上げた物資を一つまみにして吊り揚げ、船艙に収容している。私たちは、揺れ動く艀から艀へと渡って、クレーンの腕の下に荷を運ぶ作業に追われていた。蟻の群れのような兵隊の中に、ハルピンで別れた同年兵のYの姿を発見したときは一瞬、自分の眼を疑った。

Yは仙台の教育隊に入隊したとき、隣り合わせの寝台に起居した仲だった。いわば軍隊での最初の戦友だった。一緒に六十八戦隊に転属になったが、古兵の初年兵教育と称するリンチに耐えきれず、秘かに醤油を飲んで病を装い病院に逃れていた。Yは入隊前、暴力団の世界に住んでいただけに、眼つきの鋭い男だが、その眼を細め、笑みを浮かべながら私に歩み寄ってきた。

「いやー、しばらく。元気か」

Yが話しかけてきた。私は、Yがどうしてここにいるかが不審だった。返答に戸惑って間の抜けた言葉を一言二言交わした。周囲は、火事場騒ぎのように殺気だっていた。ハルピン以後の行動について、語り合えるような情況ではなかった。私は「どうせ船に乗れば、退屈過ぎるくらいの時間があるんだ。そのときゆっくり話し合おう」と考えた。

「じゃー、また後でなー」

再会を約し、お互いの作業に戻った。

彼と別れた後も、私はしきりとYの出現について気になっていた。出港を目前にしたこの時期、偶然にしては過ぎる。どんなに逃げ惑おうが、何千キロの隔りがあろうが、戦場に送り出すときにはぴたりと的確に送り届ける日本軍隊の機構を、このとき初めて知らされたような気がした。その機構に驚きを超越して、何か空恐ろしいものさえ感じた。

それから間もなくだった。後方のほうから、「怪我人だっ」と叫ぶ声がした。二隻後方の艀の上に人が群がっていた。駆け寄ってみると、Yがかがみ込み、右手を押さえ苦痛にうつむいていた。

「Y、どうした」

「指を潰した」

ゆがんだ顔から喘《あえ》ぐように言った。転倒した弾みで、艀と艀がぶつかり合っている隙間で指を潰した模様だった。間もなく駆けつけた衛生兵に付き添われ、Yは病院に急いだ。

昭和十八年九月十四日の夜、われわれを収容した三千トン級の貨物船二隻は、ニューギニアに向けて錨《いかり》を上げた。

船内では、またも奴隷船の生活が始まった。人間を乗せるところではない船艙を、蚕棚のようにしきり、折り重なるように詰め込む。手足を延ばして寝ることさえできない。牛舎のような臭気が漂う船艙を逃れて、私は甲板にねぐらを求めた。甲板もすでに兵隊たちで埋まり、足の踏み場もない。床どころか張った二本のロープの上に寝ている者もいる。燕が電線の上で寝るようなものだが、牛舎のような船艙よりはましだ。

「なんと機転のきく人もいるものだ」と感心しながらその横を通り抜けた。船尾《せんび》の暗闇に僅かな空間があるようなので近づくと、その暗闇の中から私の名を呼ぶ声がした。

その暗闇に同年兵の青木が座っていた。彼の隣りに私が座ると、待っていたかのように、

「Yがまた、思い切ったことをやらかしたな」

と青木が語りかけてきた。顔をしかめながら、私はつぶやいた。

「彼らの世界には、指をつめることはよくあるのではないかな」

「指をつめて戦地行きは免除ってわけか」

「指がなくては、鉄砲の引き金が引けないからな」

中隊では、Yの怪我を知らぬ者はなかったが、単なる事故による怪我とは誰も思っていなかった。妻子《こ》を残し、恋人と別れ、誰もが戦場に赴くこのとき、自らの五体を傷つけてまで戦場行きを拒むYの行動は、根っからの曲がり者のような気がしてならなかった。

涼しい海風に吹かれながら闇の海を眺め、青木はなにを考えていたのだろうか？　明野で別れた恋人のことでも思い出していたのだろうか？　よっぽど話しかけてみようと思ったが、青木の心の疵《きず》に触れるような気がして、ついに言葉にはならなかった。いつの間にかパラオ諸島の島影から洩れる灯が蛍火のように小さく遠のいていた。

奇襲

われわれをのみこんだ貨物船は、茫々《ぼうぼう》たる大洋を、船首を大きく上下に振りながら一路南下した。甲板に所狭しと据えられた対空火器が、雲ひとつない青い空をにらんでいた。護衛の駆逐艦が、頭から飛沫《ひまつ》を被《かぶ》りながら寄り添っている。何事もなく航海はしていたが、いろいろな想定を基にして訓練は続けられていた。

素早く救命胴衣を着ける要領。魚雷をくらったら慌てずに速く甲板に出る訓練。果ては自決の方法まで教え込む念の入れようだった。生きて虜囚の辱《りょしゅうはずかし》めを受けるなと、改めて戦陣訓も叩き込まれた。戦況が悪化しているとは感じていたが、敵潜水艦が浮上して、捕虜になるような場面を想定したこの種の訓練は、いささかオーバーのような気がしてならなかった。

最初に訪れたときのあの平穏なウエワク海岸の風景が、私の網膜に染みついて実感が伴わず、僅か三ヵ月の間に、この海がそのような切迫した海域に変わるとは思えなかった。むしろ鱶《ふか》の海に投げ出され、鱶の餌食《えじき》になるのを恐れた。兵隊たちの関心は、鱶からいかにして逃れるかに集まった。「赤い褌を長く垂らして浮いていれば、鱶は恐れて寄ってこない」ともっともらしく説く者もいた。兵隊たちはたわいもないざわめきで、不安をかき消していた。

九月二十三日、敵の空襲を避けるため、夜陰を選んでウエワク沖に到達した。直ちに上陸開始。完全軍装に身を整え暗闇の甲板に上がると、他部隊の兵隊で甲板は埋め尽くされていて、声もなく緊張した面影が闇に偲ばれた。

錨《いかり》を降ろすのを待ち焦がれていたかのように、岸辺に待機していた大発（大型の発動機がついた舟艇）、小発の舟艇が、一斉に輸送船の周囲に群がり、辺りは俄然《がぜん》、騒がしくなった。

完全軍装の重量が肩にめり込む。銃を片手に全神経を視力に集中させているが、暗闇の中タラップの段差にまで神経が行き届かない。船舶工兵の人々の叫ぶ声にうながされながら、大発に乗り移った。ウエワク海岸の、どの辺りであろうか、目をこらすが島影さえ見えない。間もなく仮桟橋に着いた。前の人の黒い影に倣《なら》って、大股で桟橋に上がった。

「二中隊はこっちだ」

F曹長の声が暗闇を駆け抜けてゆく。薄ぼんやりと映る白い砂浜を歩いていると、海に傾《かたむ》いた巨木の根に見覚えがあった。

「なあんだ、阿部岬の近くだったか」

私は心の中でつぶやいた。前に住んでいた宿舎近くの海岸であることに気づいた。途端に、わが家の庭に帰ったような気楽さが漂い、懐旧の念さえ覚えた。

椰子林に叉銃《さじゅう》して装具を降ろし、装身看守だけを残して、すぐに荷役作業のため輸送船に戻った。火事場騒ぎのような騒然としたなか、荷役作業が急がれていた。輸送船に残っていたわが部隊の器材係と連絡をとり合いながら、積荷《つみに》を大発に降ろす作業に奔走《ほんそう》していると、輸送船の船員が、悲痛な叫び声で荷降ろし作業を急《せ》きたてて廻る。彼らは、夜明け前に敵機の空域から脱出するのに躍起《やっき》であった。クレーンで吊り降ろすのを待ちきれず、ドラム缶を海に放り込んでいた。

荷役作業も一段落したので、夜の明けるまで椰子林で仮眠することになった。緊張の連続と、夜を徹しての荷役作業に心身ともに綿のように疲れ果てていて、装具を枕にするが早いか、泥のように眠り込んだ。

「起床」と内務班長の声がした。みんな死んだように、ぐっすり眠り込んで、放っておけばいつまで寝ているか判らないと案じた班長が、適当と思った時間に声をかけた。すでに太陽は高く昇っていた。

暗闇に望めなかったが、仮眠していたすぐ目の前の海岸に、赤く焼けただれた五千トン級の日本の貨物船が、船首を高く宙につり上げ、船尾を海中に没した姿をさらしていた。敵の空襲による名残であろうが、三ヵ月前には、なかった。南海の保養地といった静かなこの海岸にも、急速に空襲の嵐が吹き荒れていたことを物語っているような光景だった。

「パラオ経由でののろのろしている間に、この地方の戦況は一変して、容易ならざる事態になっているようだ」

私は密かに心につぶやいた。

前に住んでいた宿舎より、さらに海寄りに宿営することになった。乾パンの食事のあと、宿舎の設営と梱包材の整理に半分の人数を残し、すぐに飛行場に急いだ。ピスト（操縦者詰所）前に整列、二中隊長の竹内大尉に到着の申告をしたが、無口の隊長は、「ご苦労」と一言、への字に結んだ唇からは、何も洩れなかった。だが不眠不休の相次ぐ出撃に、隊長の眼は赤く充血していた。

上陸した翌日の昼さがり、私は、滑走路の端で整備に追われていた。突如、グオーという爆音と同時に、ダダダーダダダーッと機銃の音。東のほうに目をやると、黒いB25三機が滑走路に覆い被さるように、超低空から襲いかかってきた。私はバネで弾かれたように機体から離れ地面に伏せた。敵の乱射の舞は瞬時にして頭上を掠《かす》めて去った。このチャンスとばかり退避壕に走った。壕にはすでに五、六名が恐怖に目を光らせて座っていた。

息つく間もなく第二波の轟音《ごうおん》と機銃の乱射音に混じって、腹底から震動するような爆弾の炸裂音を、壕のすぐ近くに聞いた。直撃でもくらったら、この壕などは跡かたもなく吹き飛んでしまうだろうと思うと気が気でない。壕の奥にいた誰かが、「南無妙法蓮華経、南無妙法蓮華経……」と盛んに御題目を唱えていた。何波襲ってきたか覚えていない。静かになった外の様子に恐る恐る壕から這い出ると、滑走路は一面に綿でもちぎって捨てたように、落下傘爆弾の乱舞の跡と化していた。

夕方、宿舎に帰ると私たちの幕舎が直撃され、見る影もなく飛ばされていた。装具がゴミ捨て場のように散らばっていた。私が夜学の工業学校に入学したとき、姉に買ってもらった腕時計だけでもと、散らばった装具をひっくり返して探したが、遂に発見できなかった。

器材の整理で宿舎に残っていた同年兵の佐藤（重）が、ぎょろ目をぎらつかせながら、

「突然の奇襲に驚いて防空壕に入ったが、壕の前に山積みされていたドラム缶に、機銃弾が的中。ガソリンが噴いて流れ出した。初めは砂に吸い込まれていたが、徐々に壕の中に流れ込み、二波三波の攻撃で発火でもしたらと思うと、生きた心地がしなかったぞ」

と恐怖に青ざめた顔で言った。

Ｂ25は、アメリカ軍の軽爆撃機であったが、速度も戦闘機なみに速く、爆弾も日本の重爆なみの一トン以上も積んでいた。超低空攻撃を得意とし、昭和十七年の四月、日本本土を初空襲して日本軍の首脳部をあわてさせたのも、この飛行機だった。Ｐ38戦闘機とともに、毎日のようにウエワクの上空に飛来していた。

空中戦

「空襲！　空襲！」

「全機始動！　全機始動！」

ピストの前で、整備班長が慌ただしく、右腕を大きく回転させながら叫ぶ。整備兵は弾けるように、機付に向かって一斉に走る。整備兵には機付と称して整備する受け持ち機が定め

られていた。私は芋岡軍曹とともに、本山中尉機の機付だった。

高射砲陣地の高台から、空襲を告げる半鐘が乱打されている。操縦者も飛行帽の顎紐《あごひも》を締めながらばらばら駆けてくる。本山中尉が操縦席に着くのを待って、

「点火用意！」

かけ声とともに、私は始動用の慣性器のハンドルを回した。すごく重い。一回転。二回転。芋岡軍曹と二人がかりで渾身の力をふり絞って回す。だんだんと惰性《だせい》がついて回転が速くなる。

現代の飛行機のように、バッテリーで発電機を回しその回転をクランク軸に伝えるのと異なって、キ六一は慣性器の惰力《だりょく》を利用する仕組みになっていた。慣性器の弾《はず》みがついたとき、

「点火！」

整備員のかけ声とともに、操縦者がスイッチを入れる。整備員と操縦者の呼吸が一体となる瞬間である。

「ブルン、ブルン」とプロペラが重そうに回り始め、二、三回転すると、やがて力強いエンジンの音に変わってくる。辺り一帯はたちまち吹き散らす土煙で視界は全く利かない。何もかもがエンジンの爆音にかき消される。始動の終わった飛行機は先を争って次々と飛び立つ。中には点火始動に手古摺《てこず》っている飛行機もある。点火の悪いエンジンは、二度、三度試みてもなかなか始動しない。重い慣性器のハンドルを回し続ける整備兵は疲労困憊《こんぱい》。

ぶったおれそうになるが、今にも頭上に敵機が来襲して、機銃掃射の嵐に見舞われそうな気配に気が気でない。始動車が駆けつけてあっけなく始動する。

始動車という便利な自動車があって、自動車の動力をプロペラに連動すれば、わけなくエンジンがかかった。それが戦隊には一台しかなかった。緊急発進のときは、始動車は引っ張りだことなり、てんてこ舞いしていた。

最後の一機の離陸を見送ると、整備兵は山側の密林に急いで退避した。飛行場周辺の防空壕より密林のほうが安全だった。

飛び立った友軍機は、旋回しながらぐんぐん高度をとっている。空中戦は敵機より高い位置にあったほうが有利であった。迎え撃つのは敵のＰ38戦闘機。この飛行機は胴体が二つもある風変わりな恰好をしているが、速度や武装は、わがキ六一より優れていた。それにも増して日本の操縦者を悩ませていたのは圧倒的に多い数であった。だがわが軍の操縦者は、怯《おび》えることなく群がる敵機の中に突入していった。

はるか高い上空にごま粒ほどの数機が、入り乱れて縺《もつ》れ合っている。海上の上空でもピカリ、ピカリと、反射鏡のように翼を反転させながら死闘を繰りひろげていた。どっちが追っているのか追われているのか識別はできないが、絶え間なく響く機銃の音。エンジンは悲鳴に近いキーンという爆音が入り混じって、死の交響曲が大空を駆け抜けていた。

その間をかい潜《くぐ》るように敵Ｂ25の編隊が、海面を這《は》うようにして侵入する。襲いかかり、銃爆撃を繰り返しながら、旋風の如く通り過ぎる。息つく余裕さえ与えない。出番を待っていたかのように、グオン、グオンと爆音を轟かせ、巨大な入道雲のような敵Ｂ24の大型爆撃機の大編隊が押し寄せてくる。突如、気が狂ったかのように、友軍の高射砲が一斉に火を吐く。連続花火のような炸裂音。たちまち弾幕が空を覆い、夕暮れを思わせる暗さに変わる。

その弾幕の中を敵機は、悠々と飛び続け、爆弾の束を投げ降ろす。ヒュルヒュルと、悪魔の笑い声が頭上に迫る。血も逆流する絶望の一瞬である。地殻も割れよとばかり破壊の限りを尽くして敵機は飛び去った。やがて爆音も遠のくと、密林の大木、巨木の根元に息を殺していた整備兵たちが、あちこちから、生を蘇《よみがえ》らせて這い出てくる。

戦い終わった友軍機が、一機、二機と滑走路の上空に現われる。息つく暇もなく、友軍機の誘導に飛行場に向けて密林を駆け抜ける。

悠々と余裕を残して着陸する飛行機もあれば、一見して傷ついていると思われる飛行機が、翼をよたよたさせながら必死になって滑走路に辿《たど》り着く姿もあった。土煙をもうもうとあげながら、次々と着陸する機影に、じっと眼をこらしていると、車輪カバーに記した番号が、紛れもない本山機である。

「よくぞ無事に」

長い旅から帰った飼鳩《かいばと》を迎えたような感激が一瞬私の脳裏をよぎった。車輪止めを両手に抱えて滑走路を走る。停止線で最後の武者震《むしゃぶる》いをするように、エンジンを一段と吹かした後プロペラが止まった。

「ご苦労様でした」

私は直立不動の姿勢で敬礼して中尉を迎えた。修羅場《しゅらば》の極度の緊張感から解放された喜びか、本山中尉は、微笑を浮かべながら降りてきた。人間は、ほんとうに嬉しいときは大笑いはしない。

次の出撃に備え、点検、燃料補給を、大急ぎでやらねばならない。操縦席を点検していると、操縦席の背後の装甲板に、ものの見事に機銃弾が貫通していた。この位置からすれば、背中から腹部に抜けるのが当然だが、本山中尉はかすり傷一つ負っていない。その瞬間、中尉は身体をどうくねらせていたのか、消えて失せたとしか思えないような、不思議な現象だった。厚さ十三ミリの鋼板に、人差指が入るくらいの孔が斜め上からずぶりと通っている。もの凄い力である。その弾丸が飴玉のように変形して操縦席の床に転がっていた。

その報告を受けると、さすがに豪胆《ごうたん》な中尉も、青ざめた顔に笑みを浮かべながらも、何度も首をかしげ、戦闘中には気づかなかった貫通弾が残した孔を触《さわ》っていた。

その直後だった。空中戦で機体に敵弾を受けたわが中隊の半田軍曹が、着陸時に暴走横転して大怪我をした。始動車で中飛行場近くの医務舎に運び、私はそのまま付き添い看護に残った。

医務舎にはこの日の空襲で負傷した多くの将兵が各部隊から運び込まれ、軒下にまで溢れていた。顔に血の滴るような包帯を巻いている者、肩に三角巾で結び、上半身裸体であぐらをかいている者など、痛みに顔をゆがめながら、軍医の治療を待っていた。

首筋に爆弾の破片が突き刺さっている兵隊を衛生兵が二人がかりで押さえ、軍医がメスで傷口を切り広げていた。痛みに身体をくねらせ呻《うめ》き声が洩《も》れる。私はこのような場面には弱い。思わず顔をしかめながらそむけた。

半田軍曹は顔面強打で紫色に腫れあがり、相もない。僅かに飛行服の上衣の内側に、「半田」と印した記名が、当人であることを示していた。前歯も数本折れている模様で、荒い呼吸をする度ごとに付近に悪臭を撒き散らしていた。患部を冷やすにも氷もない。裏手の密林内に流れる小川に、私はせっせと足を運んだ。水を汲んでは冷やしてやるのが唯一の看護だった。

その夜半、暗闇の病舎内には絶え間ない呻《うめ》き声がきこえた。痛々しいが如何《いかん》ともしてやれない。かなしさに人間の無能を嘆《なげ》いた。私はいたたまれず、逃げるようにして、小川の岸に立った。満月に近い月明かりが、高い巨木の梢の隙間から洩れて、せせらぎを銀色に染め、きらきらと輝きながら流れていた。

「これ以上どうすれば楽にしてやれるんだ」

心に叫びながら佇《たたず》んだ。

人間社会の苦悩をよそに、月の清らかな光は、密林内に美しい斑《まだら》模様を描いていた。

鰐と将校

連日の出撃で、戦死者、未帰還者、負傷者が多く、戦隊の操縦者は十七、八名に急減した。さらに、空襲による地上での被害に加え、この飛行機は依然として故障が多かった。稼動数は通常の四分の一にも満たない十機そこそこになっていた。マニラ経由で細々と補充はされていたが、補充された以上に消耗が激しく、戦隊の戦力は落ち込む一方であった。

航空本部は、その立て直しを計ったのであろうか。飛行団長に寺西大佐、六十八戦隊長に木村少佐が内地から赴任して来られた。私の属した二中隊には、K整備准尉に代わって、士官学校を出たての、新々気鋭の足立少尉を迎えることになった。

三中隊長の伊豆田大尉が戦死されたので、機付だった本山中尉が三中隊長に任命された。

お蔭で私と芋岡軍曹は、本山機の機付を解かれたあと決まった機付もなく、予備要員に回されていた。

ある夜、「明朝の出撃までには、何が何でも修理を完了せよ」と厳しい命令をもらって、私と芋岡軍曹は故障機の修理に取り組んでいた。殺気立った昼間の飛行場とは打って変わって、広い飛行場の隅の方に蛍火のような灯が二、三ちらつくだけで静寂とした闇に包まれていた。照明は手回しの携帯電灯一個だけ。暗闇の中で、エンジンの裏側に複雑に入り込んだ部分にナットを締めるのは、指先の感触だけが頼りだ。豆粒ほどのナットは、指先から何度も洩れて落下した。その度ごとに地面に顔を押しつけて捜し廻った。一個のナットを締めるのに二時間もかかった。締めたナットに割ピンを刺す作業は、さらに至難の技だ。全神経を指先に集中させ、割ピンと根比《こんくら》べだ。マッチの棒の先ぐらいの割ピンが指先から滑《すべ》って落下した。

それを捜すのに薄暗い灯で、地べたに顔を摺りつけるようにして捜していると、突然、

「おい、兵隊、十四飛行団の本部はどこだ」

大きな声にびっくりして見ると、暗闇の中に将校がにゅうっと立っていた。私はすぐに立ちあがって敬礼した後、

「この先の誘導路を右に……」

「案内せんか」

私の言葉も終わらないうちに、将校は高圧的に言葉をさえぎった。

作業に残る芋岡軍曹に携帯電灯を残し、私は溶接用のトーチランプに灯をともした。

トーチランプの青白い裸火《はだかび》が目に入り足元がまるきり見えないが、後ろに続く将校のため、トーチランプを高く掲げて歩いた。

〈暗闇で階級章は見えなかったが、どうせ士官学校出たての、コチコチで世間の常識もわきまえない兄ちゃんであろう。他人に道を尋ねるのに、こんな高慢な振舞いは、娑婆《しゃば》では通用しないが、軍隊というところは便利なところだ。このような将校が、わが二中隊にでも配属されたら、とんだ災難だ〉

などと想いをめぐらしながら、誘導路の中ほどまで歩いたとき、足元の暗闇の湿地から、

「ドブン」と人間でも飛び込んだような、大きな水音がした。

私は、咄嗟《とっさ》に「鰐《わに》だな」と直感した。驚いた将校は、

「兵隊、なんだ」

「鰐です」

「なに、鰐」

将校は、言うが早いか、私の持っていたトーチランプに手をかけようと、のしかかった。弾みで、トーチランプが落下して消え、辺りは真っ暗闇になった。

「兵隊、早く火を点《つ》けんか」

「ハイ、ただいま」

とは答えたが、どこに転がったか、トーチランプの手当たりがない、四つん這いになって捜していると、

「早くせんか」

将校は、急《せ》きたてながら、私の腰にまつわりついて離れようとしない。トーチランプを捜すのにすごく邪魔だ。

「大丈夫です。鰐は水の中に逃げましたから、もう陸にはいません。大丈夫です」

彼の気を鎮めるのに私は必死だった。

ようやく、トーチランプを捜し当て着火しようとしたが、焦《あせ》っているせいか、なかなか着火しない。

度肝《どぎも》を抜かれた将校は、先程までの威勢もすっかり吹きとんで、声もなく黙々と何度もマッチを擂っては、私の点火作業を手伝っていた。

豪傑《ごうけつ》も鰐一匹に腰くだけ

同年兵

空襲で大破した九九双軽が、飛行場の端に廃棄されていた。ある日、私は同年兵の小室と一緒に、この飛行機の胴体にもぐり込み、部品を取り外していた。

部品の補給の途絶えていたウエワク基地では、他の機種から取り外しては利用していた。

直射日光にさらされていた機体の中は、もの凄く暑い。上半身裸体で作業をしていると、突然、「ビシー」という音とともに目の前の機体の壁にビール瓶の蓋ほどの孔が開いた。

瞬間、何が何だか判らなかった。轟音《ごうおん》が頭上を掠《かす》めるように飛び去ったとき、初めて敵の奇襲だと気づいた。慌《あわ》てて外に出ると、すでに小室は外に出ていたが、なぜかまた機内に戻ろうとしている。

「早く逃げろ」

「上衣が機内《なか》に」

「馬鹿、狙われているぞ。早く」

直感的に、敵は廃棄処分の飛行機とは知らず目標にしたものと思った。この飛行機から少しでも遠ざからなければならないと焦った。退避壕まで走る余裕がない。隣接した湿地のジャングルに飛び込んだ。だが泥に足がとられ、気が急《せ》くだけで足のほうはさっぱり進まない。二波の爆音が接近してくる。サゴ椰子の根元に伏せて振り向くと、小室も泥に顔を押しつけて、目を光らせていた。

「ダーン、ダーン」

至近弾の炸裂音。爆風でサゴ椰子の葉が逆立ちする。「ビシャー」と、背中に衝撃を感じた。

「やられた」

気が遠のいてゆくような気がする。自分の呼吸を確かめようと、じっとしていた。柘榴《ざくろ》のような傷口から、どくどくと血が湧くように流れているような感じがする。背中の傷口に、そうっと手を伸ばしてみた。案の定、指先にぬらりとした血の感触。見るのも恐ろしい。

私は手を背中の傷口にあてたまま、じっとしていた。

「菅野、どうした」

「やられた」

「どこが」

「ここだ」

「何ともないよ、バカだなー、それは泥だよ」

小室はいつの間にか私の背後に立って私の動作を見ていた。

手を戻して見ると、なるほど泥の固まりだった。その固まりを眺めているうちに、もしこれが爆弾の破片だったらと思うと、ぞくぞくと身震いがした。

その日から数日後、小室は芋岡軍曹とともに、メナドに派遣された。メナドはマニラ経由で補給される飛行機の中継基地になっていた。連日、敵の空襲に悩まされているこのウエワク基地より、後方のメナドは空襲もなく文明の町だろう。その町に派遣される小室が、私には限りなく羨ましかった。

それから一ヵ月後の十一月半ば頃、彼は、小さな骨壺に納まり、芋岡軍曹の胸に抱かれてひっそりと、ウエワクに帰ってきた。メナドで病死したと聞かされた。

「そんなバカな。信じられない。人間てそんなに簡単に死ぬのだろうか。あんなに元気で喜んで行ったのに。信じられない」

だが現実に、私の目の前の純白の布で覆われた木箱の表面には、「陸軍上等兵小室勇之霊」と記してある。黒々と書いてあるその記名をくい入るように見ていると、在りし日の、彼の面影がまた、走馬灯のように浮かぶ。

ある日の夕食後、彼は、他の者に気づかれないようにそうっと私を手招きした。誘われるまま幕舎から外に出ると、彼は黙って海辺のほうに歩いて行く。私も彼に続いた。椰子林と海辺の境にある椰子の樹の根元が大きく刳《えぐ》られ凹んでいた。彼はその凹みの草をかき分け、その凹みに頭を突っ込むようにして紙包みを取り出し、「食えよ」と言って、紙包みを差し出した。包みを開けるとビスケットだった。彼はおっとりしているようだが、なかなか機転の利く男だ。いつの間にどこで掠《かす》めてきたのだろうか。

私は感心しながら、彼と並んで腰を降ろした。半月の月が海辺を照らしていた。波は飽くこともなく砂浜を洗っている。彼はビスケットをバリバリ頰張りながら言った。

「あの月は、日本からも見えるだろうなー」

「どうかな、南半球だからなー」

「あの欠けている部分は、見えているのかなー」

「あの部分は見えているのかもしれないなー」

様々な思いが、私の頭の中でグルグルまわっていた。泣きだしそうになりながら「コムロー」と思わず心で叫んだ。


私の戦隊の協力部隊だった第三十三飛行場中隊に、私と同年の大内政美という男がいた。彼は、しばしばわが二中隊の整備作業の応援に出向してきた。

ラバウルにいた頃、同じ幕舎に起居して、枕を並べて寝たこともあった。そのときの寝物語で、私の郷里の隣村（現在の福島県東和町）の出身であることが判ってからは、特に親密になっていた。このウエワクに上陸してからは宿舎は異なっていたが、同じ中隊の同年兵同様、気安く何でも語り合える仲だった。小室からもらったビスケットの半分をポケットに忍ばせ、飛行場で一緒になると、密かにお裾分けしたこともあった。

ある日、飛行場の端で、彼と一緒にエンジンのオイル交換をしていると、突如、B25爆撃機に奇襲された。このB25はいつも海面すれすれに飛来するので、日本の電探にもキャッチされず、友軍はいつも後手に回った。

「ダダダダ！」と、機銃掃射の音に気づいたときには、すでに私たちの頭上に迫っていた。私は大内と手を取り合うようにして、近くの退避壕に転がり込んだ。

壕には先着の者がいて、十名ほどで満員の状態だった。深さ一メートル半ほど掘った穴の天井に木の丸太を渡し、六十センチほど土を被せた簡単な壕で、機銃弾でも貫通するような、おそまつなものであった。

「直撃でもくらったら跡形もなく吹き飛んでしまうだろう」と思うと不安でたまらなかった。滑走路を横断して、山側の高射砲陣地の下に横穴の堅固な防空壕があった。大内はその壕に移ろうと、私をしきりに誘った。空襲のさなか、滑走路を横断することは危険極まりない。

「危ないから、ここにいろよ」

と私は動こうとしなかった。他の者も、

「危ないからよしたほうがいい」

と押し留めたが、彼は二波の襲撃の爆音の遠のくのを待っていたかのように、単独で飛び出した。その直後三波の爆音が迫っていた。

「バシー」

天井を突き抜いた機銃弾が、入口の地面で土煙を上げた。落下傘爆弾の炸裂で天井の土がバラバラと首筋を撫でた。大内の安否を気遣う余裕もなく、両手で両耳を押さえ、壕の底でただ震えていた。やがて爆音が遠のく。薄暗い壕内には声もなく、兵隊たちが次の爆音に耳を傾けていた。

「これで終わりかな」

誰かのつぶやくような声がした。少しホッとすると同時に、無性に大内のことが気になった。私は、逸早《いち》く壕を出た。滑走路は一面に白い落下傘に覆われていた。中には落下傘に繋《つな》がれたままの不発弾が、ごろりと気味悪く転がっているのもあった。滑走路を渡り終わる辺りに五、六人の人群れが見えた。

「もしや大内では」

私は夢中で走った。仰向けに横たわっている顔は、やはり大内だった。飛行場中隊の兵隊が盛んに話しかけているがすでに意識がない。軍袴《ぐんこ》は千切れ、わかめのようになって血に染まり、体は土砂でまみれていた。間もなく彼の中隊のトラックがきて、彼を荷台に乗せて、野戦病院に運んで行った。大内の倒れた跡には、血の引き摺り跡が五メートルも延びていた。両足を負傷した後も、防空壕に近づこうとした大内の姿が目に浮かんだ。

「あのとき、なぜもっと強く引き留めなかったんだ」

呆然《ぼうぜん》としながら、私はその跡にたたずんだ。

「だが、あのときは、あの壕も不安で、俺自身も心が動いていた」

強く引き留める自信がなかった。

復員後、逸早く隣村の役場を訪れ、彼の生家の所在を確かめようとしたが、役場の職員は、部厚い台帳をめくりながら、

「当村には、該当者がおりませんね」

としきりに首をかしげていた。

ラバウルの幕舎で、寝物語に聞いた彼の出生地の近くに、私の母親の実家があった。私の母親の実家の姓も「大内」で、付近には大内という姓の家が多い。てっきり隣村の生まれと思い込んでいたのは、私の早合点であったのだろうか。

「大内君。君は今、どこに眠っているのだ」

人魂

「飛行場の端の草むらに、人魂《ひとだま》が現われる」という噂がひろがっていた。その辺りは、先頃の空襲で退避壕が直撃され、壕の中の二名が死亡し、多くの怪我人が出た付近だった。わが二中隊の半田軍曹が着陸時に暴走して大怪我をしたのも、この近くだった。様々の想像をからみ合わせた怪談話が、兵隊たちの周辺を賑わしていた。

ある夜、北山がその人魂を見にいこうと、私と佐藤重を誘った。

「人魂なんて、あらへんなー。もしいやはったら、つかまえて宿舎の灯りにするわいな」

剽軽《ひょうきん》な北山は大阪弁でまくし立て、意気盛んであった。私は、その日下痢に悩まされていた。それでも、断われば「菅野の奴、臆病風に吹かれおった」などと笑われるのが癪《しゃく》で、ついて行くことにした。

滑走路に沿って歩き、目標地点に百五十メートルほど近づくと、確かに暗闇の草むらに、「ぼう、ぼう」と青白く光を発する物体が見える。北山は立ち止まると、「ほんまやなー」

と息を殺して動こうとしない。佐藤が、「古兵殿、ここまできて、正体を突き止めんで帰っては、笑われますよ」と、弱腰の北山の尻をたたく。佐藤重は、ふだんは動作が鈍《にぶ》く、古兵たちから「ドン重」などと馬鹿にした呼び名で呼ばれているが、このようなときには、めっぽう度胸が強い。ためらいもなく先を歩いた。

近づいて見ると、蛍の群れだった。背丈ほどもある蓬《よもぎ》に似た草の全面に、数百匹の蛍が群がり一斉に光を点滅させていた。一定のリズムで一匹の狂いもなく、パッ、パッと点滅している風景はクリスマスツリーのように美しく、神秘的にさえ見えた。私は子供の頃、よく蛍狩りをして遊んだが、蛍のこのような習性は初めて見た。パッと光った瞬間、周囲の草むらが一面にぼうと青白く映しだされる。遠くから見ると、得体の知れない光の物体に見えたのも無理がなかった。

この人魂蛍は、その後目撃する機会がなかった。復員後もこの不思議な光景が忘れられず、その道の専門家の説を聞きたいと思っているが、まだその機会にめぐまれずにいる。

宿舎に帰って人魂の正体を北山が得意顔で語っていたが、私は人魂どころではなかった。浜辺の渚《なぎさ》の上に設けた便所に、足繁く通った。用便を済ました後、腸がひねられるように痛む。今までの下痢とは、だいぶ症状が違う。「もしかすると、アミーバー赤痢か」と思っただけで意気消沈した。

先頃の空襲のとき、山手の密林に退避したことがあった。険しい坂道を喘《あえ》ぎ喘ぎ登って行くと、こんこんと湧き出るように流れている、澄んだ水の小川があった。「生水は決して飲むな」という戒めがあったが、渇きに耐えきれず小川に顔を押しつけて飲んだ。あれが崇《たた》ったらしい。その夜は、一睡もできず、何回便所に通ったか数さえ覚えられぬほど多かった。明け方には遂《つい》に便所にへばりついていた。

次の日、西沢軍医の診察で、案の定アミーバー赤痢と診断され、即入院の手続きがとられた。ほとんど垂れ流しの状態だったので、トラックの荷台に梅干の空樽を置き、二枚の板を渡して便器代わりにした。その上に下半身丸出しで腰を下ろし、五キロほど離れた第一野戦病院に運ばれた。その日は昭和十八年十一月二十二日であった。

なだらかな斜面の椰子林内に、お粗末なニッパ屋根の病棟が十棟ほど建っていた。その一番奥の隔離病棟に病軀を養うことになった。通路をはさんだ細長い桟敷《さじき》造りの病棟に、三十名くらいの患者がずらりと枕を並べて寝ていた。そのほとんどが赤痢患者だった。

保菌者という理由で入院していた山砲隊の兵隊で、百キロ近い大男と隣り合わせになった。彼は至って元気で、「俺はどこも悪くない」と、自分自身で不思議がっていた。鍾馗《しょうき》様のような面構えの男だが、気はいたって優しく親切だった。彼の肩には何度も世話になって便所に通った。彼の体格では、病院の炊事からでる少量のお粥だけでは腹がもたなかったのであろう。夜になると決まって、食糧補充に病棟を抜け出した。

「野戦貨物廠から掠めた乾パンを、密林に隠してある」と言っていた。

その彼も、一週間ほど経った頃、退院して原隊に帰った。戦場では、思いがけない人に世話になることがあった。その頃になると、私の病状もずい分と好転していた。血膿じみた便も止まった。回数も一日三回ぐらいになっていた。肩の筋肉に打つひどく痛い注射の効き目があったように思われた。久し振りに、われにかえったような心地になり、伸び放題だったひげを剃ろうと安全剃刀《かみそり》を取りだしたが、刃は赤く錆び、痛くて剃れたものではない。あきらめて仕舞おうとすると、「どれ、俺に貸してみろ」と、隣りに寝ていた設営隊の召集兵のおっさんが剃刀を取り、革バンドで研ぎ、自分のひげをわけなく剃りあげた。赤く錆びた刃も、彼の手にかかると新品のように蘇《よみがえ》った。召集前は大工職だったという彼の刃物に対する感覚は、さすがにさえていた。

入院して三週間ほど経った頃、一般病棟に移った。一般病棟には、マラリヤ患者が多い。発熱のないときは健兵と何ら変わらないような元気な者でも、いったん悪寒《おかん》が始まると、周囲の者の毛布を全部かき集めても、なおもガタガタと音を発してふるえている。その後に続く高熱に死んだように伏せていたかと思うと、食事時間にはけろりとして起きて食事をしている者もいた。

ニューギニアでは、兵隊は百パーセント、マラリヤに罹《かか》っていた。「マラリヤは病気のうちに入らない」などと軽視される傾向にあった。私の病棟の患者は、四十一師団関係の人々が多い。中には同じ中隊の下士官と兵もいて、共に病者でありながら、「班長殿、班長殿」と、ある軍曹の身辺に這いつくばり、食事の世話から洗濯まで、身の廻りの世話に明け暮れている兵隊もいた。階級がすべてのこの世界、入院してもゆっくり養生もできない彼の身の上が哀れだった。

下痢ですっかり痩せ衰え、私の体重は四十三キロに減っていたが、病院の食事は体力を回復するにはほど遠い、お粗末なものだった。乾燥野菜と魚類の缶詰。質、量ともに体重を増すようなものではなかった。

病状が好転するにつれ退屈になった。周囲の患者の多くも、退屈しのぎに椰子の実磨きに熱中していた。椰子林内を探すと、普通の実より小さな変形した実が落ちていることがある。その実の皮を剥ぎ、中の殻をビール瓶の破片で丹念に磨くと、黒光りした茄子《なす》のようになる。それを輪切りにして紐を通し、タバコ入れや薬入れに仕立てた。中には、念入りに彫刻を施し、見事な出来映えのタバコ入れを得意気に腰にぶら下げている者もいた。

ある日、病院の上空で、壮烈な空中戦が展開された。爆音が高くうなり、また低く消える。宙返りを繰り返し、入り乱れ、雲の切れ目からキラリキラリと銀翼が光る。かなり上空の空中戦だから、翼の日の丸も米軍の星のマークも見えず、どっちが攻撃したかは判らないが、「ダダダ」と機銃の発射音も聞こえる。死闘を繰り展《ひろ》げている操縦者には不謹慎な言葉だが、地上で観戦している者には空中戦ほどスリルに充ち迫力あるシーンは他にあるまい。

息を殺して見ていると、突如、山手の密林の上空から鼓膜《こまく》をつんざくような爆音がしたかと思うと、目の前にわが六十八戦隊の三式戦が姿を現わし、斜面の椰子林の梢すれすれに海上に飛び去った。そのすぐ後を、敵P38二機が翼をひるがえして急迫していく。観ていた周囲の患者たちが、「それ、今少しだ。ぶち落とせ」どっと歓声をあげ、手をたたく。

彼らは追っていったほうが日本軍機と勘違いしている。地上部隊の兵隊は飛行機を間近に見る機会がなく、識別できないのであろうか、それとも常に優勢な戦果の発表に惑《まど》わされた先入観の目には、友軍機が追っているように映ったのであろうか。

一瞬の出来事だったが、私は追われていたほうの方向舵《だ》に描いてあるわが六十八戦隊の稲妻のマークまで確かめていた。喜びに湧いている周囲の兵隊たちに訂正する気にもなれず、背後のほうで小さくなって、ただひたすら敵機を振り切って逃れてくれることを祈った。以前に、わが戦隊の操縦者が嘆いていた言葉を、私は思い出していた。

「空中戦で敵と一対二ぐらいだったら、何とかなるが、三倍、四倍となると手の施しようがない。チャンスをとらえ敵の一機に攻撃をかけると、後ろから二機も三機も追ってくるんだから」

その言っていた言葉を、裏づけるような場面だった。

「やったー」

叫ぶ声に上空を見ると、はるか上空で縺《もつ》れ合っていた一機が、スウーと黒煙を噴いたと思うと、錐《きり》もみ状態になって真っ逆様《さかさま》になって海上に落下していく。かなり遠方だったので確認はできなかったが、機首の尖った機影から想像してわが三式戦のように映った。黒煙を噴いた付近にごま粒ほどの落下傘が舞い、ゆっくりと降りてくる。

病院の衛兵所から、非常呼集の喇叭《らっぱ》が吹かれた。辺りは騒然となった。落下傘で降りてくる操縦者を敵兵と見ている。落下傘は地上に近づくに従って速度を増しているように見える。落下傘にぶら下がった人影が、右に左に大きく揺れながら、病院の真上に迫った。

「おーい、そっちだ」

揺れた方向に着剣した衛兵が右往左往している。周囲は、みな殺気立っていた。落下傘は地上近くでは、すごいスピードで降りたと思うと、海岸の椰子の木蔭に消えた。周囲の患者たちはいつも爆撃に苦しめられている。張本人を捕らえるとあって、昂奮《こうふん》に湧いていた。私もその場の雰囲気にすっかり呑まれ、墜落した機影に自信を失い、敵機だか友軍機だか曖昧《あいまい》になっていて、一緒になってはしゃいでいた。

後日、墜落したのは、やはり日本の三式戦だったと判った。わが戦隊だったか七十八戦隊だったか、記憶が薄れて定かでないが、操縦者は落下傘で脱出の際大火傷を負い、直ちにこの病院に収容されたと人伝えに聞いた。

昭和十九年の正月を迎えた。病院の門には松の代わりに椰子の葉をあしらった門松が飾られ、元旦には雑煮が配られた。炊事場の隣地に舞台が設けられ、病院勤務の兵隊と一部の患者も加わった演芸会が催された。

軍隊にはいろんな職業の人々がいる。これらの人々の、精魂を傾けた大道具、小道具。現地の物に工夫を凝らした傑作が揃った。椰子の葉枝についている細い繊維を集めてかつらも作った。医療用の晒布《さらし》を赤チンや青インクで染め、女物の和服も仕立てられた。娯楽に飢え、退屈な日々に明け暮れている三百名ほどの患者たちは、開演前から舞台の回りを埋め尽くした。

俄《にわか》編成した鳴り物入りで歌謡曲が歌われ、喉が自慢の衛生軍曹の浪曲も唸《うな》られた。その度ごとに歓声と拍手が湧きあがった。最後に『金色夜叉《こんじきやしゃ》』が演じられた。晒布《さらし》の着物をまとったお宮さんが花道に現われると、やんやの大喝采。よく見ると、花道の裏側も明るいので、お宮さんの裾を透かして褌のシルエットがはっきり写っている。おまけに褌のずれ目から男の標識がのぞいている。突如、大爆笑が湧きあがったが、当のお宮さんはそれとも気づかず大熱演。単調な病院生活の中で、このときばかりは、腹の皮がよじれるくらい笑った。

正月も過ぎ二月に入ると、戦況はますます悪化していった。空襲があっても友軍機の姿はなく、高射砲陣地も壊滅したのであろうか鳴りをひそめていた。敵はわがもの顔に振舞い、手当たり次第に爆撃するようになった。

話は戻るが、暮れの中頃、私たち患者をパラオに護送する噂が病院内に流れていた。そのときは、「豪州の土も踏まずに、なんでおめおめ退《しりぞ》かれるか」という気概に充ち、豪州上陸を夢見ていた。あれから二ヵ月、あのとき護送を希望すればよかったと、自分の無知を嘆き、悔いるようになっていた。だがあのときは「神国日本」の力を信じ、神風の吹くのを待っていたのだ。

二月の末頃になると、「赤十字」の旗を高く掲げているこの野戦病院まで、米軍は狙うようになった。敵はいったん目標にすると、一木一草も残さないほど徹底的に爆撃する。病院は急遽、重症患者だけを残し、軽症者は全部退院させて原隊に復帰させることになった。

ああ、高橋伍長

昭和十九年三月二日、私は第一野戦病院を追われるようにして、松の岬に移住していた原隊に帰った。三ヵ月ぶりに原隊に帰ると、わが戦隊は大きく様変わりしていた。木村戦隊長も竹内二中隊長も戦死していた。装甲板に貫通弾を受けながらも生還した、奇蹟的運命の持ち主だった本山三中隊長も、武運つたなく遂に戦死されていた。

久し振りに会った同年兵の青木の口からは、出欠簿でも読みあげるような口調で、戦死者や未帰還者の氏名を告げられる。戦隊の稼動数もわずか七機になり、通常の一個中隊の機数にも充たない。ウエワクの二つの飛行場に進出していた五個戦隊全部合わせても三十数機に対し、敵は連日二百機近くが繰り出してくる、と青木は嘆《なげ》いた。

飛行団では、迎撃戦に立ち向かったところでむざむざ敵の餌食になるよりはと、空中回避を謀《はか》って消耗を防いでいた。

その頃、兵隊たちの間に、「三月十日の陸軍記念日（日露戦争のとき、日本陸軍が大勝利をした記念日）に、第六飛行団の総力を挙げて反撃に転ずる」という噂がひろがっていた。後年確かめたところによると、このような計画は、当時飛行団にはなかった。兵隊たちの希望的観測が、飛語になっていたようだ。「そのために、空中回避してまでも温存を謀っているのだ」とささやかれていた。

故障機の修理にも徹夜で励んだ。若干の機数も補充され、一式戦、三式戦、九九双軽など、六十機近くが出撃可能になった。出撃第一波の予定は三月八日だったと思う。早朝を期して決行する手筈になり、万端準備を整え、その夜は操縦者、整備員の大多数は、早目に宿舎に引き揚げた。

飛行団は、攻撃の成果を最大限にするため、その夜は二機の偵察機を飛ばした。その偵察機の一機が夜の九時頃帰還した。それから間もなく、飛行場の上空に再び爆音が聞こえたので、飛行場中隊は残る一機の帰役と思い込み、滑走路の標識灯に点火して着陸を待っていると、敵機が矢庭《やにわ》に超低空から銃爆撃して滑走路を縦断した。さらにもう一機が引き続き銃爆撃を加えながら、旋風のように飛び去った。

一瞬の出来事だった。滑走路の両側に燃料、弾薬を満載して翼を接するように並べてあった友軍機が、次々と誘爆を起こして燃えあがった。

「敵に背を向けて逃げ廻っている」と陰口をたたかれながらも温存した、かけがえのない機数の半数が、たった二機の奇襲によって失われてしまった。出端《でばな》をくじかれ、泣くに泣けない悲劇の夜だった。

三月九日、わが戦闘機部隊は、残った飛行機を動員して敵の上陸拠点を攻撃、ウエワク基地に帰る途中、そのウエワク基地を空襲して帰るB24爆撃機の編隊に出会った。幸いわが戦闘機隊は敵編隊の上空、恰好の攻撃高度。すかさず襲いかかって、わが戦隊だけで三機を撃墜した。

思わぬ戦果だったが、戦場にはこのように予期しない出来事が、敵、味方の区別なく発生していた。全身針ねずみのように武装しているB24は、通常は容易に落とせるものではないが、この日は有利な高度差と、わが少年飛行兵一期生の垂井少尉の素早い機転で、雲間を巧みに利用した攻撃が功を奏《そう》した。

垂井少尉は士官候補生出身の将校だったが、操縦技術には天才的素質があった。連日のように出撃していたが、敵弾をくらったことはほとんどなかった。これまでにも敵機を何度も撃墜していた。気軽で明るい性格は、兵隊たちにも好かれていた。久し振りの溜飲の下がるような戦果に、この夜はとって置きの振舞い酒が配られた。

一月から食糧補給の貨物船の入港も途絶え、三度の食事も減量に次ぐ減量で、皆飢えていただけに、酒はたちまち胃袋に浸《し》みた。

「この酒はおそらく最後の酒になるだろうが、今夜はあるだけ飲め」

と足立整備隊長も機嫌がよかった。

車座になった席の、私の隣りに少年飛行兵出身の高橋伍長が座っていた。彼は、宮城県の蔵王の麓の生まれ。私と郷里が近いこともあって、階級を超えた親しさがあった。彼はこの日の攻撃に加わっていたが、敵を射止めるまでには至らなかった。

「必死に撃ち込んだ弾丸は、敵の機体に吸い込まれるように的中して、黒煙がスーと噴いたが、遂に逃げられた」

よほど悔しかったのであろう、私の耳元で何度も言った。

「明日もあるんだ。きょうのことは忘れて飲めよ」と私はコップに酒を注いですすめた。

周囲は、久し振りの酒にすっかり湧いていた。

エンジンの音　ごうごうと
隼は征く　雲の果て
翼に輝く　日の丸と
胸に描きし　赤鷲の
印はわれらの　戦闘機

将校も兵隊も一緒になって手をたたき、食器を打ち鳴らして合唱した。

この歌は六十四戦隊の隊歌であったが、わが二中隊には六十四戦隊から転属になってきた将校や古兵が多く、ことあるごとにこの歌をうたっていた。ふと隣りの席に目をやると、高橋はものに取りつかれたように、自分の左手の甲を敵機に、右手を攻撃機に見立て、空中戦の仕草に没頭していた。コップの酒も全然減っていない。あまりにも真剣な彼の表情に私も感うたれ、再び酒をさす気にはなれず、彼の手の甲の空中戦に見惚れていた。

彼はこの日が初陣だったと思う。これまでは主にマニラから空輸の操縦に従事していた。いつも機数が不足していて、年齢の若い彼には出撃する機会が与えられなかった。ようやく巡《めぐ》ってきた初陣の日、はからずも米軍の誇る大物B24を、惜しくも射止められなかった無念な心は、私にも判るような気がした。十五歳のときから大空に夢を抱き、ただ一筋「尽忠報国」を叩《たた》き込まれた若い血が燃えているのであろう。周囲の騒がしさも私の視線も眼中になく、自分の両手の空中戦の仕草に、子供のように熱中していた。

その次の日、敵の戦爆連合の大編隊がウエワク基地を襲った。高橋は、その要撃に飛び立ったまま、再び地上には戻ってこなかった。

二十歳の若さで祖国のため、遂に大空に散った高橋伍長。彼の東北人特有の律気な心が、敵を深追いさせたのであろうか。その純粋な若者の心情を思うと私は心が裂かれる思いがする。青春の多感な時に、精神的にも肉体的にも「尽忠報国」を鍛えられた少年飛行兵の、壮絶な死であった。

四十年経った今も、私の網膜にはあの夜の彼の面影が焼き付いて消えない。

嗚呼、高橋伍長。

第三章　密林彷徨

松の岬

昭和十九年三月中頃、四航軍はウエワクおよびブーツ基地に展開していた飛行部隊を、西部ニューギニアのホーランジャに後退することにした。とりあえず残った飛行機と空中勤務者、一部先発の地上勤務者が移動することになった。

ウエワクの空から日本の飛行機の姿が消えると、敵は空ばかりか海においてもわがもの顔に振舞うようになった。ちっぽけな敵の魚雷艇が、白昼堂々とエンジンの音を轟かせながら波打ち際近くまで押し寄せていたが、わが軍は一発の爆弾もお見舞いすることさえできず、歯ぎしりしながら見ていなければならなかった。

松の岬は、全長五キロほどの細長い丘陵地が海に突き出し、西海岸は砂浜が多かった。東側は、密林に被われた岩場が多く、ところどころ断崖になって海に落ち込んでいた。椰子林に被われたなだらかな斜面の至る所に、航空部隊関係の各部隊のニッパ小屋が、集落をなして賑わっていた。

三月十八日、敵の偵察機がこの岬の上空に現われ、旋回しながら航空写真を撮っていた。いよいよ、敵の徹底爆撃の前兆である。その夜、内務班長のF曹長がメモを片手に現われ、翌日の行動について指示した。

「明早朝、わが戦隊は完全軍装で山側の密林に退避して設営する」旨を伝え、起床、食事、出発時刻など細々と説明した。さらに設営道具、蚊張《かや》、天幕など、各個人別に割り当て、携行するよう厳命した。最後に、

「菅野、お前は病院下番で弱っている。完全軍装の行軍は無理だ。ここに残れ」

一言の命令によって、私はたった独り残されることになった。残ることは、死を意味する。軍隊の命令は冷酷だった。私は担架で運ばれるような重症者ではなかった。自分の装具くらいは、背負って歩ける自信があった。いくら末端兵でも、一言ぐらいは当人の意向を確かめてもよいではないか。一方的に見捨てるのは、あまりにもひどい。憤《いきどお》りが込みあげてきた。

〈どうせこの命令は、ボロとF曹長が決めたものだろう。ラバウルからパラオに向かう船の中で面子《めんつ》をつぶされたと怒りをぶちまけていたN軍曹は、電気の係であったためホーランジャに先発している。兵隊に思いやりのある金三津少尉や、正義感の強い足立少尉が知っていればこんな命令を出すはずがない。秘かに将校宿舎を訪ねて、事情を嘆願すれば……〉

と考えたが、その後の彼らの報復を思うとつい戸惑った。

土間の通路を挟んだ細長い桟敷造りの宿舎では、兵隊たちが装具の取り纏め作業に忙しそうに取り組んでいた。ここに残る私は装具を整理する必要もないので、早々と横になったが、眠れるどころではなかった。

宿舎のところどころに、ビールの空瓶に紐を垂らして作ったガソリンランプが置いてあった。その中の、私の枕元に置いてあるランプがどうも調子が悪い。点火したときは勢いよく燃えているが、段々と炎が細くなり、やがてスウーと消える。初めは何気なく芯を引き出しては点火していたが、二度、三度と繰り返しているうちに、縁起でもないことを考えるようになった。「いよいよ俺の運命も明日で終わる。それをこのランプが暗示しているのだ」と、そう想うと切りも限りもなく死の恐怖感におそわれた。

〈明日、空を被うB24の大編隊から、雨霰《あられ》と爆弾を投下されたら、このちっぽけな半島のどこを、どう逃げ惑《まど》っても生きられる望みはない。絶体絶命だ。死刑の宣告を受けたのと同じだ〉

いつの間にか、爆弾の破片の突き刺った腹部から出る夥《おびただ》しい鮮血の中で、もがき苦しみながら、誰に看取られることもなく死んで行く、自分の姿を想像していた。戦友も同年兵も、私には目もくれない。話かけてもこない。ただ忙しそうに装具の整理に余念がなかった。彼らの姿を眺めていると、軍歌の『麦と兵隊』が思い出された。

友を背にして　道なき道を
行けば戦野は　夜の雨

口ずさんでいるうちに綺麗ごとばかり並べてある歌詞に馬鹿らしくなり、あまりにもかけはなれた現実に、無性に腹が立った。丈夫なうちは食事の世話から洗濯まで下僕同然にこき使っていながら、少し弱ると猫の子でも捨てるように置き去りにする、人間味のかけらもない上官の仕打ちに、またも限りなく、憤《いきどお》りが込みあげてきた。

だが「命令」という絶対の権力の前には詰《なじ》ることも訴えることも許されず、ただじっと耐えながら生の執念にもがいていた。

〈だがどうもがいてみても、明日は俺の命日になる日だ。明日は幾日だろう〉

日を追って数えてみると、三月十九日だった。

〈そうか、三月十九日か。郷里の雑木山のてっぺんにある、共同墓地に建てられた俺の石塔には、『昭和十九年三月十九日、俗名菅野茂、享年二十三歳。ニューギニア・ウエワクに於いて戦死』と刻まれるんだろうか〉

夢うつつのように考えているうちに眠っていた。

翌朝、暗いうちに起床。慌ただしく食事当番が三食分の食事を各個人の飯盒に分配すると、二中隊全員六十余名は私を残し宿舎前に整列、点呼の終わるのももどかしそうにして出ていった。やがて周辺は、うそのように静かになった。

私は孤独感にさいなまれ、不安におびえた。ようやく白々と明るくなったが、密林の中に建っている宿舎の周辺はまだ薄暗い。敵機の現われるまではまだ大分時間がある。敵機は、決まって十時頃飛来する。私は孤独の寂さを紛《まぎ》らわすため、わけもなく歩いた。どの宿舎も蛻《もぬ》けの殻《から》で、ねずみ一匹いない。飛行場中隊の炊事場に行くと、私の足元に一匹の猫が現われた。この炊事場で飼っていた雌猫だった。私の戦隊はこの炊事場から食事を受領していた。私は食事当番でよくこの炊事場に出入りしていたので、この猫を見知っていた。この猫とある軍曹の笑い話を思い出した。

この部隊の、ある軍曹が、この猫を可愛がっていた。剽軽《ひょうきん》な彼は、万年筆の柄の先の丸みで、猫のある部分を愛撫してやった。それからは、猫は彼の姿を見る度ごとにまとわりつき、彼は、ほとほと閉口していたと、この部隊の兵隊が笑いながら話していた。

その猫も遂に捨て去られた。「同類相憐れむか」などと悠長に構えている余裕は、私には全然なかった。乱雑に散らばった炊事場の中を捜したが、目ぼしい食物はなかった。裏口近くにあったカルピスの木箱が開けられ、中に五、六本手つかずのがあった。一本取り出して飲んだが、半分も飲まないうちに甘ったるくて厭になった。だが新たに二本取り出して持ち帰り、宿舎の前の、ふた抱えもある巨木の根元を掘って埋めた。さらに、将校と操縦者が共用していた宿舎を覗くと、足の踏み場もないほど乱雑になっていた。

何か目ぼしい物でもと思って、片っ端からひっくり返していると、新品の操縦者用の革の手袋が、四、五足放り出してあった。

一度は手にしてみたいとかねてから思っていた憧れの品だ。二足拾い、転がっていたエビオスの空缶に詰め、蓋をしめて、蝋燭《ろうそく》の蝋を流して、念入りに湿気の侵入を防ぐ処置をして、カルピスの瓶の横に埋めた。

今考えれば死を観念していた者とは思えない不思議な行動であったが、人間とは、最後の息の根が止まるまで、生に執着するもののようだ。

いよいよ、敵機来襲の時刻が迫っていた。宿舎の近くにも防空壕はあったが、貧弱な防空壕で心許ない。東海岸の断崖の中腹にある、自然の洞窟に退避することにした。小さな洞窟であるが周囲が岩場になっていて、これまでの空襲のときも私は何度か退避して知っていた。僅かな装具と銃を持って、その洞窟に行くと、思いがけなく先客の四名の兵隊がいた。他部隊の病弱者で、私と同様見捨てられた者のようだった。

お互いに顔見知りではないが、仲間がいるということは、非常に心の支えになった。だが小さな洞窟ですでに満員の状態。入り口に屈《かが》んだが、体半分がはみ出る。互いに装具は外に出し、身を寄せ合って、小さくなっていた。

この日はどうしたわけか、敵の空襲がなかった。昼頃、遠くのほうで二、三度爆音は聞こえたが、この岬の上空には現われなかった。

「きょうは、敵さんの祝日でもあるのだろうか」などと語り合い、首をかしげながら彼らと別れ、夕方、私は宿舎に戻った。朝から張りつめた思いでいたことを考えると、狐につままれたような一日だった。がらんとした宿舎の隅で、独り夕食をしていると、密林に退避していた同じ中隊の仲間たちが予定を変更して帰ってきた。

「こんなことだったら、退避するのではなかった」

「馬鹿らしい。ここで昼寝していたほうが、よっぽどましだった」

彼らは、完全軍装の行軍の苦痛がこたえたらしい。異口同音に不平不満を並べていた。

翌日は、「自由行動にする」という命令が出た。翌朝、昨日と同様大部分の者は、密林に退避したが、十余名は宿舎に残って花札に興じていた。私は彼らを横目に見ながら洞窟に急いだ。昨日は遅く行ったので、洞窟の入口で体が露出して、随分と心細い思いをして過ごした、それでこの日は一番早く行って奥に入った。洞窟には、昨日と同じ顔ぶれが揃った。

予定の時刻の十時頃、爆音が聞こえたと思うと、いきなりダダダという機銃の音。海側に大きく口を開けた洞窟の中からみていると、ちょうど私たちの目の高さの高度にＢ25の三十機ほどが迫っていた。三機編隊で、あたかも私たちを狙っているかのように、真正面から飛んでくるのもいた。思わず背をかがめると、頭上を掠めるようにして、銃爆撃を加えながら飛び去った。近くの岩場に「ガラガラ」と薬莢《やっきょう》が降った。銃撃の音と爆弾の炸裂音が切れ目なく続く。敵は執拗《しつよう》に銃爆撃を繰り返した。

やがてＢ25の一波が遠のいてほっと息つく間もなく、グオン、グオンと音色の異なった爆音。Ｂ24の到来。大物らしく爆音にも重味がある。上空が大木の繁みで被われその機影は見えないが、重複した爆音の響きから察すると六十機は下るまい。機影が見えないだけに余計に気味が悪い。その爆音が頭上に迫ると、ザーと爆弾が空を切る。ダダダン！　地殻も割れるような震動音に、一瞬、心臓もとまる。子供の頭大の石が、ゴツンゴツンと音を発しながら、岩場を転がって海に落ちた。

もう声も出ない。私たちは恐怖に目を光らせながら、お互いの顔を見合わせていた。爆心が今少し、ずれていたら、この洞窟だって真っ二つに割れていたかもしれない。氷の刷毛《はけ》で背筋を撫でられたように、思わず身震いがした。それでも敵はしつこく爆撃を続けていたが、やがて爆音は遠のいて行った。ほっとわれに返った。

「俺はまだ生きている。助かった。助かった。俺は生きているぞう。死なずにすんだ」

死を観念していた者の喜びは大きく、小躍《こおど》りして喜んだ。

私たちがひそんでいた洞窟から五十メートルほど離れた付近一帯は、上空の開けた岩場になっていた。小山ほどもある岩が、ごろごろと露出し、岩と岩との間に、丈の低い雑草が生えていた。高い上空のＢ24爆撃機からは、物資の集積地にでも映ったのであろうか、この付近には爆弾が集中して投下してあった。大きな岩がばっくりと割れ、砕け、噴火山を想わせる。この岩場を住処《すみか》にしていた蜥蜴《とかげ》こそが災難だった。昼寝の夢を破られたのであろう。一メートル余もある大蜥蜴が、頭をもちあげながら五、六匹、岩の上を這い廻っていた。これまで私たちの前には滅多に姿を現わさなかった大蜥蜴が、こんなところに潜んでいるとは思わなかった。気味が悪い。早くその場から逃れたかったが、道も跡形もなく破壊され、気ばかり焦って、さっぱり歩けない。

その頃はまだ、蜥蜴を捕らえて食用にするほど飢えてはいなかった。

蜥蜴から逃れるようにして宿舎に辿りつくと、宿舎は、バリバリと音をたてて燃えていた。燃えている宿舎の前に酸素ボンベほどもある大きな不発弾がゴロリと横たわっている。燃え移って爆発でもしたら……、周辺には人影一つない。斜面を下った防空壕付近から、助けを求めている叫び声がした。駆け降りると、防空壕は見る影もなく埋まっていた。

四、五名の兵隊が、口々に叫び声をあげながら、必死に鉄帽《てつぼう》で土を掘っている。私も加わって掘った。掘るかたわらから、上部の土がまた崩れて積もる。気が急くだけで、作業は遅々としてはかどらない。ようやく天井の梁の丸太が見えた。さらに掘ると、わずかな隙間が現われる。中を覗くと、四つん這いになれるくらいの空間がある。呻《うめ》く声も聞こえる。

「いま助けるぞ。頑張れ！」

隙間に口をくっつけて励ました。こうしてようやく中の五名を救助した。その中の二名がひどく土を飲み込んでいた。顔をゆがめて苦しみながら、何回も吐いた。胃液の混じった泥を、丼一杯も吐き出した。吐き終わると、がっくりと横になったまま動かない。嗽《うがい》をするよう水をすすめたが、首を横に振って、「このまま、そうっとしてくれ」と言うような意志表示をするだけだった。このまま死んでしまうのではないかと案じながら、ただ見守った。軍医も衛生兵もいない。この松の岬では、他に何の手立てもとれなかった。

死と直面した二日間だった。「死を観念」などと言うは易いが、いざ直面したときのあの戦慄《せんりつ》に、人間の生に対する執念を思い知らされた二日間だった。何よりも孤独が不安を募《つの》らせた。孤独は精神的に疲れる。ただ一つプラスになったことは、「己の他に頼れるものがない」ということを骨の髄まで教えられたことだ。これは私のその後の生き方に、大いに役に立った。

この日の夕方、私は古兵たちと一緒に密林の宿営地に向かって歩いた。その仲間たちの中にいた広野上等兵は記憶に残るが、他の仲間の氏名は思い出せない。

密林

ウエワク東飛行場の東側の端に流れている小川に沿って、四キロほど密林内を遡《さかのぼ》った窪地《くぼち》に、わが部隊は移住した。付近には直径二メートルにも及ぶラワンの巨木が生い茂り、その茂みが幾重にも空を覆っていた。雨が多く高温多湿な所に生育するこの樹木は材質が軟らかい。自らの重心を保つためか、地面から四メートルも上の幹の周囲から、放射状に、魚の背鰭《せびれ》のような根を張り出し、地面をしっかりおさえていた。空襲のときには、兵隊たちはこのせり上がった根と根の間に身を潜《ひそ》めて退避壕の代わりにしていた。

ラワンのほかに異様な感じの樹木も繁茂《はんも》していた。枝先から紐のような根が垂れ下がり、地面に到達しては生育して幹のように太る。それを次々と繰り返しているので、それが幹か根なのか区別がつかない。密集したその樹木の周辺は、巨大な簾《すだれ》の束のようになっており、その周囲は百メートル以上もあった。その枝先から、振り乱した髪の毛のように、無数の根が垂れ下がっている風景は、見るからに気味が悪く、この樹木の下には、誰も近寄ろうとしなかった。

このような巨木の密林内には、意外にがらんとした空間がある。太陽の光から見離されたこの空間は重く湿り、踏みしめた宿舎の周辺は泥田と化していた。乾くことを知らない靴は、糸が腐ってばらばらになった。干した洗濯物は何日吊るそうが乾かない。白い袴下《こした》もカビで黒く染まった。空を仰いでも空模様も望めない。晴れか曇りか、全然見当もつかなかった。

この密林に籠《こも》ってから、また一段と給与が悪くなった。米は一日一合二勺、毎日乾燥野菜と鯖の缶詰の煮物では体力は弱る一方だった。密林内には、食用になる野草もほとんど生えていない。わずかに、ジャングル草と呼んでいた蕗《ふき》に似た野草があったが、またたく間に取り尽くしてしまった。

このような生活であっても、日中は空襲が激しく、この密林から一歩も出られなかった。夕方になると、いろいろな作業に駆《か》り出された。陰気でうっとうしい密林内の生活は息苦しい。夕方、滑走路の埋め戻し作業の使役に動員され、密林を抜けると、思わず背伸びをして大きく深呼吸を繰り返した。

敵機は毎日のように滑走路に一トン爆弾を投下して、噴火口のような大穴が痘痕《あばた》模様を描いていた。その埋め戻し作業に、各部隊から数千人とも思われる兵隊が動員され、夜を徹してスコップを振るった。百五十名くらいが一単位になって、穴の周囲に蟻のように群がっていたが、一つの穴を埋めるのに明け方までかかった。

当時、この飛行場設営隊には、たった一台だけブルドーザーがあった。四トンほどの小さなブルドーザーだったが、その機械力を利用すれば見ている間に一つの穴を埋め尽くした。いくら人海戦術で挑《いど》んでも、一台のブルドーザーには到底太刀打ちできなかった。

こうして滑走路整備の終わるのを待ち兼ねていたかのように、日本の輸送用の九七重爆撃機二機が、ホーランジャ基地から飛来した。わが第六飛行団はホーランジャ基地に後退（当時は転進と呼んでいた）することになっていたので、敵の空襲のない早朝を選んでは飛来し、飛行団の将校や一部先発の地上勤務者を乗せては、慌ただしく飛び去っていった。

輸送機が飛び立つと間もなく敵のＢ24が大挙して現われ、またも滑走路に爆弾の雨を降らす、といった具合で、滑走路の埋め戻し作業は鼬《いたち》ごっこだった。

このように、日中は密林に籠り、夜は滑走路の土木工事や食糧採取に徘徊する蝙蝠《こうもり》生活を余儀なくされていた。

この深い密林では、動物もほとんど目に触れなかった。私たちは、この密林に丸五ヵ月間住んでいたが、その間にサソリが二回、六十センチほどの蛇と三十センチほどの蜥蜴《とかげ》が格闘しているのを、一度目撃しただけだった。

だが夜ともなると、密林は様相が一変した。鳥か獣か判らないが、キャーキャーと叫ぶ鋭い鳴き声が闇の密林を駆け抜けた。夜間作業の往復にカンテラを灯して歩いていると、不意に足元の暗闇から飛び出す動物が多くいた。飛行場まで四キロほどの間に、十数回も驚かされたこともあった。枯葉の音の大きさから察すると、どうも猫ぐらいの大きさらしいが、その正体を一度も見極めたことがなかった。夜行性の動物であろうが、われわれの目に止まらない動物が、この密林には意外と多く潜んでいたように思われた。

密林内には、至る所に巨木の倒木があった。行く手に小山のような巨木が横たわっていると、トンネルのようにしてその下を潜り抜けたり、あるいは階段を付けて横断歩道橋のようにして進攻した。雨の夜は特に自然倒木が多かった。樹木も、ある寿命に達すると、ちょっとした弾《はず》みで倒れるらしい。雷鳴《らいめい》のような音を轟かせながら、近くの樹木を次々に巻添えにして倒れる音に夢を破られ、恐ろしさに思わず息をのむようなことも度々あった。

ある日の夕方、私は小笠原軍曹と一緒に、この密林の端に建っていた朽ちた廃屋の付近に食糧採取に出かけた。ここは以前に四十一師団関係の部隊が駐留していた跡地であった。駐留していた部隊が植えた南瓜《かぼちゃ》が、野性化して繁っていた。他部隊の兵隊が足繁く通って採り尽くしたのであろう、実《み》は全然なかった。

私たちが南瓜の芯芽を食用にしようと摘《つ》んでいると、突然敵機の爆音がした。私たちは急いで、近くの朽ち果てた小さな小屋の軒下に身を隠した。表側の軒下に身を寄せていた小笠原軍曹が、震え声で私の名を呼んだ。私が何事かと思って表に廻ると、小屋の入口に釘付けされたように立っていた小笠原軍曹が、「見ろよ」とばかりに顎《あご》で屋内を指した。

見ると一部床張りになっている床の上に、日本兵の遺体が横たわっていた。

すでに首から喉骨《のどぼね》は白骨化していた。死の直前に苦しんだのであろうか、頭骸骨は喉骨をひきずったまま床から転げ地面に届いていた。人間の喉骨がこんなに長く伸びるのであろうかと、疑われるほどに伸び、大きく開いた眼窩《がんか》は怨めしげに私たちのほうを見ている。私もあまりの恐ろしさに声もなく、その場に立ち竦《すく》んだ。

腹部に汚れた毛布をかけ、枕元に水筒が転がっていた。奥の棚には僅かな装具と銃、それに靴がきちんと揃えられていた。誰に看取られることもなく独り苦しみながら息を引きとった姿は、あまりにも哀れであった。どこの部隊の誰であるか確かめたいと思ったが、悽惨《せいさん》な姿にとても近づく勇気もなく、そうっと手を合わせただけで帰った。

当時、日本軍は敗走に敗走を重ね、前線のマダン、ガリ、遠くはラエ、サラモアから、千キロに及ぶ道なき密林を、あるいはセピックの大湿地帯を、泥にもがきながら二本の足に頼って歩き続けてきた。食糧の支給も医薬品の手当てもなく、「ウエワクに辿り着けば……」「ウエワクに行けば……」と、そればかりを合言葉に、幽霊のようになってウエワクに着いた。だが、そのウエワクにもろくに食糧も医療の手当てもなかった。精も根も尽き果て、このようにして倒れる者が後を絶たなかったという。

その遺体が飛行場周辺の防空壕やニッパ小屋の廃屋に放置されたままであると、私も部隊の仲間たちから聞いてはいたが、現実に目撃したのはこのときが初めてであった。

その日から数日後のことである。同年兵の原が、靴がボロボロになって困っていた。私も銃の背帯を紛失していたのであの遺体のかたわらにあった銃と靴の遺品を思い出し、原と一緒に廃屋を訪れた。見ると遺体はそのままであったが、奥の棚にあった靴も銃も、誰かに持ち去られていて、もうなかった。装具も物色した模様で、床に軍用葉書が三枚散らばっていた。見ると郷里の父母と知人宛に書いた、発信しない葉書だった。

もし私が生きて日本に帰れたら届けようと思って、持ち帰り、背嚢《はいのう》の奥に入れて行動を共にしていたが、雨に打たれ川に浸《つ》かったこともあって、葉書は洗濯したようにボロボロになってしまった。宛名の「栃木県芳賀郡」だけが、私の記憶に残っている。

この密林に籠って一ヵ月近く経った四月半ば頃、わが飛行団は病兵のみを空輸し、健兵は陸路をホーランジャまで行軍することになった。ホーランジャまでは迂回路を含めると千キロ以上もある。前述のように、地上部隊が、このウエワクをめざして、ラエ、サラモア、あるいはガリから行軍の途中、飢えと病魔にばたばた斃れ、夥《おびただ》しい犠牲者を出していた。その数は、セピックの湿地帯だけでも三千人を超えると伝えられていた。まさに地獄の行軍であった。軍はその地獄の行軍を、またも繰り返そうとしていた。

私たちは、その行軍に備え、靴を繕《つくろ》い背負子《しょいこ》作りに精を出した。背負子に背嚢や装具を括《くく》りつけると、背嚢を直接背負って歩くより楽で具合がよかった。小休止した後、立ち上がるときにも体力の消耗が少なくてすんだ。

各々が手造りの背負子を背負って整列し、出発前の軍装検査も済んだ昭和十九年四月二十二日、米軍はわれわれの目的地であるホーランジャとその途中のアイタベに大挙して上陸した。目的地を失ったこの計画は、出鼻を挫《くじ》かれ不発に終わった。

人間は、ある種の栄養素が不足すると、本能的にそれを要求するようになる。たんぱく質が不足すると、たんぱく質を多く含んでいる肉や卵が、寝ても覚めても頭に浮かんで離れない。兵隊たちは寄るとさわると食い物の話をするようになった。各々出身地のお国自慢の郷土料理の話をしては生唾《なまつば》をのみ込む。かと思うと、金三津少尉に連れられて行った大阪のすき焼き屋で食い残した牛肉への未練が断ち切れず、兵隊たちの語り草になっていた。飢餓がひどくなるに従って、兵隊たちの目は野戦貨物廠や炊事の倉庫に注がれていった。

軍隊では、個人の私物を盗るのと官物を盗るのとでは、罪の意識が異なっていた。私物を盗るのは絶対に禁制であるが、官物となると、「員数をつける」という軍隊用語もあって、罪悪感が乏しかった。物を盗る才覚にすぐれている者もいて、闇に紛れて貨物廠に忍び込み、乾パンや缶詰を掠《かす》めてきては、その一部を上官に献上して点数を稼いでいる者もいた。上官も、「あいつはなかなか使える男」と評価する。だが貨物廠も警戒が一段と厳しくなり、歩哨が実弾を込めて目を光らすようになった。「食糧採取」と呼んでいたこの作業も命がけで、次第に近寄れなくなった。

ある日、食事当番で飛行場中隊の炊事場に行ったとき、炊事係の宿舎の床下に米袋や乾パンの箱に混じって、横文字で印してある木箱が私の目に留まった。緒戦の頃の戦利品で、コンビーフの缶詰であることが判った。私は「どうせ盗るなら栄養価の高いものを狙う」と決めた。炊事場には歩哨は立っていないものの、炊事係の寝ている枕元の床下から掠め盗るこの作業は、かなり危険だ。よく見るとこの箱が床の一端の支えになっている。私は慎重に計画を練った。

その頃は、アイタペ作戦にわが中隊も動員され、残留していたのは人事係准尉を長にして、病弱者ばかりが十名ほどであった。私もその中の一人だった。私は、毎日食事当番で炊事に行き、用意周到に準備にとりかかった。食事の配分の待ち時間にめざすコンビーフの箱に近づき、何気なく箱に触れ、箱を抜き取っても床が崩れないように素早く工作した。決行は闇夜と決めた。密林内でも月の明るい夜は結構明るいが、闇夜となると鼻をつままれてもわからない。

私の宿舎から炊事場まで、三尺幅ほどの細い道が小川に沿っていた。炊事場は小川の向かい側にあり、小川には丸太を数本並べた粗末な橋があった。その橋を渡ると正面が炊事場で、炊事場に隣接して炊事係の宿舎があった。宿舎は壁も窓もない。屋根と床だけの吹き抜けになっている。したがって正面から橋を渡っていたのではこの計画は達成できない。

私は、橋を渡らずにすむ方法を考えた。幸い橋の袂《たもと》から先に十四歩の地点から直角に曲がって川を越えれば、目星のコンビーフの箱に到達する。私はこれらのことを前もって目測しておいた。

闇夜の晩を選び、仲間たちの寝静まるのを待って、私は宿舎を抜け出した。瞼が痛くなるほど目を開けているが何も見えない。全神経を手先足先に集中させ、芋虫がはいずるようにして橋の袂まで辿り着いた。それから先、確実に十四歩歩いて右を向き、川を渡って忍び足で宿舎に近づいた。中腰になって手で探っていると、うっかり寝ている人の頭に指先が触れてしまった。

「どなたです。便所ですか」

突然の声にびっくり、思わず息を呑んで竦《すく》んだ。声の主は、この炊事場に働いている年輩の調理士の軍属であることはすぐ覚った。息を殺して、しばらくその後の動静をうかがっていると、それっきり寝息をたてながら眠っている。

「どうも直角に曲がったときに、角度が狂ったようだ。目星のコンビーフの箱は、もっと右寄りのようだ」

私は考えながら、右のほうにすり寄って捜すと、指先に箱の感触があった。少し揺らして床が崩れないのを確かめてから、そうっと抜き出し、しめしめとばかり小躍《こおど》りしながら持ち帰った。

案の定、コンビーフの缶詰だった。しかも四十八缶も詰まっていた。私は、これまでコンビーフ入りの副食など見たこともなかった。いったい誰が食っていたのであろうと思いながら、私たちの宿舎より五十メートルほど離れた、朽ちた巨木の倒木の下に隠した。そしてごく気心の知れた仲間だけにお裾分けし、残りは大切にして、一日に一缶ずつ食うようにした（二十日ほど経って、この缶詰も残り少なくなった頃には、自分でも体調がめっきり回復したのに気づいた。あの脂肪分をたっぷり含んだ肉のすべてが全部吸収されて、私の体内で血となり肉となったような気がした）。

蓑虫の引っ越し

第十八軍（東部ニューギニア戦線安達軍司令官率いる陸軍地上部隊）の総力を結集したアイタペ作戦も、惨《みじ》めな結果に終わった。近代戦において、一機の飛行機もなく一隻の軍艦の支援もなく、腹ペコの兵隊が三八銃《さんぱちじゅう》を振りかざして挑《いど》んだところで勝てるわけがなかった。

これは、戦後になって、当時の東部ニューギニアの情況が判ってからの見解であって、当時われわれ兵隊は、これらの事情は一切判らなかった。兵隊たちは上官の命ずるまま、アイタペに豊富な物資とともに上陸しているアメリカ軍を海に追い落とし、敵さんの給与にありつくのを夢見て戦っていた。

だが結果は、一万三千名の将兵の命を失い、その後の自活戦にも大きく尾を引き、世界戦史に例のない悲惨な戦場になったのも、この作戦が発端になった。

八月の末頃、アイタベ作戦に駆《か》り出されていたわが部隊も、ボロボロになって密林の宿営地に帰ってきた。帰るが早々山奥に入って自活戦の準備に取りかかった。米麦合わせて二升、若干の粉味噌と粉醤油、岩塩などの支給もあった。自活戦もいつまで続くか予想もつかないとあって、天幕、毛布、蚊帳、着替えの被服、それに銃、弾薬、飯盒などを背負子に括《くく》りつけた。相当な重量になった。いったん倒れると独りでは背負子を起こせないほどであった。

行軍中、湿地に小休止した場合に、尻の濡《ぬ》れるのを防ぐ尻あて布を腰に垂らした。首には汗を拭くタオル代わりの布を巻き、蓑虫《みのむし》の引っ越しのような恰好をして、長かった密林の生活に別れを告げた。息苦しいほどうっとうしい密林の生活からも解放され、心は新天地を求めるような希望に満ち、晴れやかな旅立ちだった。

密林内の険しい坂道を喘《あえ》ぎながら登ること四時間、ようやく空の開けた尾根の頂《いただき》に達して小休止した。小舟一つ浮かんでないウエワク湾が一望のもとに見える。息をのむような美しい自然の風景に見惚《みほ》れる余裕も、ウエワクに別れを惜しむ心もなかった。四時間の行軍で、すっかりバテていた私は、背嚢を開けて処分するものを物色し、ノート、便箋などを捨てた。

ニューギニアの道は直登、直降の道が多い。四時間もかかって死にもの狂いで登った道も、尾根を過ぎると一直線に、滑り落ちるように険しい坂道を谷底まで下った。小さな谷川をまたぐと、ふたたび垂直に近い断崖の道を一直線に登る。樹木の根にしがみつきながら、四つん這いになって登る。樹木の繁みで谷底が見えないから登れるが、遮《さえぎ》る物がなかったら、目がくらみ足が竦《すく》んで動けないだろう。背負子の重みが容赦なく肩に食い込む。もう欲も得もない。崖の途中の小さなステップに背負子を降ろし、毛布を半分に切って捨てた。だが、背負子の重みは、さっぱり軽くならなかった。

四百メートルも続いた崖が過ぎると、藤蔓《ふじづる》の生え茂った密林のだらだら坂が長く延びていた。その頃から雨が降り出し、全身がびしょ濡れ、踏みしめた道は膝まで没した。密林の枝から垂れ下がった藤蔓の先の鋭い刺《とげ》が、背負子に被服に、ところかまわず突き刺さる。いちいち取り外す心の余裕もなくなって、遮二無二《しゃにむに》、強引に歩こうとしたら釣針に引っ掛かった魚のように引き寄せられ、弾みで泥の中に仰向けに引き倒された。仲間の手を借りてようやく起き上がったが、泥と雨に浸った装具は前に倍して重くなった。無我夢中で宿営地のバッサムの集落に着いたときは、辺りはすっかり暗くなっていた。疲労困憊《こんぱい》。口をきく気力も、炊事する余裕もなく、先住民の小屋の土間に転がり、泥のように眠りこけた。

次の日からは初日の行軍のような険しい山道ではなかった。だが日を重ねるうちに、個人個人の体力の差が隊列を乱し、体力、気心の合った者同士が三三五五と行動するようになった。私は石田軍曹、補充の広野、それに一年後輩の川崎の四人で行軍していた。

密林の宿営地を出発してから四日目、ある小さな先住民集落近くで、川崎がマラリヤのひどい熱に襲われた。この集落は、すでに先着の兵隊たちであふれ、私たち四名が身を寄せる場所がなかった。やむなく先着の仲間に川崎の背負子を預け、川崎を身軽にして次の集落まで歩かせた。

宿営地の集落に着くと、私は川崎の背負子を運ぶのにとんぼ返りして前の集落に戻った。途中から猛烈な雨が降り出し、川崎の背負子を受け取ったが、雨脚《あまあし》は衰えることなく激しく降り続いていた。私は先住民の小屋の軒下で日の暮れるのを気にしながら、雨の小降りになるのを待っていた。ようやく衰えた雨の中を駆け足で急いだ。三キロほどの道程《みちのり》のほとんどが草原だった。

私たちの宿営する集落近くに幅二十メートルほどの川が流れていた。川の両岸付近は大木の茂った密林に覆われていた。草原から一歩密林に足を踏み入れると、辺りは急に暗くなった。川の岸に着くと豪雨で増水した川は濁流となって流れている。刻々と暗くなるのに急《せ》き立てられ、靴を脱がずに渡り始めるとたちまち胸まで浸った。川の中頃は流れも強く、押し流されそうになるのをこらえていると、対岸の暗闇から、大人の背丈ほどの黒い影が、ドブンと水音とともに川に飛び込むのが見えた。

「鰐だ！」私は直観的に知り、五体の隅々まで電流が走った。

髪の毛の一本一本が逆立った。あの鋭い牙が、今にも下半身に突き刺るような恐怖にとらわれ、身体を硬直させていた。だが刻一刻たっても何の変化もない。ようやく気を取り直し、銃を構えて、鰐の飛び込んだ付近の水面めがけて引き金を引いた。轟音とともに一瞬辺《あた》りがパッと明るくなった。その火炎に勇気づけられ強引に濁流を押し切って、岸に這い上がった。精も魂も使い果たし、岸に横たわったまましばらくは動けなかった。

次の日、この集落の先住民にこの川で鰐に襲われた話をすると、先住民はこの付近の川には鰐は棲んでいないと首を横に振っていた。私の目撃した、あの背丈ほどもあった黒い影の動物は、一体どんな種類の動物だったのであろう。ニューギニアには、得体の知れない動物が棲息《せいそく》していた。

ウエルマン集落

わが六十八戦隊の地上勤務者が自活地として移り住んだセピック平原は、なだらかな丘陵地帯で、密林と草原が交互に入り混じっていた。凹地は湿地のジャングルになっていて、日本だったら谷田と呼んで、例外なく田圃《たんぼ》になるはずであるが、ここニューギニアでは湿地を好む植物が繁茂して賑わっていた。その代表的なものがサゴ椰子だった。サゴ椰子はこの地方に住む先住民の主食のサゴ澱粉を採る大切な樹木であった。

わが戦隊は、コリヤンガ集落に本部をおいて、その両隣りの集落に一中隊と三中隊が移り住んだ。私の属した二中隊は、一中隊のマングン集落よりさらに六キロほど先のウエルマン集落に落ち着くことになった。

本部要員に金三津少尉、松井曹長など十名が就いていたので、このウエルマンには足立少尉以下四十一名が住むことになった。

ウエルマン集落は戸数九戸、五十名近い集落民が、石器時代さながらの生活をしていた。集落の中央にはマロロハウスと呼ぶ一際《ひときわ》大きな建物があった。彼らの社会は男尊女卑の風習があって、女子はこの建物内には一歩も入れなかった。男だけの集会所というよりは、日本だったら役場を兼ねたような建物で、彼らの政祀《まつりごと》はこの建物を中心にして行なわれていた。

それを表象するように、正面入口の上に等身大の男の彫刻像が飾ってあったが、ご丁寧に大きな男根までぶら下がっていたのには驚いた。天衣無縫の、彼らの姿をよく表わしていた。自然そのままの生活をしていた静かな集落に、一挙に四十余名のわれわれ兵隊たちが押し寄せて居座ったのだから、彼らにとっては迷惑この上もない出来事だったに違いない。だが彼らは心よく私たちを迎えてくれた。足立少尉と安永准尉の起居する小屋、下士官と兵隊の起居する細長い小屋、それに炊事小屋まで用意してくれた。夕方になると集落の女たちが、大人の頭ほどのサゴ澱粉の塊り五、六個を、この炊事場に運んできた。これがわれわれ四十一名の生命の糧であった。

先住民たちの風習は女が働くことになっている。彼女らは朝も薄暗い頃に起き、こぞってサゴ澱粉の採取に出かけた。一日分の家族の量を採り終えると副食になる野草を探し、それに薪まで集めて大きなバスケット（網袋）に入れ、釣り紐を額で支え、重そうに背負って集落に帰ってきた。それから朝食の支度といった、日常生活の労働に追われていたが、その間、男たちはマロロハウスに集まり、

「ミー　ハングリー、ミーブラ　ハングリー（俺は腹ペコだ。俺たちも腹ペコだ）」

と語り合いながら屯《たむろ》していた。私たちの目からすると、何とも理不尽な風習であり驚異でもあった。それに実力のある者は、女房を何人でも娶《めと》ることができた。女房は何人いても皆同じ屋根の下に暮らしていたが、目をむいて啀《いが》み合っている風景は見たこともなかった。

食事も家族揃って一緒にすることは少なく、男たちの多くはこのマロロハウス内で食っていた。子供も乳児期を過ぎると、男の子は父親の周辺で育ち、女の子は母親と一緒に行動し

て、仕事を習い覚えながら成長する。

彼らには、ブッシュハウスと呼ぶ隠れ家があって、夫婦生活の場所になっていたようだ。この隠れ家は、われわれの目にはほとんど触れることがなかったが、私は一度だけ目撃したことがあった。密林の奥深い巨木の上の枝と枝との間に、丸太を渡して造った、一坪半ほどの小屋であった。隠れ家は彼等の夫婦生活の他に、彼等の財宝である斧や土器の隠し場所にもなっていた。

私たちはこれまでに、先住民と親しく言葉を交わすようなことはなかった。しかし、同じ集落で生活するには、どうしても言葉の壁を乗り越えなければならなかった。言葉には土語とピジン語があったが、集落の多いこの地方では、土語は隣りの集落でも通じない所もあった。その点ピジン語は広く通用していたが、老人と女たちには通じなかった。

私たちもこのピジン語の習得に懸命になった。僅かな単語を覚えて、あとは身ぶり手ぶりの会話に苦心惨憺《さんたん》。何とか用をたすのに中国語までとび出す始末で、相手も何が何だか判らず眼をぱちくりさせていて、思わず苦笑いすることもあった。

彼らは数の概念が乏しい。自分の年齢も判らない者が多いくらいだから推測するより他に方法がなかった。彼らに年齢を尋ねると「俺の年齢はあの椰子の木と同じだ」などと言っていた。私たちの移り住む数年前までは、部族間の抗争も盛んだったようで、ウエルマン集落の西北部に位置するカマタゴ方面の集落民と敵対していたという。この方面の集落民が通り過ぎる姿を見ると、「あのバカども、どこに行くのか」と目を光らせながら悪口を言っていた。

私はある日、この集落の長老格の老人の家を訪ねた。屋根裏の暗い棚に飾ってあった髑髏《どくろ》二体を、老人は指さし、「これは俺が討ち取った首だ」と誇らしげに語っていた。私たちはウエワクに上陸した当初から、ニューギニアの首狩族の話は聞いてはいたが、このとき初めてその一端を見せられたような気がして、思わず背筋が震えた。彼らは集落を離れるときには、男は必ず投げ槍を携えていたが、これは敵と抗争していた時代の名残が、次第に野豚などを捕獲する狩用になったように思えた。

集落の周囲には、葉に触れるとひどく痺《しび》れる毒草が植えられていた。これも敵の侵入を防ぐバリケードの役目を果たしているように思えた。

この集落には、ナンバー1キャプテン、ナンバー2キャプテン、ナンバー3キャプテン（別名ドクターキャプテン）の、三人の酋長がいた。ドクターキャプテンと呼んではいたが医者ではない。祈禱師のような存在で、病人がでると呪文《じゅもん》を唱えながら、毒草で患部を撫でる。毒草の痺れで患部が麻痺して、いっとき本来の病気の苦痛から逃れられるようだった。何とも手荒い療法に、私たちも啞然として見ていた。

彼らの病気は全部マラリヤで通じた。「ミー　マラリヤ」と言って、頭に手を当てれば熱があるか頭の痛い病気だった。「ミー　マラリヤ」と言って腹に手を当て苦しそうな顔をすれば、腹の病気だった。怪我までマラリヤで通じた。

私たちの兵隊の中に、栄養失調で睾丸が風船のように膨《ふく》らんでいた兵隊がいた。あまり大きいので股ボタンができず、軍袴の外にはみ出していた。それを目撃した先住民たちは、「チンポ　マラリヤ」と笑っていたが、彼らもこのような俗な日本語は覚えが早かった。

このウエルマン集落の入口に、幅四百メートルほどの湿地があり、湿地の中央の一部が淀んだ川となって流れていた。湿地には丸太を長く渡してあるが、そのほとんどが泥水に没していた。彼らは扇のように開いた足の指で、丸太を挟むようにして、いとも簡単に渡り歩いていたが、私たちにはそのような芸当はできない。両手に六尺近い杖をついて、足先でその丸太を探りながら、そろりそろりと歩いた。丸太には曲がっている物もあって、その一端を踏むと地底に吸い込まれるように沈む。思わずバランスを失って丸太から足を滑らすと泥の中に首までつかった。場所によっては背も立たない底なし沼のような所もあった。

集落の玄関先がこのような状態だったので、不便極まりなかった。十二月の雨季ともなると水位が上がって、この湿地を渡るのに命がけであった。たまり兼ねた足立隊長が酋長を呼んで、橋を架けるよう依頼した。

ある朝、集落の男女総動員で橋架工事を始めたらしく、賑やかな声がしていたが、二時間も経った頃、橋が完成したと報告にきた。

「まさか、こんなに早く橋が架かるとは」

訝《いぶか》りながら現場に行くと、橋の姿はどこにもない。

「どこに橋を架けたんだ」と私が尋ねると「あそこだ」と指さす。

よく見ると、立木と立木に丸太を括《くく》りつけて、長く伸ばし、さらにその上方に、藤蔓が立木から立木に括られて伸びている。それはちょうど、日本の秋に農村で見かける稲を乾す稲架《はか》のようなもので、橋とは縁遠い代物であった。

〈彼らは、橋というものを見たことがないので、このような橋になったのであろうか。下の丸太に足を乗せ、上の藤蔓を手で繰り横這いに歩けば、足を濡らすこともなく湿地を渡れる。

やはりこれも橋の仲間かな？〉

私は訝《いぶか》りながら眺めた。

橋の原形というものは、このようなものだったのかもしれない。私は眺めているうちに、大昔、私たちの祖先も、このような橋を渡っていたのかもしれないと想いをめぐらしていた。

集落の男たちは、大人も子供（十二、三歳以上）も各個人専用の蛮刀を持っていた。大人は刃渡り五十センチくらいのものが多く、子供は三十センチほどの蛮刀を肌身離さず待ち歩いていた。薄刃でドイツ製のものが多く、良く切れた。立木の伐採にも、椰子の実割りにも、あるいは炊事するときの包丁代わりにもなっていた。

彼らの金属製の道具はこの蛮刀と斧だけであって、投げ槍の穂先も、農具の鋤《すき》、鍬《くわ》に類するような物まで、すべて木製か竹製であった。蛮刀も斧も、日本軍がこの島に上陸前、海岸の白人が経営する椰子林に働きに出て、給料の代わりにもらった物が多かったようだった。それだけに、彼らにとっては、最大の財産であり必需品であった。

集落の女たちは例外なく、赤や青の横縞模様に染めた腰蓑《こしみの》を下げていたが、男のほうがお洒落だった。腰に原色の紅の腰巻をして、頭の縮れ毛に赤い花のリボンをつけ、得意満面になっている男を見たときには、開いた口もふさがらなかった。彼らは交換物資の第一に赤のラプラプ（布地）を望んでいたが、私たちにあるわけがなかった。

彼らの生活には、食物を貯蔵するという習慣はなかった。サゴ澱粉も毎日食べる分だけ採って帰って来た。一年中同じような気候なので貯蔵する必要がないということだ。日本人だったら、明日は雨模様だから明日の分まで採取しておこうと考えるが、彼らは雨降りなど一向におかまいなしだった。

二人の女房が同じ家に住んでいても食事は別々に作った。各々専用の囲炉裏があって自分と亭主分、亭主とのあいだに生まれた子供の分を、それぞれ作っていた。メニューは決まっていて、朝と夕は、サゴ澱粉を湿らせて土鍋で焼いたボソボソした粉餅のようなもの、勿論塩も砂糖も入っていない。昼はサゴ澱粉をお湯で溶かしたものに野草や椰子のコプラを削って入れて煮たもの、これにも塩も砂糖も入っていなかった。作り終わると、マロロハウスに屯《たむろ》している亭主の所に運ぶ。二人の女房がいる男は、二人前の食事が届くことになる。その一人前を、女房のいない男に分け与えていた。そのため、必然的に、親分子分といった気風が生まれていた。

この集落のボスボーイは見るからに屈強な男だが、人が良く、私たちの農園造りの作業などには、いつも率先して協力してくれた。彼は年頃の青年だったが、女房がいる様子がなかった。あるとき私たちは、

「お前は、嫁もなくていつまで居候しているのだ」

とからかった。すると彼は、憮然として立ち去ったが、間もなく六歳くらいの女の子を抱いて現われ、「これが俺の女房だ」と腹立たしそうに言った。私たちはただお互いの顔を見合わせるばかりだった。資力の乏しい者は、こうして子供の頃から女房をもらい受けて、手塩にかけて育てているようだった。彼らの社会では、女房は多いほど誇りにしている。女房のない者は、バカ者扱いされているのを知っていながら、何と罪なことを言ってしまったの

かと後悔した。

私たち兵隊の周辺には、集落の男の子供たちが絶えずまとわりついていた。水汲み、薪集めなどの雑用も喜んで手伝ってくれた。子供たちは日本の名前をほしがっていた。

ある日、子供たちのリーダー格の子供に、次郎長と名づけると、それを伝え聞いた子供たちが、どっと押し寄せ、口々に、

「ミー　ネーム」「ミー　ネーム」

と群がった。私が片っぱしから、大政、小政、石松などと思いつくまま名付けていると六歳ぐらいの、女の子のようにかわいい子供が自分の鼻を指差しながら、「ミー　ネーム」と盛んに言いながら近寄ってきた。私は咄嗟《とっさ》に「ユー　ネーム、ハナコ」と呼んでしまった。

子供は得意になって「ミー　ネーム、ハナコ」と言いふらして歩き廻っていた。

それから二、三日経った頃、ハナ子は憤懣《ふんまん》やるかたないといった顔で私を訪れ、

「菅野　ノーグッド　ハナコネーム　メリーネーム　メリーノーストロング　ノーグッド」

怒るのも無理がない。ましてや男尊女卑の彼らの社会ではなおさらであった。

私は「ソーリー」を連発しながら、取って置きの白地のラプラプを与えて、ハナ子のご機嫌をとった。すると途端に笑顔になり、その場で器用に腰に巻いて満足気に帰った。

昭和四十八年、このセピック平原の集落に、戦後初めて収骨慰霊団が入ることになった。わが六十八戦隊からも川野亀治郎氏（青森県在住）と松永正治氏（福岡県在住）の二名が代表に選ばれ参加することになった。出発に先だって開かれた壮行会の席で、私は川野氏に、

「ウエルマンの集落を訪れ、もしハナ子に会えたら、これを手渡して下さい」

と、私が着けていたネクタイピンを外して託した。

収骨慰霊の旅から帰国した川野氏の話によると、ハナ子は、ウエルマン集落の実力者になっていた。私が贈ったネクタイピンを、「バッチ」と呼んで上衣の襟に留め、二人の女房と寄食している居候に囲まれ片手を揚げた、得意なポーズの写真が川野氏によって届けられた。それから半年ほど経って、彼から手紙が届いた。

女の子のように可愛い子供だったが、すっかり貫禄もついていた。彼らの服装もすっかり変わっているが、一夫多妻を誇る風習は、昔も今も変わっていないようだ。

白道

海岸の宿営地を出発するとき携行《けいこう》した二キロほどの岩塩も、このウエルマンの集落に到着した頃にはすでに底をついていた。塩の貴さを身をもって体験したことのなかった私たちは、行軍の途中の集落で、バナナや椰子の実の物々交換の代償に、塩を気前よく使っていた。塩味のない食生活は無味乾燥で、喉は食物を通さない。先住民の食生活に習って、彼らがウンリウーと呼んでいた、サゴ澱粉を溶かした流動食も喉は拒《こば》んだ。米以上に塩がほしい。

ある兵隊が知恵をしぼって、サゴ澱粉からうどんを作る方法を発案したが、付ける汁がない。椰子コプラには脂肪分が多く含まれていて、摺りつぶしたコプラに唐辛子を入れれば、結構いけるうどんのたれになった。だがこの集落では椰子の実さえ入手が困難であった。無理もない。この集落民の総人数に近い兵隊が一度に押し寄せたのだから、椰子も食糧も不足するのは当然だった。

飢餓から動物蛋白源の妄執《もうしゅう》にとりつかれた。この集落付近の密林や草原には、野豚や野鳥が多く棲息《せいそく》していたが、容易に捕らえられるものではない。手近に捕らえられる蛇、蜥蜴《とかげ》、百足《むかで》、蟬、蜻蛉《とんぼ》、バッタ……手当たり次第に何でも口にほうりこむようになった。百足は焼けば脂っこく極上だったが、蟬と蜻蛉《とんぼ》はがさがさして、枯葉を嚙むようなものだった。

草原を歩きながらバッタを捕まえて口にほうりこみ、また捕らえては口に入れた。持ち帰って調理する余裕さえなくなっていた。私たちは口の端から青い汁を流しながら歩いていた。棒切れで叩いた蜥蜴の尻尾が切れ、びくびく震えているのを、そのまま口にほうりこんだ。まさに正気の沙汰ではなかった。

この集落に移り住んで一ヵ月半ほど経った十月中頃から、毎日のように倒れる者が続出していた。寝込んだら最後だった。寝込んだら蜥蜴もバッタも採れなくなる。それでさらに弱るという悪循環があった。

ある日、人事係准尉は、安田軍曹を長にして、佐藤（英）上等兵と私にセピック河沿岸の食糧偵察を命じた。道案内に集落の若い先住民四名を加えて一行は出発した。本部が駐留するコリヤンガ集落を経て、一日目はツンボリの集落に宿営したが、その夜、安田軍曹がひどいマラリヤ熱に苦しんだ。次の朝、安田軍曹は二名の先住民とともに引き返すことになった。私と佐藤は残った先住民とともに、ツンボリの集落のボーイ六名が漕ぐカヌーで湿地の小川を下った。

一時間ほど下ると急に辺りが開け、果てしない湖面に出た。セピック河の沿岸で、あるときは湖のように、あるときは干潟になるセピックの重湿地帯であった。水深は浅く、名も知れぬ紫の水草の花が咲き乱れていた。その中をカヌーは、惜しげもなく花を踏みつけるようにして進んだ。野生化したハスが群生して花をつけている所もあった。櫓でかきたてる水音と、櫓を操る先住民のかけ声が一体となって、湖面を渡っていった。爆音も銃声もない静かな桃源郷。こんなロマンティックな景観は、私がニューギニアに来てから初めてだ。飢えも戦争も忘れ、しばらく茫然として、自然の美しさに心を奪われていた。

小一時間ほど漕いだ頃、水面は茶褐色に変わった。セピックの本流も近いようだ。中州の上で甲羅《こうら》を干していた四、五匹の鰐《わに》が、気配に驚いて水に潜《もぐ》ろうと動きだした。佐藤が銃を構えて狙いをつけた。揺れるカヌー。鰐も動いている。どうせ当たるまいとたかをくって見ていたら、予想に反して的中した。

鰐は水面に鮮血を流しながらのたうちまわっている。私たちは、「早くカヌーを近づけて、投げ槍を投げろ」と盛んに急き立てたが、先住民たちは口々に何やらわめきながら、一向にカヌーを寄せようとしなかった。まもなく水面に薄く鮮血を残したまま、鰐は姿を消した。先住民たちは、鰐に体当たりでもされたら、カヌーなどひとたまりもないことを知っていたのだろう。

再び何ごともなかったように、彼らはかけ声をかけながらカヌーを漕ぎ始めた。水面に、時折魚が跳ねて作る水紋が描かれていた。水紋の大きさから想像すると、相当大ものが潜んでいるようだ。彼らの一人がカヌーの舳先《へさき》に立って槍を構えながら進んだ。水紋を発見すると素早く槍を投げていたが、何度投げても収穫はゼロだった。

やがて本流の流れに逆らって進んでいると、水面を這うように泳いでいる針魚《さより》の群れに出会った。このほうは百発百中、面白いように当たる。投げ手は忙しく投げていた。

椰子の木が乱雑に生い茂っている先住民集落が、浮いて流れているように、ゆっくりと近づいてきた。四時間に及ぶ休憩なしの重労働に、カヌーの漕ぎ手も槍の投げ手も、黒光りした膚から滝のように汗が流れている。これほどのエネルギーが、塩味もない粗食の彼らの、どこから湧くのであろうか。驚きの眼差しを注いでいると、彼らは汗を流し、各個人ごとに携行している網袋から代わりのラプラプを出して替えた。さらに鏡を持っている者もいて、竹櫛で丁寧に髪を硫《す》き、身づくろいをしてから集落に入った。他の集落を訪ねるときの礼儀であろうか、私は彼らの文化の一端を見る思いがした。

この集落民の出迎えを受けたものの、私たちと同行していた先住民たちは、この集落では現地語が通じないのか、ピジン語で話し合っていた。

この集落は、私たちの住むウエルマンの集落よりは、はるかに裕福であった。酋長の家に招かれたが、屋内は間仕切《まじき》りもしてあり、籐の長椅子もあった。集落内の様子が活気に充ちていた。男も女も浮き浮きしている。聞くと「今夜はビッ
プラ　シンシン（大きな踊り）がある」と言う。そのうち近郷近在の集落から、老若男女がカヌーを連ねてつめかけてきた。顔を赤や白で染め、鳥の羽根を頭に飾り、ありったけの装飾品を胸や腕に巻きつけた男たちが、集落の広場を埋めた。

長老が、犬の遠吠えのような声を張りあげると、一斉に歌に合わせながら踊りの輪は広がった。初めは緩やかなリズムに乗って踊っていたが、二、三十分ほど経って女たちの一団が踊りの輪に加わると、俄然テンポが変わって熱気をはらんだものになった。太鼓を打ち鳴らし狂ったように踊っている。

素足《すあし》が激しく大地を蹴り、いろいろな様式の肉体の乱舞が間断なく、いつ果てるとなく続いていた。焚火の光に照らし出された風景は名状しがたい恍惚《こうこつ》の世界だった。観客は私と佐藤だけ。あとは全部演技者だった。私たちに供応された豚肉、海老、バナナや芋をきれいにたいらげ、果てしない踊りに別れを告げて、私たちは用意されたねぐらに引きあげた。

次の日、私たちに同行していた先住民たちは、その夜もシンシンが行なわれると言ってこの集落に留まった。どうやら彼らは、このシンシンが目的の旅のようだった。私と佐藤はさらに、セピック河をカヌーで遡《さかのぼ》ることにした。

私たちの手元には、もう物々交換に支払う品が何もなくなっていた。代償の品がなかったら食糧にも窮し、カヌーにも乗れない。困惑していると、佐藤が釣針作りを提案した。彼は機転の利く男だった。飛行機内に張りめぐらされていたワイヤーの端切れを持っていた。それにペンチ、鑢《やすり》、錐《きり》といった小道具類まで持っていた。

その日から集落の宿営地に着くと、直ちに釣針作りに精を出した。釣針製作の難問は、糸を通す孔あけ作業だった。ワイヤーの一端を焼いてつぶし、錐を当てて小槌で打ち抜くのだが、初めは失敗の連続だった。慣れるにつれ五、六本はわけなく作れるようになった。五、六本あれば一日がしのげた。二、三本で魚でも野菜でも食いきれないくらい交換できた。こうして食のほうは充たされたが、夜となく昼となく襲ってくる蚊の大群には悩まされた。

太陽がかんかん照りつける日中に歩いていても、黒い煙のように蚊の大群が私たちの後を追ってきた。マラリヤ蚊、茶色の蚊、縞蚊、われわれがボーイングと呼んでいた、ブーンと震動音を発しながら襲ってくる大きな奴もいた。蚊帳を吊っていると蚊帳に群がり、目の一穴一穴に頭を突っ込み、少しでも荒い目があると押し分けるようにしてもぐり込む。蟻の類《たぐい》のような蚊もいた。

朝、目が覚めると蚊帳の中は、真赤に血を吸った蚊が、ぐみの実のように下がっている。片っ端から叩き潰していると、掌《てのひら》は人殺しでもしたように血に染まり、手首から血が滴り流れた。蚊の猛襲にはすっかり根をあげ、逃げるようにしてウエルマン集落に帰った。

「食糧は豊かであるが、蚊が多く、日本人は住めるような所ではありません」

と准尉に報告した。

十一月三日、行軍の途中で落伍して、ある先住民集落に倒れていた私より半年後期のF一等兵が、先住民に付き添われてウエルマン集落に着いた。Fは准尉の当番兵として海岸の宿営地から准尉と行動をともにしていた男だった。道中の集落で、准尉はバナナを交換して食い、残った分をFに背負わせておいた。飢えていたFはついにそのバナナに手をだしてしまった。Fは准尉の叱咤《しった》を恐れ、いつしか隊列から離れてしまった。その後、衰弱がひどくなって寝込んでいるところを、他部隊の兵隊に発見され、送り届けられたものだった。

准尉はFの顔を見るなり、烈火の如く怒って罵《のの》り、兵隊が最も恐れていた「逃亡兵」と決めつけた。野戦における逃亡の罪は死刑である。准尉は日頃食事の世話から洗濯まで身辺の世話をしていた当番兵に、一片の情状酌量もせず極刑の酷印《こくいん》を押した。

「処分は本部に一任してあるから、本部に連れて行け」

と、小笠原軍曹と私を呼んで、准尉は命じた。

午後の暑い最中、若い先住民二名も伴って、私たちは出発した。本部までは往復二十キロ以上ある。

「こんな事件がなかったら、余計な苦労をしないですんだのに」

私たちにはFに対する腹立たしさがあった。湿地を越え草原にさしかかると、草《くさ》いきれで目も眩みそうになる。Fは、よろけるようにふらふらと倒れた。

「立てっ。歩くんだ」「お前は逃亡兵なんだ。仮病《けびょう》をよそおうな」

私たちは容赦なく罵声をとばした。私たちもFを罪人視していた。私たちも自分の体一つを運ぶのに精いっぱいだった。そして飢えのため自己の殻にとじ籠り、自己本位になっていた。Fの心境も容体も、思いやる余裕がなくなっていた。Fは、青ざめた額に脂汗を流し、起きては転び躓《つまず》いてよろけた。

見兼ねた先住民がやにわに背負って歩きだした。その後ろ姿を見て私は、何ものかに心を剔《えぐ》られる思いがした。「異民族の彼らにもこのような人間味の心があるのに、同じ日本人でありながらなぜもっと労《いたわ》りのある言葉をかけてやれなかったか」と、自己の行為を恥じた。「准尉が逃亡兵のレッテルを張っても、なぜFの立場になって同情できなかったか」を悔いた。すまないと思いながら後について歩いていた。

それから三日後、Fが、本部の駐留するコリヤンガの集落で病死したことを聞いた。とりかえしのつかないことをしてしまった。Fは、どれだけ私たちを恨んで死んだことか、何度詫びても、もう遅い。後悔と哀愁に茫然としていたが、私の心のほんの片隅には、「銃殺でなくてよかった」と、つぶやく声もしていた。

十二月の初め頃から、毎日のように死人が出た。生命のエネルギーの最後の一滴までも使い果たしたかのように、みなひっそりと息を引き取った。真田、宮崎、大阪、柴垣、芋岡、青木……青木は私と同年同期だった。ある夜、私と枕を並べて寝ていると、

「菅野、俺はもう駄目だよ。俺が死んだら俺の郷里を訪ねてくれ。姉が目の不自由な母を看ているんだ。信州の千曲川の辺りで、風景のよい所なんだ」

死を予告するようなことを言っていたが、次の朝、ほんとうに死んでしまった。

私の初年兵のころの教育係上等兵で、何かにつけ私を目の仇《かたき》にして散々殴っていたSも、死んだ。死の前夜、Sは私の寝ている隣りに枕を寄せて、懺悔《ざんげ》めいたことをならべていたが、次の朝には事切《ことき》れていた。

こうして毎日死んでゆく兵隊の死顔に、足立隊長は心を悼《いた》めていた。死期の迫った者にだけでも、せめて椰子水を飲ませてやりたいと心を砕いていた。椰子は先住民たちにとっては生命の糧で、日本の味噌、醤油のようなものだった。隊長は酋長を説得して、椰子の実をもぎ取らせ、死期の迫った者にだけ看取《みと》りの水に与えていた。

私たちは、日付けに関心をよせる余裕もなく暮らしていた。ある日、

「今日はクリスマスイブだから、集落の取って置きの豚を殺して、兵隊たちと一緒の会食がある」

と、先住民が目を輝かせて私に話してくれた。私たちは日付けなどすっかり忘れていた。新聞もラジオもない生活なのに彼らはどのような方法で記憶しているのかが、不思議だった。なるほどその日は、朝から活気が集落内に漂っていた。普段は滅多に働かない男たちも、土

鍋を運んだり薪を集めたり、その準備に大わらわだった。私たちも夕方になるのが待ち遠しかった。久し振りの豚肉のご馳走を楽しみに、夕刻マロロハウスに集まった。

ラーメンの丼より一まわり大きい円錐形の土器が、転倒しないように籐のリングに乗せられ、四十個ほどずらりと並べられていた。メニューは彼らが好んで食べるウンリウーだった。塩味こそついていないが、サゴ澱粉を溶かし、椰子水と豚肉を入れて、土鍋でこってりと煮込んだものだった。私の器には、豚の内臓の大きな塊りが入っていた。汁も美味い。この集落に住み着くようになってから、こんなに美味いウンリウーを食ったことはなかった。

会食が終わると先住民たちは、マロロハウス前の広場に出てシンシン（踊り）を始めた。比較的元気なF曹長や佐藤（英）上等兵など、二、三名も踊りの輪に加わったが、大部分の兵隊たちは早々と寝床に引き揚げた。

私は会食の終わる頃から激しいマラリヤの悪寒に襲われていた。「早く寝床に戻らなければ」と気は焦《あせ》っていたが、体は動かず床にうずくまって震えていた。マロロハウス内には夕闇が迫っていた。人影もまばらだった。

「シャクマンチョレー　シャクマンチョレー……」

先住民が踊りながら歌っている歌声が、もうろうとした脳裏をかすめていた。意識が混沌《こんとん》としていった。

その夜半、猛烈な尿意におぼろげながら蘇《よみがえ》った。いつの間にか蚊帳の中に寝ていた。広場の踊りは盛りあがり、赤々と燃えている焚火の周囲で、先住民たちは踊り狂っていた。

その頃、私たち兵隊の小屋では、蚊帳の中から小便をするようになっていた。青竹の節を抜いて、その一端を床下の土中に埋め、床上の竹筒に、さおを挿入してすれば、竹筒を通して小便は流れ落ちるようになっていた。これは夜中に小便に立つ度ごとに、蚊の侵入を防ぐ苦肉の策であった。その竹筒が私の寝ている足元のほうにあるはずだった。私は夢中でその竹筒を探した。暗闇の中、いくら手探りしても竹筒に触れない。シンシンの焚火を横目でにらみながら、確かにこの辺にある――今にも洩れそうになるのを、必死に堪えながら探した。泣きたいようになりながら這い廻った。そのうち、すうっと楽になった。天国に行くような恍惚感《こうこつかん》を味わっていた。そのまま意識を失っていた。

生家の裏手の竹林に朝霧が立ちこめていた。向こう側から朝日に照らされた真っ白い靄《もや》は、光り輝いてみえる。その靄が次第に私のほうに流れてくる……。

「菅野はもう駄目です」

突然、北山の声がした。森脇のぼそぼそした声も途切れ途切れに聞こえる。私が生死の境をさまよっていると、

「すがのーっ、椰子水やー、飲まんかいなー」

北山の涙声と同時に口のまわりが濡れた。目を開けると、北山、森脇、足立隊長が、折り重なって私の顔を見ていた。

「野豚を二頭も捕らえたんや。豚を食えば元気が出るわいなー。元気を出せなー」

北山は泣きながら、私の体を揺すった。

「おかしいなー。朝から野豚が二匹も捕れるなんて」

私は、おぼろ気な途切れ途切れの意識をつなぎ留めようとしていた。意識がはっきりした

後で判ったのだが、それは私が倒れてから二日経った夕方だった。兵隊と先住民とが一緒になって草原を焼き払い、野豚狩りをして獲物のあった日だった。

この二日間小便を垂れ流しだった。死人のようないやな臭いが袴下に染みついていた。夜中に尿意を催し、さんざん小便の竹筒を探したことは記憶に残っていたが、気持だけで体は全然動いていなかったようだ。意識を取り戻す直前に映っていた〝白く輝く靄〟はその後も私の脳裏に長く残っていた。

戦後になって読んだ戦記物の本の中に、「白道」という記事の載っていた本が幾つかあった。いずれも多少のニュアンスの違いはあるが、私の体験したことと似通っている点が多いのが不思議だった。死の世界に通じる道、白道——私の見た白く輝く靄も、その白道だったような気がしてならない。

このウエルマン集落に駐留したわが中隊の将兵は、全部で四十一名だった。その中で生き残れたのは十一名で、あとの三十名は、この集落の土と化した。看取りの椰子水を飲んで生き残れたのは私が一人であったろう。運命としか説明のしようがない。

三十名の将兵は、「塩がほしい」「肉を食いたい」「いや、白菜漬でよいから飯を腹いっぱいに食ってから死にたい」と、この世に食物の未練を残しながら、白道を通ってあの世に旅立った。集落の裏手の草原の端には、その人々の土饅頭がずらりと並んだ。

昭和十九年の暮れも押し迫った頃、残った私たちは、せめて正月前に墓標だけでも建てることにした。生き残ってはいたが、歩くのもようやくといった重症者ばかりだった。内地の病院に入院していたら、面会謝絶になるような赤紙組ばかりだった。私も意識を取り戻した翌日には起きあがり、墓標作りに精を出していた。私の一年先輩に、土橋という字の上手な兵隊がいた。私はまだ足元がおぼつかなかったので、彼の手元で墨作りをやった。焚き落としの消し炭を砕《くだ》き、椰子油で溶かした。筆は椰子の木の枝葉に付いている細い繊維を集めて作った。丸太の皮を剝いで黒々と書きあげた墓標が、横一列に二十数柱並んだ。墓標は何も言わない。墓標の列をじっと見ていた北山が、

「俺もどの辺に埋まりおるかなー」

とつぶやくように言った後、

「菅野と隣り合わせになって、一緒にゆかんか」

私の顔を見て冗談を言っていたが、その彼もそれから三ヵ月後に亡くなった。

そのとき、私は二十師団に配属になって、前線に向かっていた。

泣きながら私の名を呼んで意識を呼び戻してくれた彼に、私は死水《しにみず》もとってやれなかった。

彼は、私より半年先輩であったが、明るく人の好い男で、私とはハルピンにいる頃から親しかった。こっくりさん占いの上手な男で、ウエワクの海岸にいる頃は、他の中隊まで出張して占っていた。

飢餓がひどくなるにつれ、階級の壁も、年次の壁も薄れていた。私と同年同期の者で生き残っているのは、その集落では私一人だけになっていた。親しみは、年次の近い順に上に下に広がっていた。私の上には北山、森脇、その上が土橋、このあたりまでが、同年兵同様の親しみがあった。下は半期遅い佐藤英さん。この頃には、表向きでないときには、さん付けで呼んでいた。軍隊用語にない敬語で呼び合っていた。佐藤英さんの下の二年兵は、一人残

らず死に絶えていた。このような情況の中にあっても、わが中隊の人事係准尉と最古参のF曹長は、気質が合わないのか、絶えずもめていた。

足立隊長と准尉が起居していた小屋には囲炉裏があった。ある日の昼さがり、隊長と准尉は、その囲炉裏を囲んで雑談していた。そこに本部に命令受領に出ていたF曹長が帰ってきた。通常は命令受領から戻れば真っ先に、准尉に報告に行くのが軍隊の慣わしであるが、Fはそれを無視して、小屋の前の広場で行水を始めた。先住民の子供たちに水を運ばせ、褌一本になって頭から水を浴びていた。准尉は、苛立《いらだ》たしそうな顔で見ていたが、

「F、報告もせんで何をしておるか」

と激しくどやした。F曹長は振り向きもしないで、小声でぶつぶつ言っていた。

准尉はさらに、

「貴様、何を言っておる。報告を早くせんか」

「何を言ってやがる。この暑いのに、汗を流したら行くよ」

今度はF曹長が大声でどなった。

「貴様、上官に向かって何てことを言うか」

准尉は言うが早いか、燃えている薪を摑むとF曹長めがけて投げつけた。薪はFの足元に落ちた。今度はFがその薪を拾って准尉に投げ返すと、薪は准尉の腰に当たった。

准尉は怒り狂って、

「貴様、上官に反抗する気か、殺してやる」

背後にあった銃を取って構えた。Fは撃たれてはたまらんとばかりに素足く逃げてしまっ

た。隊長は目の前の立ち廻りを、苦り切った顔で見ていた。すると、准尉が、

「隊長、あんたは上官に対する反抗を、黙って見過ごすんですか」

とくってかかった。隊長は、ようやく重い腰をあげて広場に出ると「F曹長、出てこい」

と大声で呼んだ。物陰から現われたFが、隊長の前に褌一丁の姿で、神妙な面持ちで立った。

「F曹長は、上官に反抗した条理により、この足立がビンタをとる」

告げる隊長の目からは、はらはらと涙がこぼれ落ちていた。死と隣り合わせにいながら啀《いが》み合っている老獪《ろうかい》な二人に、若き隊長は、心のやり場がなかったのであろう。

それから十数日経った頃、F曹長、大滝、佐藤（忠）、佐藤（英）、それに私を加えた五名はウエルマン集落から五キロほど離れたショタンガイの集落に分駐することになった。准尉とF曹長の扱いに苦慮していた足立隊長の策だった。ショタンガイの集落は無人の集落だったので、先住民の三家族も移転することになった。准尉とFのけんかのとばっちりが、先住民の家族まで巻き込む結果になった。彼らには気の毒であったが、彼らの協力なしには、兵隊だけの生活はなり立たなかった。

ショタンガイの集落には、本部から中村中尉、一中隊からは桑村曹長他四名がすでに到着していた。二中隊から移住した私たち五名も加わって、新しい集落づくりを始めることになった。われわれの最初に手がけなければならないのは、農園造りだった。衰弱のきわみにあった私たちには、密林の伐採作業は苛酷だった。微熱、頭痛、立ち眩み、いろいろな苦痛に耐えての伐採作業だった。私たちは立つのも苦痛で、木の根元に座り込んで帯剣を振るって木を切った。

ある日、私が立木の根元に屈み込んで、帯剣を振るっていると、年老いた先住民が、私に近寄り、

「これを噛めば、ストロング（強く）なる」

と言って網袋から檳榔樹《びんろうじゅ》の実を取り出した。彼らは常にこの実と貝殻を砕いた粉を一緒にして噛んでいた。口中を、真っ赤にして、赤い唾《つば》をところかまわず吐き散らす不衛生な行為には、私たちも閉口していた。私も日頃からこの実に好奇心を抱いていたので、もの珍しさに誘われ、梅の実ほどの実を一個もらって噛んでみた。初めは渋味があったが、噛んでいると、たちまち一升酒でも飲んだように酔いがまわり、めまいはするし、ストロングになるどころか、とんだひどいめにあった。

檳榔樹はヤシ科の一種だが、不思議な樹木だった。ウエルマン集落にいたとき、北山と森脇が、檳榔樹の根元に生えていた茸《きのこ》を食って、涙が留めどもなく出て止まらないことがあった。その涙が、また夥《おびただ》しい量で、彼らの胸を濡らし、座っていた床にまで溜っているのを目撃したことがあった。檳榔樹は、われわれには計り知れない成分を含んでいるような気がしてならなかった。

ある日、一中隊から移住した一年先輩の井川上等兵と連れだって集落の裏手の密林に猟に出かけた。密林を五百メートルほど奥に進むと、大木の枝の先に、数羽の白オウムが群れていた。銃を構えたが、銃を依託する適当な樹木が近くにない。井川上等兵がやにわに、

「俺の肩に依託して撃て」

と言って両耳に指栓《ゆびせん》をしながら、私の前に中腰になってかがみ込んだ。古兵の肩に銃を載

せるのを戸惑っていると、彼は盛んに、

「早く撃たんと逃げ去られるぞ」

と急き立てた。

狙いは的中した。轟音とともにオウムは落下した。すると銃声に驚いた一匹の子豚が、藪から飛び出し、私たちの目の前に現われた。よく見ると、耳を切り印した先住民の飼豚《かいぶた》であった。先住民たちは豚を放し飼いにして飼育していた。

私と井川は、互いに目を見合わせながら撃つのをためらっていたが、「ええい、惚《とぼ》けて撃っちまえ」ということになって、引き金を引いた。

弾丸は急所をそれた。子豚はうずくまったまま、大きな鳴き声をあげて騒ぎ出した。

「早く息の根を絶たねば先住民に発見される」

焦る心で豚の頭を銃の床尾板《しょうびばん》で殴り続けた。すると銃の床尾板はぽっきりと折れてしまった。軍隊での兵器の損傷は重罪が課せられる。私の心はすっかり暗くなった。

ちょうどそのとき、先住民の話し声が近づいてきた。悪いことは重なるものだ。私たちは急いで死んだ子豚に枯葉を被せて偽装した。間もなく本部の高田中尉が、四、五名の先住民を連れて通りかかった。高田中尉は、先住民の宣撫《せんぶ》係を担当していた将校だった。

私たちは「よりによって悪い将校に出会ったもんだ」と内心ひやひやしながら敬礼すると、連れの先住民の一人が、「いま銃声が聞こえたが、何を撃った」と尋ねた。

「このオウムを撃ち落としたのだ」

と言いながら白オウムを見せると、

「いや、豚の血の臭いがする」

と言いながら、先住民たちは鼻をぴくぴく動かしていたかと思うと、まっすぐに偽装した場所に近づき、枯葉をあばいて子豚を発見してしまった。先住民たちは口々に、これは飼豚だと騒ぎだした。私たちは、

「こんな密林の奥にいたので、野豚と勘違いして撃ってしまった」

と苦しい弁解に始終した。

豚は彼らにとっては、何よりの財産でもあり、家族でもあった。よく女房たちが、網袋に子供と一緒に子豚を入れて背負っている風景は、私も何度も目撃していた。子供同様に可愛がって飼育していた、その子豚を殺されたのだから、彼らの怒りはなかなか収まらなかった。高田中尉は始終にこにこしながら聞いていたが、やがて先住民たちに誤射であることを説得し始めた。すると彼らも納得したのか、騒ぎも呆気《あっけ》なく収まった。

高田中尉に対する先住民たちの信望はさすがだった。私たちも感心しながら、ほっと胸を撫でおろした。一件は落着したが、私には銃の損傷が心の重荷になって残っていた。重い足を引き摺って集落に帰ると、集落では、兵隊にも先住民たちにも、これらの事件はすべて知れわたっていた。早速、隊長の中村中尉のもとに出向いて、事のあらましを報告すると、

「銃は、死んだ人々の残した予備がある。内密に処理するから心配するな」

と逆に慰められた。

その夜、子豚の肉が振舞われた。仲間たちは久し振りの蛋白質の補給に、目を輝かせて食っていたが、私には何とも後味の悪い味だった。それにしても先住民の嗅覚には恐れいった。

血の臭いを嗅ぎ分ける犬のような鼻をもっているとは知らなかった。貧乏籤を一人で引いたような一日だったと、回想をめぐらしながら眠りに就いた。

ショタンガイの集落に移住して一ヵ月ほど経った三月三十一日、配属命令が出てこの集落から、井川、佐藤（英）、福沢、菅野、それに三中隊から佐土原曹長の五名が二十師団に配属となった。

〈いよいよ、来るべきときが来た。このセピック平原に来てからも、仲間の七割五分が飢餓に倒れた。玉砕の言葉も耳にしていた。二十師団は地上戦闘部隊だ。どうせ死ぬなら銃を握って死ぬのが軍人らしい死に方であろう〉

などと強がりを胸に秘めて、私たちは集合地に指定されたセピックの支流、アチレマ河近くのガコロビの集落に向けて出発した。

先住民集落

前夕この集落に着いたので、集落のたたずまいがよく判らなかった。夜が明けて見ると周囲が密林に覆われた大きな集落だった。Y字形の道筋に沿って、飛騨高山の合掌造りのような大きな家屋が二十棟ぐらい建っていた。集落の中央に奥行十六メートルもあるマロロハウスが、でんと構えていた。内部に焚火を囲んで年老いた先住民が三名屯《たむろ》している。

私が近づくと、彼らはにやりと笑って、チヤー（丸太を凹ませた椅子）をすすめた。私はそれに座って話しかけたが、さっぱり通じない。どこの集落でも老人と女にはピジン語は通じなかった。いつの間にか私の周囲に、五、六名の子供が物珍しそうに集まっていた。どこの集落でも先住民との最初の接触は子供たちだった。前に駐留したウエルマン集落に比べて、この付近は物資が豊かなのか、栄養不良のせいで腹が大きくふくらんで突き出しているような子供はいなかった。

やがて各部隊から動員された兵隊たちが、分宿した小屋から三三五五と、集落の広場に姿を現わし始めた。だれもが痩せ細った体、病みあがりのような黄色い顔。とても地上戦に耐えられるような様相ではなかった。だが、皆観念してか、声もなく集まってきた。九時頃になって私たちが整列して待っていると、四十過ぎの白髪混じりの中尉が現われ、元気な張りのある声で自己紹介を始めた。

名は塩田中尉、千葉の習志野によほど感動的な思い出があるのか、習志野時代の懐古談を長々と話した後、ようやく私たちの身の振り方についての説明に移った。私たちは迫撃砲中隊を編成し、この集落で訓練をした後に、二十師団に属して前線に出動するという趣旨だった。直ちに小隊編成に移り、第一、第二、第三の三個小隊が編成されそれぞれの所属小隊が決まった。一個小隊は十四名。私は第二小隊の杉浦少尉の指揮下に入った。

この迫撃砲中隊に配属された者の多くは、飛行戦隊、野戦気象隊、航空通信隊といった者ばかりで、迫撃砲など見たこともなかった。各小隊ごとに迫撃砲一門が支給され、唯一経験者の塩田中隊長が直接手をとっての教育が始められた。各部の名称の説明から発射の要領まで、二時間に及ぶ長講が続いた。

迫撃砲の発射は、砲身を斜めに固定して、砲口から弾丸のような形をした砲弾を挿入して落下させ、砲底の撃針に当てて発射する仕組みになっていた。われわれ航空部隊の兵隊の目からすると、何とも原始的な兵器に映った。砲の搬送は、三つに分解して行なわれた。

砲身、脚、床板と分解されるが、どれもがまるで鋳物《いもの》の塊のように重い。それを通常は独りで担って行軍すると聞いてびっくりした。地上部隊にはなんて強い馬鹿力のある兵隊がいるものだろうと、感心しながら聞いていた。

われわれの中には、誰ひとりとして担って歩ける者はいなかった。各部の運搬は、木蔓《きづる》で括って棒を通し二名で担うようにしたが、その一端でも棒は肩の骨に喰い込むように痛く、足が地面にめり込むように重かった。この迫撃砲の分解、搬送、組み立て、標準、射撃の訓練が、毎日繰り返し続けられた。

六十八戦隊から配属になっていた五名は、一緒の小屋に起居していた。主食のサクサク澱粉は先住民の供出に頼っていたが、副食は個々に密林内に探し求めていた。佐土原曹長は鳥撃ちの名人だった。密林内を歩きまわって、大きな黒オウムをよく撃って帰った。ときには二羽も下げて帰ることもあった。

私たちの起居していた小屋には工兵隊から配属になった非常に腕力の強いH一等兵という男がいた。私たちのグループで野鳥を捕らえたときにはいつも彼にお裾分けし、骨は全部彼に与えていた。Hはその骨を餌にして先住民の犬の誘寄《おびきよ》せに使っていた。犬は、初めのうちは警戒して骨をくわえては遠ざかって食っているが、段々馴れるにしたがって、彼の手の届く所まで近寄って食うようになる。その瞬間、犬の首を押さえて捩じ伏せ、息の根を止めてしまう。実に鮮やかな手口だった。こうして殺した犬の肉を、私たちのグループに何度も配られた。

先住民たちは、犬が行方不明になったと言って捜し廻り、私たちの小屋にも尋ねて来たが、そこには血の臭いも残っていなかった。犬のような彼らの嗅覚をしても、Hの手口には、とりつくしまがなかった。

Hは、ニューギニアに来る前には、中国戦線で八路軍と戦っていた。彼はいつも八路軍の勇敢な戦いぶりを讃え、同時にそのときの怖さを語っていた。ニューギニアに来てからも前線の野戦から野戦を渡り歩き、野戦ずれしてこのような猛者《もさ》になったものと思われた。

私たちは先住民から主食をもらって食い、先住民の小屋に厄介になっていながら、彼らの可愛がっていた犬を平然と殺して食っていた。飢えた戦争は人の心を荒廃させ、このような罪を別に気にも留めないで犯していた。

迫撃砲の砲弾の到着が遅れたため、初めの予定より前線出動がはるかに遅れ、私たちはこのガコロビ集落に三ヵ月近く滞在していた。その間に先住民の風習をいろいろ見聞した。

私がニューギニアの奥地に入って以来、関心をもっていた一つに、彼ら先住民家屋の建築方法がある。道具もない石器時代のような生活の中で、間口九メートル、奥行十六メートルもある、飛騨高山の合掌造りのような大きな建物を、どのようにして建てるのかに興味があった。

これまでも駐留した集落や、行軍の途中で見かけた風景に、背丈あまりもある雑草の中から、直径五十センチもある太い柱が数本掘って立てられているのを、よく目撃していた。初めは、廃屋の跡と思って彼らに尋ねると「新築の途中」という返事が返ってきた。彼らは柱を掘っ立ててから、数年も放置して地質の固まるのを待っているようだった。

ある日、集落内が常になく騒がしい。何ごとかと思って近寄って見ると、直径一メートル二十～三十センチ、長さ十七メートルもある太い丸太を、集落の老若男女が蟻のように群がって引き摺って運んでいた。建築現場には、柱の間口の幅で三十メートルも先から、二十度ほどの勾配で、柱の頂点まで頑強な足場が整然と組み立てられていた。大小無数の丸太を縦横に藤蔓で結束して組み立てられた足場は、丸太と藤蔓の芸術だった。

棟木《むなぎ》や梁《はり》を、この足場の上を転がして押し上げ、V字型に切り込んだ柱の頂部に据え付けることは、一目瞭然に解った。

昔、わが国の寺院の建築や築城でも、このような方法で重い石や材料を運び上げていたものと思い、彼らの作業を眺めていた。

彼らの家屋は釘類や筋違いは一切使用していない。深く強固に埋め込んだ柱、その頂部をV字型に切り込み、棟木や梁の重みで横揺れを防いでいるように思われた。たる木、母屋《おもや》などはすべて藤蔓で結束していたが、寸分の弛《たる》みもなくよく締まっていた。まさに藤蔓と丸太の芸術だった。水平や墨縄作業の方法も知りたかったが、私の貧しい語学力では尋ねる術もなく、目撃する機会もなかったのが残念だった。

私たちが先住民と初めて接触して異様に感じたのは、顔、胸、背中の皮膚に彫《ほ》り込んである傷跡であった。ちょうど蝦蟇蛙《がまがえる》の背のように彫り込んでいた。彼ら男子は、十二、三歳に達すると、成人の証《あかし》として肌を傷つける風習があった。傷跡の多いほど「強い男」として誇りにしていた。

この集落にいるとき、ちょうどその儀式を目撃する機会があった。十二、三歳の男の子四人が一つの小屋に籠り、係の大人の介添えで皮膚を彫り込まれていた。全身が鮮血に染まり、油を塗って寝ている痛々しい姿に、私も思わず顔をそむけた。しばらくは発熱で独りで便所にも立てず、抱えられながら足を運んでいた。

私たちの目からすると何とも馬鹿げた風習に映ったが、彼らには大切な成人の儀式のようであった。誇り高き男になるには、肉体的苦痛が前提になっていた。

生と死

いよいよ前線出動の命令が出た。六月二十七日、わが杉浦小隊の十四名は、当時山南地区と呼んでいたアレキサンダー山系に向けて出発した。これまでの行軍と異なって、自分の装具の他に迫撃砲という大変なお荷物を担っての行軍。思っただけでもうんざりだった。第一日目は、この集落の先住民が砲と砲弾を担って送ってくれたので助かったが、彼らは、その日の夕方、宿営地に着くと帰ってしまった。さらに行軍第一夜にして三名の落伍者が発生した。翌朝杉浦隊長は、砲弾の大半をこの宿営地に残し、落伍者の三名にその監視を委《ゆだ》ねて出発した。

二日目はウイトベの集落に宿営した。その夜私と佐藤上等兵が、ひどいマラリヤ熱に倒れた。さらに航空通信隊から配属になっていた長井兵長も脚気で歩けなくなった。

翌朝、隊長は私たち三人に「目的地、アリス集落」と書いたメモ用紙を残し、「早くよくなって、この砲弾を持って追及するように」

と一人当たり二発の砲弾を置いて出発していった。

このウイトベはアレキサンダー山系の山裾の集落で、そこの先住民はセピック地方の部族とは一見して異なった風貌をしていた。驚いたことに、男も女も全裸だった。年頃の娘も腰の回りにも一糸も纏《まと》っていない。われわれの体力の衰えは性欲をも完全に奪っていたが、好奇心はあった。女たちが屯《たむろ》している所に近寄ると、彼女らは膝を寄せ合わせて隠すようにしていた。やはり羞恥心はあったようだった。

われわれは熱が引いたら直ちに出発する予定でいたが、一週間ほど経っても、辛うじて歩けるのは私と佐藤だけ。長井はほとんど寝たきりの状態だった。

そうこうしているうちに先住民の様子がおかしくなってきた。これまでは笑顔で親しく話しかけてきたが、こちらから話しかけても逃げ腰になっている。道の途中で出会うと逃げるように物陰に隠れた。

彼らは元来かけひきのない民族である。われわれを避けているように想えるその行動で、敵側先住民の煽動《せんどう》が、この集落にも侵入していることをわれわれは悟《さと》った。その頃、「先住民に寝返りを打たれ、寝首をかかれた」という話は珍しくなかった。

「危ない」この集落から一刻も早く脱出せねばと、われわれはあせった。この集落でもこのような状態であるのに、この先の道中を病兵三人だけで行くことを思うと、不安が一層募《つの》った。後方に退《しりぞ》けば逃亡の罪が待っている。進退窮《しんたいきわ》まっていた。

こうしたある日、セピック地方に駐留していた船舶工兵の一個小隊（約二十名）が、行軍の途中でこの集落に宿営した。聞くと、われわれと同じ二十師団に配属になって赴く途中であることが判った。見ると旋回機銃まで携えている。私たちは小躍りして喜んだ。この小隊と一緒に行動すれば、道中非常に心強い。その夜、この小隊の隊長を訪ね、事の大略を話して頼むと、小隊長は快く承諾してくれた。

翌朝、出発の時刻が迫っても長井は伏せたまま頭を上げようともしない。私と佐藤は迷った。見捨てようとも考えた。長井も、「かまわず行ってくれ」と観念していた。だがどうしても見捨てるには偲びなかった。私と佐藤が熱病に苦しんでいたとき、彼は這い摺りながら、湯冷《さま》しをつくって飲ませてくれたこともあった。先住民に血祭りにあげられるのが判っていながら、どうして置き去りにできよう。私と佐藤は出発を断念して、船舶工兵隊の力強い足音を恨めしそうに見送った。

その日の夕方、今朝元気よく出発した船舶工兵隊の一人が、幽霊のような姿で舞い戻ってきた。全身が擦り傷だらけ、目もうつろで口も利けない。私たちが水を飲ませ介抱すると荒い息づかいで言った。

「先住民の待ち伏せ襲撃で小隊は全滅した」

断片的な言葉であったが、ようやく聞き取れた。かねてから恐れていたことが、現実となって現われた。もう一晩でもこの集落に留まることはできない。私と佐藤のすぐにでも発《た》つような気配に、長井が「俺も追って行く」と言いながら身支度を始めた。

この集落には、われわれの他に三名の日本兵が宿営していた。左手首を切断した軍曹がいて、警備隊と称していたが、われわれの目からすると逃亡兵か落伍兵のようであった。彼らも直ちに後方に退《さが》る様子だったので、負傷している船舶工兵を彼らに頼んだ。

われわれは必要最小限の身の回り品だけを携行するようにした。飯盒や水筒は、半切れ毛布に包み、音のしないように気を配った。

その夜は常になく集落内が騒がしい。集落の広場に焚火が赤々と燃え、盛んに先住民たちが往来していた。私たちは、先住民の目を欺《あざむ》くため、蚊帳を吊ったまま、そうっと抜け出した。集落から三百メートルほど隔てた所に谷川があった。われわれは、その谷川を遡ることにした。地図もない。先住民に追われる身であれば、先住民に道順を尋ねることもできない。この谷川に沿ってどこまでも遡れば、山岳地帯に陣取っている友軍の元に行けるものと信じた。

瞼が痛くなるほど目を開き、暗闇の谷川を手探り足探り、田螺《たにし》が這《は》うようにして歩いた。追われる身の苛立《いらだ》ちは、一刻の休みもなく歩き続かしめた。手探り足探りの行軍は神経が擂《す》り減る。夜が白々と明けた頃には、精神的にも肉体的にも限界に達していた。口を利く者もない。川岸に腰を下したまま茫然としていた。「こんな苦労するなら死んだほうがましだ」と考えるようになっていた。対岸の斜面に農園が広がっている。その中腹の番小屋から、白い煙が空高く立ちのぼっていた。

「ありったけの塩と交換に、バナナや芋をたら腹食ってから死のう」

いつしか私たちの足はその番小屋に向かっていた。私たちの足音に気づいた先住民の老夫婦が、番小屋の前に出てにこにこしながら私たちの登りつめるのを待っていた。私たちが錆びた塩の容器を逆立てて、「腹が減っている。これで食物をくれ」と手真似をすると、椰子の葉で編んだかごに、焼いた芋とバナナを山ほど運んできた。私たちは手に取るが早いか貪《むさぼ》り食った。食うのも一段落した頃、私は、「この農園は、どこの集落の所有か」と尋ねた。

「ウイトベの集落の農園だ」

意外な返事に、私は食っていたバナナも逆流するほど驚いた。一晩中、歩きづめに歩いたのに、ウイトベ集落の領域からも脱せずにいたとは。途端に私たちは浮き腰になった。こんな所にぼやぼやしていられない。早く逃げなければ――。

人間とは不思議なものだ。死を覚悟していたが、いざ直面すると、生きる執念の力がどこからともなく湧きあがっていた。世に言う神通力とはこのような力を指すのであろうか？

老人は情報の伝達が遅い。この老夫婦の表情から察すると、まだわれわれ日本兵に対する敵意は抱《いだ》いていないようだが、いつ集落の若者が現われるか判らないと思うと、心はあせった。そわそわ立ち去ろうとすると、老人は、「どこに行く」と尋ねる。追われる身の立場から真実のことは言えない。

「ウイトベ」と、前夜までいた集落の名をとっさに答えると、

「サーベイ（判った）下の道を右に行け」と親切に指さしながら教えてくれた。

私たちが下のT字路まで来て振り返ると、老夫婦は並んで見送っている。至し方なし、私たちは、彼らの目を欺くには、いったん右折して、彼らの目の届かぬ地点から藪林内を迂回してアリス道に出ることにした。ところが、このアリス道の道筋の至る所に、立木を切り倒して構築したバリケードが築かれ、行手をはばんでいた。昨日船舶工兵隊がこのようなバリケードに足をとられているところを襲撃されたものと想像すると、背筋が寒くなった。先住民の、あの野性的な目が、藪の茂みから私たちの身辺に幾重にも注がれ、今にも投げ槍が飛

んでくるような気配に私は怯《おび》えた。足が竦《すく》んだ。私は腰の拳銃を構え、目を両側の藪に光らせながら歩いた。

私がウイトベの集落で落伍した朝、仲間のある伍長が「お前は落伍したのだから、この拳銃と交換しろ」と、私の小銃を持ち去っていた。戦場においては何よりも頼りになるのが小銃である。拳銃では心細いが、末端兵の悲しさで拒むことができず、拳銃の携行を余儀なくされていた。

ようやくバリケードを突破して百メートルも歩かないうちに、またも設けてある。彼らは自然の地形を巧みに利用し、両側の藪林の密集地を選んでは築いていた。このようなバリケードが三ヵ所あった。艱難辛苦の末、ようやく藪林を抜けると、なだらかな草原の登り坂になっていた。ふと振り返ると、長井の姿がない。私と佐藤が急ぐ心を押さえながら待っていると、先住民の打ち鳴らすガラモト（丸太をくりぬいた大きな太鼓）が響いてきた。その音はやたらと私たちの神経を苛立《いらだ》たす。

私たちの動きを発見した先住民が、仲間に知らせる合図であろう。ガラモトの音に混じって、シニアウト（ターザン映画などによくでてくる叫び声による伝達方法）の、犬の遠吠えのような叫び声もする。シニアウトによる伝達方法は道具がいらない。農園や密林にいても、この声が聞こえた者は、その場で同じことをまた叫ぶ。次から次に山を越え谷を渡り、たちまち十キロや二十キロ四方に伝えられていた。

ガラモトや先住民の叫び声を聞いているうちに、「クソッ、奴らに殺されてたまるか」と、恐怖心が過ぎて開き直ったような気持になっていた。苛々しながら待っていると、恐怖に目を光らせ、荒い息をしながら長井が近づいてきた。見るとたくさんの装具を背負っている。私と佐藤は、前夜ウイトベ集落を脱出するとき、装具はほとんど捨てて来たが、長井は物に執着する男だった。私は思わず、

「命もなくなるというときに、いつまでそんな物を背負っているんだ」

と、どなった。彼は私たち三人の中では、一番階級は上であったが、私の罵声にも一言の反論もせず黙々と歩いていた。

草原の坂道を登り切ると、集落の椰子の茂みが視界に入ったが、私たちは集落を避け谷川に下った。その谷川を遡ること二時間、精も魂も尽き果てていた頃、突然、日本語の話し声が聞こえた。私たちが夢中で岸に這いあがり藪を抜けると、細い道があった。話し声はこの道の先のほうから聞こえてくる。喜びが胸にひしひしと込みあげてきた。

中尉の隊長を先頭に、十七、八名が隊列を組んで行進してきた。隊列の後方には、中ぐらいの豚が足を括られ逆さまに吊るされ、それを二名の兵隊が担っている。私たちは揃って隊長に敬礼をした。私たちのびしょ濡れの服装、凹んだ目を光らせた様相に不審を抱いた隊長が、私たちの身分を尋ねた。

「自分たちは、二十師団に配属になって赴く途中でありますが、昨日から先住民に追われて難儀しています」

と答えると、隊長は、

「ご苦労、この地区の警備隊であるが、今夜はわが隊に泊まれ」

地獄に仏とばかり、私たちはこの小隊についていった。

夕方、小隊の宿舎の一隅を与えられ、夕食の準備をしていると、一人の軍曹が私たちの所に来て、「きょうは思いがけなく豚を射止めた」と言いながら骨付きの肉のお裾分けをしてくれた。さらに彼は話を続けた。

「うちの准尉が昨日、近くの集落民に殺されたので、今日はその集落の掃討作戦に行ったが、先住民たちはすでに遁走していなかった。彼らの飼い豚が置き去りにされていたので、戦利品として射止めたものだ」

私は彼の話を聞いているうちに、昨日はこの辺一帯の先住民が、一斉蜂起したものと悟った。危ないところだった。私は、昨夜からの様々の回想を脳裏に描きながら眠りに就いた。

翌朝、昨夜の軍曹が私たちを展望の利く所まで送ってきて、

「あの集落が昨日掃討作戦をやった集落だ。あの集落の手前の道を右に折れれば谷川に突き当たる。その谷川を遡って……」

彼は親切に指さしながら細かに説明してくれた。私たちは厚く礼を述べて別れを告げた。

私たちは、道順を教えてくれた軍曹の言葉を頭に描きながら歩いていたが、いつの間にか集落内を歩いていた。集落内には、人っ子一人いない。掃き清められた家屋の周辺は、静閑としていた。軒下にサクサク澱粉が干してあった。しばらく口にしていない。懐かしさのようなものが食欲を誘った。昨夜の豚の骨のスープも残っている。うどんを打って食ってから出かけることにした。私と長井がうどん打ちの準備を始める一方、佐藤が水汲みに谷間のほうに降りて行った。間もなく佐藤が、慌てて戻ってきた。

「谷間の湿地に死体が転がっている」

彼は、青ざめて言った。うかつだった。いつの間にか、敵側先住民の集落に入っていたとは気づかなかった。私たちは、大急ぎで広げた装具をひっくるめ、一目散に警備隊に戻った。私たちの報告で、警備隊は直ちに遺体収容に出向いた。

次の朝、またも昨日の軍曹が見送りに出て、

「獣道のような細い道だ。今度こそは見落とさないように注意して行けよ」

と笑って言った。私たちは軍曹に教えられたとおり谷川を遡った。膝下を濡らすくらいの深さ、周辺の藪に先住民の目が光っていると思うと、やたらと気は急くが、川の中の行軍は遅々としてはかどらない。四、五時間一休みもしないで歩いた。両側が切り立つ断崖の谷間に近づいたとき、辺りが急に騒がしくなった。岩場にへばりつくように天幕を張って、日本兵が二、三十人近く群がっていた。

私たちの姿を見ると、その中の一人が飯盒を下げて私たちに近寄って来た。

「この塩と銃弾十発で交換しないか」ともちかけてきた。飯盒の中をのぞくと、赤泥のようなものが八分目ほど詰めてあった。なめると確かに塩だ。私たちは塩は全然なかった。

喉から手が出るほどほしい。だが銃弾の余裕もない。これからの最前線の情況を思うと、一発でも惜しいが背に腹は代えられず、三発ずつ出し合って交換した。

塩交換の男の話から、この谷間に塩分を含んだ水が湧き出ていることを知った。私たちは塩はいくら余計にあってもよい。塩があれば、先住民の集落でも兵隊仲間でも容易に食糧が入手できることを思うと、少々出発を延ばしても、ここで塩を採ることにした。早速、仲間入りしようとしたが、私たち三人が寝泊まりするような適地がない。やむなく川原に天幕を

張って準備した。

ここに群がっている人々は、逃亡兵と呼ばれる人々か、もしくは遅留兵（落伍したまま追及しない者）のような寄せ集まりのようであった。彼らは個々に飯盒に塩水を汲んでは蒸発させて製塩していた。その中に両脚の関節部が砲弾で飛ばされた兵長がいた。彼は、将校の当番兵に就いていたが、今度はその将校に背負われて、前線からはるばるこの谷間に退《さが》ってきたと言っていた。将校の集めてきた薪を両足のない不自由な体で燃やし、塩を採っている姿は見るのも気の毒だった。

彼らは塩を採った後、セピック方面に退《さが》ると言っていた。自分一個の体を運ぶのも容易でないのに一人の男を背負い、二人分の装具を持って、道なき道をどこまで行くのであろうか。話しを聞いただけで気の遠くなるような暗胆たる話だった。

私たちが川原に陣取って製塩作業の準備をしていると、二人の軍曹が通りがかり、

「お前たち、そんな所に寝ていては、雨が降ったら流されてしまうぞ」

なるほど、言われてみるとそのとおりだ。私たちが戸惑っていると彼らは、

「俺たちの小屋はこの上にある。俺たちの小屋に泊まれ」

と誘ってくれた。私たちは渡りに舟とばかりに彼らについていった。

上流百メートルほど登った崖の中腹に、優に二十〜三十名は寝泊まりできるくらいの小屋があった。その広い小屋を彼ら二人だけで専有していた。小屋の前に茶色に焼けこげた石の竈が築いてあるところを見ると、前にこの近くに駐留していた日本の部隊が、組織的に製塩作業をするために建てた小屋のように思えた。

私たちが装具を解いて夕食の支度を始めようとしていると、二人の軍曹が現われ、

「弾丸をくれんか」

まるで強要するような口調に、私たちは一瞬戸惑った。

どうもこいつらは性質《たち》が悪いと思ったが、

「いま、塩と弾丸を交換したばかりなので、手元には残ってないのです」

と断わった。すると彼らは、

「そんなことは判っている。お前らは一夜の宿を乞いながら、人の恩義を知らないのか」

無茶苦茶な言い掛かりだ。まるで山賊のセリフだ。彼らの素顔が徐々に判ってきた。彼らは、最初から物品強奪が目的で私たちを誘ったのであろう。

「えらい野郎どもの口車に乗ってしもうた」

後悔はしたが、日もすっかり暮れ、真っ暗闇では移転することもならず、この夜はここで一泊することにした。早々と横になったが、私は、前夜泊まった警備隊の軍曹の言葉が頭に浮かんでいた。

「これから先は先住民に目を配るのは勿論だが、同胞であっても気を許すな。特に逃亡兵の中には良からぬ者がいて、身ぐるみ剝がされた挙句、肉まで食われたという風説もあるから、注意しろよ」

親切なアドバイスであったが、実にショッキングな話であった。日本人同士が殺し合い、肉まで貪《むさぼ》るとは、思っただけでも身の毛がよだつ。そのときは、私は半信半疑で聞いていたが、その風説が現実となって迫っているような気がした。この小屋の二人の軍曹も逃亡兵の

類であろう。彼らもいつ魔手を伸ばさないとも限らないと思うと身が引き締まった。

私たちは、そうっとささやき合い、暗闇の中で、彼らに銃口を向けた。彼らの動きによっては、いつでもぶっ放す心構えであった。その夜は、交代で寝ずに彼らを監視した。

翌朝、白々と夜が明けるのを待って、私たちはそうっと小屋を抜け出した。入口のほうに寝ている彼らに気づかれないように、道もない崖を下って谷川を渡り、大きく迂回した。対岸の断崖を這い登ると密林になっていた。その密林内を百メートルほど下ると、突然大きな農園の端に出た。農園には、バナナ、タロ芋、パパイヤ、西瓜、生姜、春菊などが収穫を待っているかのように熟れていた。

戦線が切迫したので、先住民は集落も農園も捨てて避難したのであろう。その農園が日本兵にも発見されず荒れないまま残っていたものと思えた。農園の斜面を下った所に小さな流れがあり、流れの一段上に三人が寝泊まりするには、ちょうど手頃の小屋があった。

私たちは、この三日、無理な行軍に疲労困憊。ちょうどよいとばかりに、ここでしばらく静養することにした。食糧も豊富にあり、水の便もよい。それにこの小さな流れには、沢蟹がたくさん棲んでいた。飯盒片手に石を転がすと、たちまち飯盒半分も沢蟹がとれた。蟹をたっぷり入れた蟹スープは、ひからびていた私たちの舌を魅了した。タロ芋やバナナもたらふく食い、一週間ほどがまたたく間に過ぎた。この一週間、私たち三人の他には、先住民も日本兵の姿もこの付近には全然現われなかった。

ある日の夕方、私が農園の中腹でタロ芋を採っていると、塩水の湧き出ていた谷間のほうから連続の銃声が聞こえた。銃声は一分ほどで止んだ。私はてっきり銃弾の暴発かと思った。

あの狭い所に折り重なるようにして、火を燃して製塩しているうち、火災が発生して小銃弾に引火したものと思い、気にも留めずに小屋に帰った。帰って間もなく、一人の日本兵が銃も持たずに私たちの小屋に現われ、

「今、この下の谷間で敵の小隊に奇襲されて全滅した」

青ざめた表情で語り終わると、私たちの問いに耳を貸さず、せかせかと反対側の斜面を登って去った。

「先ほどの銃声は敵襲であったか」

こんな近くに敵がいるとは思わなかった。こんな所にぼやぼやしてはいられない。私たちも直ちに出発せねばと思ったが、すでに日も暮れようとしている。出発は明朝に見合わせた。

その夜半、私たちは聞きなれぬ話し声に目が覚めた。聞き耳を立てていると、会話は英語のようである。時折、先住民のかん高い笑い声もしていた。先住民に先導された敵の小隊であることを覚った。その話し声は農園内の坂道を下って、私たちの小屋に近づいてきた。

私たちは弾《はじ》けるように起き、焚火に灰をかけて消し、蚊帳の吊手を切った。この小屋が発見されたら最後だ。応戦の限りを尽くした後の自決を覚悟した。手榴弾を叩きつける石を用意して、小屋の裏手の崖に身を伏せた。

話し声の列は、小屋の軒下近くまで迫っていた。小屋の内部を覗かれるのを恐れていたが、列は小屋の前を素通りして反対側の斜面を登って、次第に遠のいていった。

「やれやれ、今度もどうやら助かった」

冷汗がどっと背筋を流れた。

私たちはまんじりともしないで夜明けを待った。敵の小隊の通っていった道は、私たちの行手の道でもあった。敵はこの道をどこまで行ったのであろう。全然、見当もつかない。

この小屋でのんびり静養しているうちに、いつの間にか敵中に取り残されていたことに気づいた。どこをどう辿って行けば友軍の陣地に辿り着けるのであろうか。目の前が真っ暗になってしまった。

ここの道筋は、一方が昨日敵襲された塩水の湧く谷間、一方は昨夜敵の小隊が通っていった斜面の坂道、他に抜ける道がなかった。ともかく早く現況から脱出せねばと、心があせった。私たちは、夜明けとともに小屋を出て、敵の後を追うように険しい坂道を登った。約二時間ほど登ると、展望の利く尾根の頂に達した。私たちの潜《ひそ》んでいた小屋の付近の茂みが、ひと握りに見える。その向こう側の大地が敵の落下傘投下基地になっていたのには驚いた。ちょうど敵の大型輸送機が飛来して、白や黄色に色分けした物資を盛んに投下していた。投下した物資を拾い集めている敵兵の黒い影が、緑の草原を転がるように走り回っているのが手に取るように見える。直線距離で約一キロ。その高台から石でも投げれば、私たちが先ほどまで住んでいた小屋に届くほどの距離だった。知らなかったにせよ、あまりにも無頓着だった己《おのれ》に、われながらあきれた。

「エライことになった」と四方に目をやると敵が焼き払った黒い地肌の稜線が、ぐるりとめぐらされていた。私たちのめざす友軍はその彼方にある。私たちは谷間の茂みを頼りに、友軍の陣地に辿り着かねばならない。私たちが谷間の茂みをめざして尾根伝いに下って行くと、尾根の中腹に貧しい先住民の集落があった。ちょうどその付近にさしかかったとき、敵観測機の爆音が迫っていた。私たちは先住民の小屋の軒下に身を寄せ、上空の敵機の去るのを待っていた。すると突然、小屋の内部から、

「お前ら、そんな所に立っていると、銃撃されるぞ」

無人の小屋とばかり思っていたのに、思わぬ人声にびっくり……戸惑っていると、

「お前ら逃亡兵か」

今度はいきなり逃亡兵呼ばわりの声に、私は腹が立った。

「何を言ってやがる。俺たちは逃亡兵なんかではない。二十師団に配属になって行く途中だ」

とぶっきらぼうに答えながら内部の様子をうかがった。入口近くの土間に焚火が燻《くすぶ》り、その奥のほうに山芋がひと抱えも積んである。一段高い床張りに大きな蚊帳が吊ってあるが、蚊帳の内部は暗くて全然見えない。

「銃撃されるから中に入れ」

誘いの言葉をかけてきた。

〈どうも、こいつらこそが逃亡兵らしい。私たちを中に導き入れて、いっせいに銃弾を浴びせる魂胆か〉

思わず腰の拳銃を握り、姿勢を低くして内部の様子を観察した。すると、

「お前ら、煙草を持っておらんか」

威圧的な言葉の調子から、声の主は将校であるなと直感した。蚊帳の大きさからすると、蚊帳の中には十人ぐらいはいる模様だ。

相手が将校と判ったので、長い階級による慣習から、私は言葉を和らげ、

「自分たちは煙草は喫わないので、持ち合わせはありませんが、煙草なら近くの農園にいくらでも植えてあるでしょう」

と途中の道筋で目撃した煙草の葉を思いだして答えた。すると、

「それがみな弱っていて採りに行ける者がいないのだ。すまんが採ってきてくれんか」

懇願するような言葉に変わった。どうやら蚊帳の中にいるのは寝たきりの病人ばかりらしい。そう思うと、張りつめていた私の心もゆるんだ。

私には、この小屋を覗いたときから一つの思惑があった。それは火種であった。私たちは前夜、敵の小隊の話し声に驚き、あわてて火種まで消してしまった。火種がなくては今夜の炊事にも事欠くと案じていた。ここでなんとか火種を入手できればと思っていた。このような思惑もあったので、私は近くの農園まで足を運び、煙草の葉をもぎ採ってきた。煙草の葉を焚火で乾かしていると、

「お前、小銃を持っていないようだが」

蚊帳の中から私の姿を見ていた声の主は、訝《いぶか》って尋ねる。

私が小銃を失った理由を説明すると、

「小銃がなくては心細いであろう。ここから持って行くがいい」

思わぬ小銃にありつけて、私の心は躍《おど》った。

私たちは、塩の谷間の敵襲の一件、さらに敵の小隊の話し声の模様などを話し、この付近を通過したかどうかを問うと、ここは通過していないことが判明した。乾いた煙草をバナナ

の葉で巻いて蚊帳の裾をめくって差し出した途端、死臭が鼻を突いた。

声の主の大尉だけが座っていた。

「すまんなあ」と言いながら受け取り、大尉は旨そうに大きく吸い込んだ。

横にずらり十余名が伏せていたが、死んでいるのか生きているのか、誰一人頭をあげる者がなかった。私も、それらの人々の生死を確かめるのも恐ろしいような気がして、思わず目を外らした。

私たちは銃と火種をもらって、この小屋に別れを告げたが、大尉がつぶやくように言っていた「わが部隊も、ここで全員が果てるであろう」という言葉が、私の脳裏から去らなかった。今はあの部隊名も記憶していないが、大尉の胸の階級章の上に着いていた、部隊を表わす真っ赤なボタンのマークが強く印象に残っている。

この次の日の夕方、私たちはアリスの集落に先着していた本隊と合流した。杉浦少尉は、「よく追及して来た。途中の先住民の反乱で、もしかすると駄目かと思っていた」

と言いながら喜んで迎えてくれた。

それから一週間ほど経った八月五日付けで、わが迫撃砲中隊は八十連隊に所属して、エバオム作戦に参加することになった。

その日は朝早くから行動を開始し、エバオムの友軍陣地に迫撃砲を据え、前面の敵と対決することになった。高台の陣地に砲を運び上げる途中、敵のB25の猛烈な空襲に行手を封じられてしまった。険しい斜面の農園に釘付けされたまま身動きがとれないでいると、重火器に掩護された敵の歩兵は、わが友軍陣地を制圧し、われわれの潜んでいる藪を目がけて自動小銃を乱射してきた。

見ると、彼らは自分の身をさらけだしたまま撃っている。私は、一発で射止められる自信があった。そっと銃を引き寄せ構えると、隣りにいた古兵に、

「撃つんではない」

と怖い目で睨みつけられた。彼はこれまで各戦線を渡り歩いた体験から、一人殺してもその四十倍ものお返し弾がくるのを知っていたのであろう。

翌八月六日より、エバオムに隣接したグラクモン付近の戦闘に駆り出されていたが、敵の空陸一帯の砲爆撃には、わが軍はなすべき術もなかった。わが迫撃砲も後手後手を踏む結果を余儀なくされていた。

敵の包囲網は、じわじわ友軍陣地を圧迫し、敵の焼き払った黒い地肌の尾根が、日を追って目立つようになっていた。

第四章　戦争終結

日本降伏

前に駐留していたセピック地方の先住民集落は、高床式《たかゆかしき》の大きな家屋が多かった。中には間口八メートル、奥行き十五、六メートルもある手のこんだ巧みな家屋もあって、ろくに道具もない彼らにどうしてこのような建物が造れるのか、いつも不思議な思いで見ていた。

だが、ここ、山南地方の集落は、小さな貧しい家屋ばかりだった。この辺りは標高がどのくらいあるだろうか。わからないが夜は肌寒いくらいに冷えた。尾根が深い谷間にまで落ち込んだ斜面に先住民の家屋が点々と建っていた。その中腹の一棟に私の小隊が住みついてから二、三日過ぎた。

先住民は敵側に逃げたのか、それとも戦乱を避けて、遠くの密林内に退避しているのか、姿はなかった。私たちの小隊以外、この付近には他部隊の住んでいる様子もなく、集落は静寂としていた。時折小鳥の鳴き声だけが聞こえる。あまり静かな集落は気味が悪い。

夕暮れになって、食糧集めに出ていた兵隊たちが、個々にパパイヤの青い実やタロ芋などをぶらさげて、三三五五と帰ってきた。この辺りの農園はすでに荒らし尽くされ、人間さまが口にするような物は残っていなかった。私は農園の隅々まで探しまわった。すでに掘り出され、芋は持ち去られて無かったが、山芋の蔓《つる》が半ば干し枯れ、先端には豆粒ほどの実芋《みいも》が点々と着いていた。これをひとつ残さずかき集めて持ち帰った。

兵隊たちは各個に炊事を始める。私は、午後便所に行ったとき、便所の穴壺にねずみが落ち、這い上がれずうろついているのを捕らえ、皮を剝いで飯盒の底に忍ばせておいた。ねずみの肉は食用蛙の肉のように柔らかで脂肪があり、他のどの動物の肉より旨い。先住民は何より好むのは野ねずみであった。

しかし、これは家ねずみ。それも捕らえた場所が場所なので少々気にはなったが、皮も剝いだ、内臓も取り去った、気にしないことにしようと決めこんだ。他の者に発見されると、半分はお裾分けということになり兼ねないので、手早く実芋と茎《くき》を飯盒に入れて火にかけた。他の者たちも何やら飯盒一ぱいに押し込んで炊事に余念がない。米の飯と異なり、芋や茎では飯盒一ぱい食っても充腹感がない。しかしきょうの芋雑炊は肉入りだ。「ご馳走だぜ」と密かに悦に入っていると、背後から、

「菅野、お前上等兵に進級したぞ。おめでとう」

という隊長の弾んだ声がした。振り向くと隊長は自分の出来事のように微笑んでいた。

「ハイ」と返事をしたものの、腹では「なんだ今頃上等兵でもあるまいに」と、私は少しも嬉しくなかった。

隊長は炊事している者の胸のあたりを見て廻り、三ツ星の階級章を付けていた佐藤上等兵

に言った。

「お前の階級章を菅野に貸してやれ」

この頃になると、満足に階級章を付けている者は少なかった。階級章は先住民との物々交換で芋や椰子の実に、とうに化けていた。さて借り物の三ツ星を付けて、軍隊の型どおりの申告とはなったが、何か片腹がくすぐったいような感じだった。

私は昭和十七年、現役で仙台の航空教育隊に入隊した。教育期間の過ぎた同隊の修了時には、千二百名中、二十六位の好成績であった。ハルピンの飛行六十八戦隊に転属になったときは、同隊の転属者を引率して渡満し、転属者を代表して戦隊長に到着の申告をした。

しかしそれから六ヵ月後の選抜上等兵には落とされた。その後、何度もあった進級時にもいつも取り残された。後輩たちが次々と進級したのに、なぜか私は上等兵にはなれなかった。これといった不祥事も起こさず、自分なりに最善を尽くしていたつもりなのに、進級には洩れていた。

初年兵でハルピンにいた頃、人事係准尉の当番兵についたときがあった。准尉は営外の官舎に住んでいて、まだ結婚間もない頃であった。私は白地に赤く「公用」と、大きく染め抜いた腕章を右腕に巻いて、准尉の家へ通った。官舎に着くなり大きな声を張りあげて、

「菅野一等兵、当番に参りました」

と告げると、奥のほうから奥さんの声で、

「ご苦労様」

声はするが顔はいつも見せない。洗濯物は裏口に山と積まれていた。上衣を脱ぎ盥《たらい》に水を

張り、洗濯板の上で片っ端からゴシゴシ荒い、竿にかけて皺をピンと伸ばす。乾く間に薪割り。寸分狂わないように一定の長さに切断、細かに割って床下に幾何学的《きかがくてき》に積みあげる。次は掃除——と雑用は果てしなく続く。「皇軍の勇士」と勇ましく日の丸の旗に送られて郷里を出たが、家庭の掃除洗濯が軍務の精励とは、父母も夢にも思っていまい。彼ら職業軍人は、軍隊という特殊な組織の権力を楯に、個人の家庭の私用にまで公然と奴隷のように兵隊を使っていた。この時代は、これが別に不思議とも思われないで通ったのだった。

官舎での作業が終わって帰営する前に、古兵たちから依頼された饅頭や大福餅を急いで買い求め、帰隊してから各々古兵に配る。その場で金銭を支払ってくれる古兵もいたが、中には忘れているのか、いつまで経っても支払ってくれない古兵もいる。

その中に、一年先輩にSという大阪出身の古兵がいた。彼は私たち初年兵の教育係上等兵で、初年兵にとっては一番怖い存在だったが、度々大福餅代を払ってくれないので恐る恐る請求したことがあった。思っていたとおり、怖い目でぎゅうっと私を睨みつけながらも、無言のまま金は払ってくれた。これがまずかった。その後は、彼に目の仇にされ、事あるごとに当たりちらされ、ビンタも人一倍もらう破目になった。

中隊の最古参兵に丸顔で色白の温和なタイプの大滝上等兵がいた。彼は私に特に好意的で、初年兵の頃からよく面倒をみてくれた。ウエワクの松の岬にいた十九年三月頃、

「お前は、ボロさんに睨まれているから、この部隊にいる限り進級しないなー」

ともらしたことがあった。飛行戦隊は、三個中隊で編成されていたが、人事係准尉にはなぜか各中隊ともこのボロさんというニックネームが付いていた。世の中には何とも渾名《あだな》付け

のうまい天才的名人がいるものだ。

人事係准尉は兵隊の人事権は一手に握っていたので、このボロさんに睨まれたら最後、上等兵にはなれぬものと覚悟はしたが、何が原因で睨まれる破目になったか判らなかった。ボロさんの当番兵に就いた頃に、何か不手際があったのか、それともS上等兵への再三の饅頭代催促か。すべては後の祭りだ。「このボロさんとS上等兵がコンビの俺の初年兵時代は、運が悪かったのだ」そうあきらめていた。

いよいよ戦局が切迫した昭和二十年三月、二十師団に配属になり、行軍の途中で落伍し敵中をさまよいながらようやく本隊を追及して合流してから、まだ二週間と経っていない。この時期、予想もしていなかった進級に、私は戸惑った。この夜は、妙に眠れなかった。過ぎし日の回想が、走馬灯のようにぐるぐるめぐっていた。闇の中の戦友たちの食い物の話し声も途切れて、しばらく経っていた。それにしても自分の昇進のように喜んでくれた隊長に、気のない返事をしてしまった。「申し訳がなかったなあ」などと考えているうちに、いつの間にか眠っていた。

私の上等兵進級については、不思議なことがあった。昭和五十二年六月、私が恩給請求の手続きのため福島県庁より取り寄せた私の履歴書では、昭和十八年五月一日付けで、上等兵に進級していた。二十師団に配属になって、二度目の上等兵に進級した昭和二十年八月一日付けよりは、二年三ヵ月前の出来事である。

履歴書には、この昭和十八年五月前後の私の行動についても詳細に記載されていた。なお履歴書の昭和十九年三月以降の分は後日手を加えた模様で、事実と違っている分もあるが、それ以前（昭和十九年三月）の個条書は事実と違っていない。ただ、なぜ上等兵進級を本人にも知らせず、公表もしないでいたかが不審である。

昭和二十年八月十七日、きょうも連隊本部から別命がない。朝食後も杉浦隊長からは何の指示もなく、兵隊たちはみな思い思いの場所に陣取り、雑談に耽《ふけ》っていた。あきもしないで食い物の話が多い。

「いつも行く農園はすでに採り尽くされているので、きょうは敵陣に面している農園に行ってみよう。木の葉で偽装《ぎそう》して行けば敵に発見されることもあるまい」

などと企てている声もした。

小屋の中央付近に車座になって一枚の紙片を取り囲んでいる者がいる。周囲を憚《はばか》るような話し方に不審を抱き、私も近寄って覗《のぞ》き見すると、紙片には「日本降伏」と、大きく印刷した文字が認められた。

敵の撒《ま》いた伝単《ビラ》だ。昨日食糧を探しに出たときに誰かが拾って持ち帰ったものであろう。

敵側のビラは私も今までに何度も拾ったが、いずれも降服勧告のものばかりだった。

「忠勇なる日本将兵に告ぐ」と日本将兵の勇敢な敢闘精神をまず誉めたたえ、終わりのほうで、「これ以上の抵抗は犬死にに等しい、自分の命を大切にしなさい」と決まって降服を勧めていた。

すでに捕虜になっている日本将兵の写真を載せたものが多く、人道的立場からか、両眼の部分をボカした写真で、楽しそうに栄養豊富なメニューでの食事風景、または設備の整った病院で手厚い看護を受けている風景、種々趣向をこらした写真で、中には色刷りのものもあった。

　また「通行安全証」と大きく印刷した紙の裏面には、「投降時にはすべての武器を捨て、このビラを両手で高く揚げて出てくれば、絶対に殺さない」と投降時の要領を具体的に説明している念の入ったものもあった。

　しかし日本側上層部は、これらのビラを保持している者は厳罰に処す、と、ビラの所持さえ禁止していた。だが今日のビラは今までのものと内容が全然違う。ビラの周囲には、いつの間にか小隊全員が寄り集まっていた。その多くは無言のまま、じっと「日本降伏」の四文字に見入っていた。

　最初からここに座っていた五、六人の話を聞いていると、論議は二分していた。

「このビラの報道していることは、真実のようだ。その証拠に昼夜の別なく撃ちまくっていた敵の銃砲撃は、この一両日ピタリとやんでいる。戦争は終わったのだ」

　と大きく胸を撫でおろしている降服説に対し、

「まさか、日本が敗けるなんてあるもんか。このビラも、銃砲撃中止そのものも謀略だ」

と、がんとして耳を傾けない組に分かれて、どうどうめぐりしていた。

　私は車座から離れて元の場所に戻った。確かに気づかないでいたが、あれほど撃ちまくっていた敵の銃砲撃も椰子の葉を撫でるが如く飛び廻っていた敵観測機の音も、この一両日には静まりかえっていた。

「だが、日本が降伏するなんて、どうしても信じられない。そんなバカな!」

　佐藤も戻ってきた。彼は腰を下ろすなり、

「バカバカしい。日本が敗けるなんてあるもんか」

と吐き捨てるように言った。

「そうだとも、日本が降服するなんて」私も合槌《あいづち》をうった。さらに、

「日本の海軍さんが、このニューギニア方面には全然姿を見せないではないか」

「日露戦争のときも海軍は、ロシア艦隊を日本海に引っ張り込んで一挙に叩いたのだ」

佐藤は日本海海戦の例を持ち出した。

「そうだとも。今度も海軍はその魂胆《こんたん》でいるんだ」

私たちの意見は完全に一致していた。

このニューギニアに上陸以来丸二年、私ども兵隊は、郷里の父母からも友人からも一通の手紙も受け取っていなかった。新聞もラジオもなく、ミッドウェー海戦で日本海軍が大打撃を受けたことも、東京空襲も、米軍の沖縄上陸も、全然知らされていなかった。ただ、私の脳裏には、緒戦の頃の真珠湾攻撃とか、シンガポール占領などの華々しい戦果のみが、強く記憶に残っていた。

ニューギニアの空からは、友軍機がその姿を消して久しく、今では赤トンボのような敵観測機が嘲笑《あざわら》うかの如く低空で飛んでいても、一発のお見舞いさえも撃てない状態であった。サラモアからもマダンからも撤退し、アイタペ作戦にも敗れた。ニューギニア地域の戦争は完全に敗け戦《いくさ》であるということは私も知っていたが、戦争は必ず勝つとばかりは限らない。負けることもあると割り切っていた。

ニューギニア戦は、将棋の勝負に例えるなら、捨て駒戦略であろう、などと自分なりに勝

手に考えていた。しかし最後は「日本は必ず勝つのだ」と心の奥にかたく信じていた。隔絶された世界に住み、貧しい知識の結果の結論が、勝利の日を信じて疑わなかった。小屋の中央に陣取って論議していた連中も、平行線の論議にあきあきしたのか、空席が目立つようになっていた。奥のほうにいた隊長が、

「きょうは洗濯でもするか」

と大きな声で言いながら腰をあげると、その声にうながされて皆ぞろぞろと外に出た。きょうも集落は静まりかえっていた。

「ほんとうに戦争は、終わったのかなあー」と一抹の不安もあったが、まさか、と打ち消す気持のほうが強かった。連れだって急な坂道を降りていったが、もう誰も降服について語る者はいなかった。八十メートルほど下って谷川の岸に立った。高い木立の中を流れる幅十メートルくらいの川は、予想以上に水量は豊富だった。川底の水も澄んでいて石の一つ一つを浮かびあがらせていた。砂粒が数えられるほど水も澄んでいた。

何ヵ月ぶりの洗濯だろう。水浴もいつやったままだか覚えていない。上衣も軍袴も脱ぎ、石の上にひろげてごしごしともむ。石鹸など誰も持っていない。ただの水洗いだけだが、墨を流したように黒い汚れた水が、川面に縞《しま》模様を描いて流れた。最後に褌も外《はず》す。褌の皺目にそって、太った虱《しらみ》がごろごろしていた。白い卵もぴかぴか光っていた。いちいち潰すのも面倒と石の上に広げて、拇指の爪の背で摺り付けて潰すと、気持がよいくらいピチピチと音をたてて潰れた。

さて衣服を洗ってはみたものの、着替えがない。そこで乾くまで水浴と魚捕りをすること

にした。誰もが一糸まとわぬ素っ裸だ。血の気のない、黒ずんだ皮膚。骨だけがごつごつ張り出した身体の、脚の付け根の部分にある男子の標識も、すっかり弱ってほんの印だけになっていた。

魚の潜んでいそうな淀みを探しては、手榴弾を投げ込んだが、鮎《あゆ》に似た雑魚が数匹、白い腹を上向きにして浮きあがっただけで、たいした獲物はなかった。

まだ洗濯物は生乾きだったが、軍袴だけを着けて帰ることにした。なかには、振キンのまま歩いている豪傑者もいた。飢えは、人間をかくも卑《いや》しくするものか。幹部候補出身の隊長は、色白のどこぞの大店《おおだな》の坊ちゃんといったタイプの温厚な人で、このような些細《ささい》なことにはいちいち口出ししなかった。

午後、私は連隊本部まで連絡に行くよう命じられた。連隊本部は、私たちが住んでいた尾根の反対側の斜面を下った密林内にあった。午後の強い日射しの中、鉛のように重い足を引き摺りながら、銃を天秤に担い、尾根の急な坂道を喘《あえ》ぎながら登った。尾根の頂上に無人の先住民の小屋が三軒建っていた。

登り終わって椰子の木の下に腰を下ろして、荒い呼吸を整えながら周囲の山並みを眺めると、山の稜線は全部焼き払われて黒い地肌が露出していた。敵は日本軍陣地を占領すると、日本軍の斬り込み隊の潜入を恐れて、遮弊物《しゃへいぶつ》は一切焼き払っていた。山裾のほうに茂みがあるだけで、焼き払われた黒い稜線は四方をぐるりと包囲していた。

この調子では、この付近もあと一週間維持できまい。今までは何度となく奇蹟的に死線を潜り抜けて生きたが、こうも包囲されてはいよいよ玉砕か。先頃発表された、安達軍司令官の「玉砕決戦命令」が、私の脳裏をゆさぶっていた。

　俺の命もあと一週間くらいで終わりか、などと思いめぐらしていた、そのとき、片側の藪《やぶ》の中からガサガサッと枯れ葉を踏む足音がした。

「敵側先住民の襲撃！」

　ピリッと全身に電流が走った。槍を片手にしのび寄る、野性的な先住民の視線。今にも数本の投げ槍が藪から飛んで来るような気配に怯《おび》えた。素早く銃の安全装置を外し、音のする方向に銃口をピタリと構えた。その瞬間、三メートル先の路上に犬が一匹ぴょこんと現われた。すかさず引き金を引く。轟音と共に犬はころりと倒れた。

「なあーんだ、犬か。脅《おど》かすな」

　ほっと胸を撫でおろした。全身から、スーと力が抜けていった。

「それにしても、たいした獲物だ。仲間たちはどんなにか喜ぶだろう」

　さて、どうしようかと迷った。犬を引き摺って連隊本部に行けば「連隊長殿に献上しろ」と言われるのがおちだ。

　倒れた犬に近寄って見ると、弾丸は犬の胸部を撃ち抜いていた。傷口は大きく裂け、肝臓がはみ出ていた。帯剣の先で引き千切って、その一片を口に抛《ほう》り込んだ。生暖かい肉片は、舌に甘味を残して胃袋に流れていった。旨《うま》かった。

　せっかく登った坂道だが、いったん小隊の小屋まで戻ることにした。下り坂であったので、今度は別人の足のように軽く、犬を引き摺って転がるように駆け降りた。仲間たちは、犬を引き摺っている私の姿をみて、歓声をあげて迎えた。

思わぬ獲物に思わぬ時間を費やしてしまった。犬を仲間たちに託し、大急ぎで連隊本部に向けて、再び険しい尾根の道を登った。息は切れ、気が急《せ》くだけで歩行は遅々としていた。だがこの任務を果たして帰れば犬の肉が待っている。そう思うと、楽しみで胸は弾んでいた。さっき犬を撃ち殺した付近に来たときには、まだ先ほどの恐怖感が呼び戻され、藪に先住民が潜んでいるような錯覚に囚《とら》われ、脂汗が額にべっとり滲《にじ》んでいた。

連隊本部に到着。「別命あるまでは現状に於いて待機せよ」というような内容の伝達事項を書き写して帰途についたが、やはりあの頂上の集落付近はなぜか気味が悪かった。銃を両手に構えて歩く。集落から少し下がった斜面の林野《りんや》の中から豚の鳴き声が聞こえた。林野の中を覗いたが、豚の姿はない。けれども林野の中に踏み込む勇気もない。

「独りでは心細い、明日仲間と一緒に出なおそう」と決めて、足早に歩き出した途端、十メートルほど先の路上に二名の先住民が現われた。彼らも私の姿を目撃すると、慌てて片側の茅野《かやの》に逃げ込んだ。私は駆け寄って茅野の中を覗いたが、もう視界に先住民の姿はなかった。

威嚇に二発撃って転がるように駆け下りた。あの集落の先住民は、敵側に走る際、犬も豚も置き去りにしたものと思われた。先住民にとっては、豚や犬は最大の財産である。その財産を取り戻すため、先住民たちはあの頂上付近の集落を徘徊していたものと思われた。

次の日、私は仲間四人と豚狩りに出発した。昨日豚の鳴き声のした現場に到着して豚を探すことになったが、先住民の襲撃に備え、二人は、見張り役について、警戒の目を四方に配った。

私とH一等兵が林野の中に分け入って探し廻った。豚の足跡はたくさん残っていたが、ついに豚を発見できなかった。集落の反対側の斜面の草むらを探した。そこにも足跡はあったが、豚の姿はなかった。

「やむをえん、ひきあげるか」と林野から茅野に出た。すると林野と茅野の境界にドイツバナナと呼んでいた一種変わったバナナが熟れていた。このバナナは皮は小豆色で、しかも普通のバナナと異なって、実の先端が上向きに生育する珍しいバナナだった。

「豚が化けて、バナナになったか」と冗談をとばしながら数本切り倒して持ち帰った。

日常、われわれ兵隊の目からすると、将校の軍刀は無用の長物に思えて仕方がなかった。近代戦においては何の役にもたたない長物を、痩せ細った腰に重そうにぶらさげて歩いている将校の姿を見るたびに、気の毒にも滑稽にも思っていた。

ひどい雨降りの日、われわれが食糧探しに出られず小屋に屯《たむろ》していると、あまりの手持ぶさたに杉浦隊長はついにたまり兼ねたか、自分の軍刀を取り出し、刃渡りの中頃から鑢《やすり》で切り始めた。焼き入れした刃をコツコツと気長に鑢で切り、周囲の兵隊も手伝って刃の周囲に切り込みを入れてから、小屋の柱の股に挿入し、それを、梃子《てこ》にして曲げた。思ったより簡単に軍刀はポッキリと折れた。束を器用に巻き、五十センチほどの蛮刀風に仕上げた。

「このほうが薪割りにも食糧探しにも、よっぽど使い易い」

隊長はにんまり笑っていた。

この五、六日は、連隊本部からは何の命令もなく、間の抜けたような静かな日を過ごしていたが、ある日の夕方、久し振りに連隊本部からの命令の伝達があった。

「明八月二十二日、午前九時零分、連隊本部の山裾にある農園に全員集合せよ」という内容だった。翌朝、服装を整え、隊列を組んで指示された場所に向かった。

〈何のための全員集合か？　珍しいことだ。多分近々に迫った最後の攻撃――玉砕に対する心構えの訓示であろう〉

などと私は勝手に想像しながら、隊列の後のほうに続いた。

指定された場所は、尾根の裾野にある、わりに平坦な荒れ果てた農園の跡地であった。すでに三百名くらいの将兵が集合していた。こんなに大勢の将兵が今までどこに潜んでいたのか不思議だった。どの将兵も痩せ衰え、精も魂も尽き果てた顔。髪も髭も伸び放題。軍帽のない者、軍衣の袖は破れ、軍袴の膝下は千切れ、靴もなく裸足の者。まさに痩せ細った乞食の集団であった。澱《よど》んだ目、起立しているのも大儀なのか、屈《こご》んでいる者もいた。

やがて、各部隊の「集合終わり」の報告のあと、中央にいた本部の高級将校が前に出て語りかけたが、いつもと違い調子がおかしい。軍人特有の力みもなければ威厳もない。声も小さく何を言っているのかさっぱり聞きとれない。

内容の判断に迷っていると、「日本降服……」の言葉が私の脳裏を一撃した。私は自分の耳を疑った。その後に続いた一語一語に全神経を集中していたが、日本の敗戦を理解するまでには長い時間を要し、同時に頭が混乱した。

〈帝国海軍はどうしたんだ。関東軍はどうなったのだ。日本は、東京は、郷里は、一体全体どうなっているのだ〉

何もかも判らないことばかり。涙も湧かない。ただ呆然と立ちすくんだ。つい三週間ほど前、安達軍司令官の「玉砕命令」の発表のとき、

「生きて虜囚の辱《はずかし》めを受けるな。病兵で動けない者は刺し違えて死ね」と言ったばかりではないか。それが日本国民全部が捕虜になるなんて、そんな馬鹿なことがあるもんか。

私の腸《はらわた》は限りない憤《いきどお》りで煮えくりかえっていた。

やがて陛下の詔勅《しょうちょく》の発表に移っていたが、そのほとんどが頭にはいらなかった。最後のほうの「耐え難きを耐え、忍び難きを忍び」の一節だけが、妙に心に残った。

鳥のスープ

陛下の詔勅が終わると、「その後の行動は、各隊ごとの指示に従え」と、短い訓示を最後に集合は解散した。私たちの小隊はいったん宿営していた小屋に向かった。何かに急《せ》き立てられているような感じで、歩行は自然に足早になっていた。おし黙って語る者もなく、どの顔も新たに何かを心に秘めたように引き締まり、瞳が光っていた。

この頃になって、私の腹立たしさもおさまり、新たに、生きられる喜びが猛然と湧きあがってきた。私は叫び声をあげた。

「死なずにすんだ。生きられる。生きる、生きるんだ！」

小屋に到着するなり迫撃砲隊は即時解散になった。各自は原隊に復帰することになった。正午はとうに過ぎていた。昼食もとらず装具の取り纏めを始める者もいた。誰一人何も言わない。黙々と機械的に手足を動かしていた。誰ひとり体験したことのない投降、武装解除、捕虜。そしてどんな報復が待ち受けているのだろう。恥辱、苦しみ、死。むしろ死んだほうがましかもしれないと思ったりもした。

夕方、食糧集めに小屋を出た。いつも行く農園はすでに荒らし尽くされているので、きょうは尾根の集落周辺をあさってみようと、仲間三人で草原の急な坂道を登り始めた。われわれ人間の苦悩をよそに、西に傾いた太陽が、今日も変わることなく強い日射しで照りつけていた。

「数日前、敵さんのビラを見て、降服だ、謀略だと論議を交わしたことがあったが、あのときやっぱり日本は負けていたのだ」

三人は溜息混じりに語りながら坂道を登った。集落の小屋の前に、大きく成長した唐芥子《とうがらし》の樹があった。枝に足をかけて登っても折れないほどに太っている。前にも来て、ほとんどの実を摘んだことがあるが、きょうもまた鷹の爪のような小さな青い実が育っていた。ここからは、焼き払った敵陣が良く展望できる。この前は、敵の銃砲撃を恐れ、盗み採るようにして唐芥子を摘んだ。きょうはその必要もない。今までは食糧採取も、炊事の炊煙《すいえん》を上げるにも気を配る毎日で、息の詰まる思いだったが、きょうからは大威張りだ。黒い地肌の敵陣を眺めていると、わけもなく「バカヤロー」と大声で叫びたくなった。

夕暮れ、芋もろくに入っていない、塩味も付いてない雑炊に唐芥子を入れぼりぼり噛んだ。食事が終わる頃から、投降後の身の処分について心配しながら語る者が多くなった。人間とは欲望の塊《かたまり》であろうか。今朝全員集合の前までは、今度こそは玉砕と死を観念していたが、死なずにすむと判ると、今度は捕虜になったあと、強制労働か、それともわりに早く祖国の土を踏めるのではないかと、夢のような考えさえも芽ばえていた。しかしいくら楽観的に考えても、すんなり祖国には帰れまい。オーストラリアの荒涼とした牧場にでも連行され、奴隷のように羊の糞浚《くそさら》いにでも扱《こ》き使われ、老いてゆく自分の姿を私は想像していた。しかし、「耐え難きを耐え、忍び難きを忍んで」生きて命さえ長らえていれば、必ずいつか祖国の土を踏める日もあるだろうと、かすかな希望をつないだ。

無口な隊長は、この話題には加わらないで聞いていた。やがて話題が一区切りしたとき、隊長は「きょうの集合で聞いた話だが」と前置きしてから語り始めた。

「昨日の出来事であるが、第三小隊の隊長M少尉が単独で密林内の路上で二人連れの先住民に出会った。戦場から遠ざかって待避していた先住民が、終戦を知って彼らの集落に帰りつつあるものと判断したM少尉は、何気なくすれ違った。通り過ぎようとした瞬間、背後から襲われて揉《つか》み合いとなった。先住民はM少尉が天秤にして担っていた銃にとびついた。銃を強奪しようと強引に引っ張った。先住民の腕力は凄く強い。M少尉は、咄嗟《とっさ》に銃を逆に突き返した。銃の床尾板《しょうびばん》が先住民の胸を強打して彼らは怯《ひる》んだ。M少尉は、素早く銃を取り直して、威嚇射撃し危うく難を逃れた」

さらに隊長はつけ加えた。

「連合軍とは終戦になったが、先住民との戦いはまだ続いていると思わねばなるまい。各人は明日から原隊めざして行軍することになるが、決して先住民には気を許すな」

と注意した。

長い長い一日だった。天と地がひっくり返ったような一日だった。それは確か、昭和二十年八月二十二日の出来事と記憶している。一般の将兵はこの日に戦争終結を伝達されたが、一部将校にはその前から知らされていたことを私は後日知った。

共に死線を潜り抜け、乏しい食糧も分かち合った仲だったが、翌朝早く、別れの挨拶もろくにしないで、各自、原隊めざして散って行った。この杉浦小隊には私と佐藤（英）上等兵が配属されていたが、佐藤は塩田中隊長の当番兵として別行動を取っていた。となると六十八戦隊の帰隊者は私が独りで心細い限りだった。そこで同じセピック地方に帰る杉浦隊長のグループ八名に混じって行動を共にすることにした。

出発の朝、私はひどい胃痛に苦しんでいたので朝食を抜いて出発した。私は少年の頃から、胃の弱い性質《たち》だった。食に窮すると何でも手あたり次第に口に抛《ほう》り込んだ。特に昨夜の唐芥子を塩分代わりにぼりぼり食ったのが悪かったようだ。胃袋がひどく爛《ただ》れているようだ。この日は胃痛を怖《おそ》れ、何ひとつ口にしないで、ただ水だけを飲んで歩いた。

落伍を怖《おそ》れた。落伍は病に斃《たお》れるだけでなく、敵側の先住民の標的にもなり易い。また、ごく一部ではあろうが、野獣と化した兵《つわもの》どもの糧《かて》に狙われることもあるのだと、到底信じられないような話も私は耳にしていた。友軍として同胞として信じていた者にまで、警戒の目を光らせねばならない異常な戦場に私は怯《おび》えた。落伍は死につながる。今まで落伍し斃《たお》れた数多くの将兵の姿を目撃してきただけに、落伍は絶対に避けねばならない。

軍隊の行動で、最大の苦痛は行軍だ。健康で体調の整っているときでも行軍は辛かった。栄養失調で衰弱した体、さらに胃痛で絶食同様の行軍は衰弱の度を急速に悪化させていた。二十師団に配属になり、この山南地区に向かう途中にも私は落伍したことがあったが、そのときは三人の仲間がいた。特に佐藤戦友が一緒だったので、何よりも心の支えになっていた。今度は落伍すれば文字どおり独りぼっちだ。落伍は絶対に避けねばならない。
次の日も朝は誰よりも早く起き、朝食抜きで直ちに出発した。仲間たちより一歩でも先を歩いて、落伍を防ぐ私なりの気配りだった。一時間も歩いた頃から脂汗は流れ、目も眩《くら》んだ。休憩する回数が多くなる。遅れて出発した仲間たちは次々と追い越して行く。彼らは皆異口同音に「頑張れ」「元気を出せ」と励ましの言葉は残して行くが、立ち止まって手を差しのべてくれる者はなかった。
お互いに日本人と生まれ育った仲間ではあるが、原隊が同じで、同じ中隊で、同じ釜の飯を食った仲ならともかく、この迫撃砲隊のように寄せ集めの混成部隊で、しかも共に行動した期間も短い間柄では、心に滲みる友愛関係は育っていなかった。お互いに栄養失調とマラリヤで体力が衰え、自分一個の体を運ぶのも持て余している状態では、路上に倒れている者に介抱の手を差しのべる余裕のある者はいなかった。
私は少年の頃に読んだ芭蕉の句をもじって、
戦友を怨むなかれ　天を怨むなかれ
ただ　己の運命の　つたなさを嘆け
と口吟《こうぎん》しながら歩いた。
山南の集落を出発してから三日目だった。道は平坦になり、草原が多くなった。セピック平原に入ったようだ。草原の中の一本の細い道は、集落から集落へと繋がっていた。ある小さな草原に辿《たど》り着いた頃には、私は精も魂も尽き果てていた。休憩してから銃を杖に立ち上がろうとしたが、腰は地面から離れようとしない。

「よいしょ」と掛け声をかけながら何度も試みたが、立てない。

「もう駄目だ。これ以上苦労はごめんだ。死んだほうが楽だ」

意識も渾沌《こんとん》としていた。どのくらい時間が経過した頃か、

「菅野、元気を出せー」

声と同時に身体を揺すられた。目を開けると、枕元に腰を下ろして、私の顔を覗いている杉浦少尉の顔があった。

「集落はもうすぐだ。歩くのだ」と隊長の語気は荒い。

「隊長、先に行って下さい」と言ったが、心ではこう言いたかった。

「俺はもう駄目だ。放っておいてくれ。そのほうが楽なんだから」

死の淀《よど》みに吸い込まれるように、少しずつ少しずつ、あたりが暗くなっていく。やがて何も見えなくなってとてもいい心地になる。痛みもなく苦しみもなく、やすらかになっていった。それから、どのくらい時間がたったろうか。朦朧《もうろう》としながら目を開けて見ると、枕元には隊長の姿はなかった。

「遂に隊長も立ち去っていったか。これでいいんだ。これでいいんだ」

と心で眩《つぶや》いていた。いよいよ俺も最後だ。俺の生涯も二十四歳と一ヵ月で終わりか。

仙台の教育隊に入隊する朝、親族の人や集落の人々に送られて生家を出発しようとしたとき、母は、

「人様の前で涙を見せるようなことがあってはなあー。ここで見送るよ」

と言って、必死に涙を堪《こら》え、庭先で見送っていた。杉の大木のある曲がり角まできたとき、

もしかすると最後になるかも知れない生家の風景を瞼に焼き付けておこうと、私は振り返って見た。

父母は庭先にまだ揃って立っていた。日の丸の紙旗を持って、私の側《そば》を歩いていた隣家のおみさ婆さんが、

「よーく見てゆからんしょ」

と福島弁丸出しで言っていたことを、渾沌としながらもしきりに思い浮かべていた。

二本松の町はずれから桑畑の中に、乗り合いバスの通る県道が曲がりくねって延びている。雑木林に囲まれた生家の茅葺屋根も見える。養蚕室で襷掛《たすきが》けした母が、忙しそうに働いていた。私は頻《しき》りに話しかけた。遠いニューギニアの地で、食糧も塩も、医薬品もなく苦しかったことなど、盛んに訴えた。だが母はただ黙っている。返事さえもない。

「なんだ。夢だったか」

夢でもよい。今一度母の姿を見ようと、じっと眼を閉じていた。しばらくして、

「鳥のスープでも飲めば少しはよくなるのだろうが……」

と言う人の声がした。

「はて、誰もいないはずだが」と思いながら眼を開けて見ると、赤い夕焼けの空を背景に、ぽつねんと座っている隊長の姿が映った。

「あれ、また夢か」

自分の眼を疑いながらじっと見続けた。やっぱり夢ではない。確かに隊長だ。隊長は、私が見ているのも気づかないのか、じっと何か考え込んでいた。

「先に行ったのではなかったのですか」と言いかけると、

「おう、気がついたか。鳥のスープでも飲めば少しは元気が出るかと思って、ジャングル内を探したが、鳥は捕れなかった」

隊長は残念そうにつぶやいた。意識は次第にはっきりしてきた。

〈そうか。先刻、隊長の姿がなかったのは、俺に鳥のスープを飲ませるためにジャングル内を鳥を求めて歩いていたのか。俺がここを動かない限り、隊長は立ち去る気配がない。俺は今までにこのような人間味のある将校には出会ったことはなかった。このままでは隊長まで巻き添えにして共斃《だお》れになる。このような人を巻添えにはできない。何としても立たなければ。そして何としても歩かなければ〉

腹の奥のほうで猛然と力が湧きあがった。そして私は渾身の力を出してもがき始めた。隊長は驚いたように、「立てるのか、歩けるか」と言いながら、私の手を引っ張ってくれた。

「戦争は終わったのだ。生きて日本に帰るんだ」

隊長は私にだけでなく自分自身にも、言い聞かせるような口調で言った。

私は隊長に半分支えられながら、一歩二歩と数えるように歩いた。宿営地の集落に着いたときには、辺りはすっかり暗くなっていた。先着していた仲間たちは、炊事の火を赤々と燃やした周囲に忙しそうに動いていたが、私の顔を見ると、「よかった、よかった」と悦び、炊事の手を休めて私に寝る場所を用意してくれた。私はそこに倒れるように横になった。

私は、復員後、この杉浦少尉を捜し続けた。新潟の出身ということだけが私の記憶に残っていたが、ようとして所在が判らなかった。

戦後も三十八年経った昭和五十八年秋、東部ニューギニア航空部隊戦歿者慰霊祭が、靖国神社において行なわれた。その席に私が出席したとき、ふとしたことから杉浦少尉の所属部隊が判明した。早速その戦友会に問い合わせると、杉浦さんは埼玉県の上尾に住んでいることが判った。杉浦さんは復員後一貫してめぐまれない子供たちの福祉関係の仕事に携《たずさ》わっていた。人間味のある将校らしい生き方をされていた。私は改めて、彼の徳の深さに敬服させられた。

先住民の人間性

それから二日目。原隊の自活地区ショタンガイ集落に辿《たど》り着く。私を救ってくれた杉浦少尉とは、どこで何とお礼を言って別れたかも覚えていない。「死んでたまるか」と生への執念で歩き続けた。

残留していたF曹長が幽鬼《ゆうき》の相をした私の顔色に驚き、

「菅野を早く寝かせろ」

と古兵たちを一喝した。この小隊では私は初年兵扱いだった。内地にいれば四年兵殿で、上げ膳据え膳で過ごせるご身分である。ここニューギニアでは、後続の兵隊の配属がない。一年後輩が入ってきたが、これまでに全部死に絶えていた。だからいつまで経っても初年兵から抜け出せないでいた。

三日ほど寝ていると、胃の痛みは大分収まった。兵隊の間には「寝込んだら最後だ」という共通語があった。確かに寝込んで最後になった多くの仲間たちの姿を目撃してきた。私は無理しても起きなければと絶えず己《おのれ》に言い聞かせていた。おぼつかない足取りで飯盒を下げ水汲みに出る私の姿を目撃したF曹長が、

「菅野、お前は何もせんでよい。早く良くなるんだ。農園の作物は何でもいつでも自由に採って食ってよいから早く治すんだ」

と特別な許可をくれた。F曹長の目には私が古兵たちに気兼ねして動いているものと映ったらしい。F曹長は親分気質の人で情にもろかった。このように人情味溢れる反面、ラバウルからパラオ島に向かう輸送船の中での、例の不寝番初年兵事件の発端となったのもF曹長だった。あの鬼のように怖い人物と同一人物であるとはとても思えないような面もあった。

私が二十師団に配属になる前、先住民を使役して密林を切り倒し開拓した農園の作物は、今がちょうど収穫期にあった。トウモロコシ、甘藷、南瓜、トマト、春菊など穀物から緑の野菜まで豊富に揃っていた。これだけあったら、あれほど夥《おびただ》しい仲間が死なずに済んだのにと思うと、悔やまれてならなかった。胃の痛みは大分良くなっていたが、トウモロコシのような消化の悪いものは避けて、サゴ澱粉を溶かした中にトマトを入れて煮て食うようにした。塩味もない代物だが、旨い不味《まず》いは言っていられない。少しでも余計に食って体力の回復を計らねばと思って口に入れた。

設備の整った病院に入り、栄養価の高い卵とか牛乳でもあれば回復も早いのであろうが、トマトと澱粉ではとことんまで弱った体はそう簡単には回復しなかった。

ある日、F曹長から野豚の見張役を命じられた。集落にいると古兵たちの手前、充分に静養もとれない。私の身辺を気遣ってのF曹長の配慮であったろう。この集落の周囲は、大木、

巨木の茂る密林に囲まれているが、その密林内を五百メートルほど抜けると、大きな草原があった。その草原の端にある無人の小屋に泊まり込んで、朝夕草原に現われる野豚を発見したら、先住民の子供を集落に走らせて通報することにした。二名の子供を連れてその小屋に出向いた。高床式の小屋に蚊帳を吊り、毛布を敷き、見張所兼寝室にして構えた。外壁が全然ない。高い床の小屋は、野豚を見張るのには、頗《すこぶ》る展望がよかった。

野豚は夜行性動物で、夕方から朝にかけて行動するのだが、この日は陽が沈む頃になっても全然姿を見せない。西の空が真っ赤に染まった果てしない草原。その景観に魅せられ、子供たちと一緒に童謡を歌った。

まっかっかっか空の雲
みんなのお顔もまっかっか

先住民はリズム感が良いので、歌は驚くほど覚えが早い。

夕やけ小やけで　日が暮れて
山のお寺の鐘が鳴る

子供たちと一緒に合唱していると、心はいつしか遠く郷里の空にあった。子供の頃の近所の幼友だちと歌っているような錯覚に囚《とら》われていた。

歌は心をえぐる。このニューギニアに上陸した頃には『湖畔の宿』のような流行歌を盛んに歌っていたが、飢えが進むにつれ、流行歌はすっかり影をひそめた。このセピック平原の集落に移り住んでからは、童心にかえったように好んで童謡を歌うようになっていた。先住民も踊りや歌を好む民族である。大人も子供も日本の歌を教えてくれと、盛んにねだった。

彼らの中には、童謡、軍歌、流行歌など幾つも歌いこなす者もいた。子供たちは目を輝かせながら合唱していたが、やがて辺りが闇に包まれると心細くなったのか、集落に帰りたいと泣きべそをかき始めた。無理もない。まだ十歳にも充たない子供であれば、夜は母親の膚が恋しいのであろう。だが子供に帰られたら野豚を発見したときの連絡役がなくなってしまう。第一、私が独りで、この壁もない小屋に寝るのでは頗る気味が悪い。新しい歌を教えるからと、懸命に引き止め策を図ったが逆に泣きじゃくりながら帰ってしまった。

至し方なし。火を赤々と燃やし、寂しさを紛らそうとしたが、外側の闇から何者かに覗かれているような錯覚に囚われる。急いで火を消すと今度は墨を流したような闇。密林に鳴く動物の鋭い鳴き声も加わって身の毛もよだつ。これまで死体と一緒に夜を明かしたこともあったのに、なぜかこの夜は不吉な予感に襲われていた。近くこの地を去る私たちに、この地に眠る戦友の霊が、何か語りかけたいのであろうか。孤愁の果てにかきたてられた人恋しさであったか、今までに味わったことのない嫌な感じの夜だった。

次の朝、浅い眠りから醒めた。まだ陽も射していない。草原の彼方に黒い影が動いている。眼をこらして見ると、野豚だ。三、四、五、五頭もいる。困った。集落に知らせようがない。

「単独では危険だから決して撃つな」

とF曹長からも固く禁じられていた。以前にも撃ちそこね、手負いの野豚に襲われ、危うく立木に登って難を逃れたこともあった。どうしようと判断に迷っているうちにも、野豚の群れは密林のほうに移動している。密林に姿を消したら終わりだ。よし、一発で射止めてやろうと決断して、風下のほうから接近することにした。一発で射止めるには、至近距離から頭部を狙うより方法がない。あせる心を押さえ這うようにして近づく。今少し、もう少しと距離を詰めた。野豚はまだこちらの動きには感付いていない。盛んに地面を掘り返して餌をあさっていた。二五メートル。この辺なら腕に自信がある。

群れの一番大きい豚に的を絞って引き金を引く。轟音とともに確かな手応え。野豚の顎から鮮血が滴り流れている。今にも倒れるかと見ていると、反対に背伸びするような姿勢で、こっちのほうを向いた。私は思わず草むらに頭を沈めた。すると、今度は方向をくるりと変え、密林のほうに一目散に駆け出した。逃がしてはたまるかと、二弾、三弾と追い撃ちをかけたが、遂に密林内に姿を消してしまった。点々と草の葉に付着している血痕を追って、密林内まで踏み込んで捜し廻った。こんなに多量の血を流しているのだから必ず倒れているものと信じ、奥のほうまで探したが遂に発見出来なかった。

草原に戻り、草の葉の血痕に恨めしい眼差しを注いで呆然《ぼうぜん》と立っていると、銃声に驚いたF曹長他三名が息を弾ませながら駆けつけてきた。

「馬鹿者ー、独りでは危ないから決して撃つなとあれほど言っておいたのに」

と言うのが早いか、F曹長の鉄拳が二発、私の頬に炸裂《さくれつ》した。

背後のほうで、

「びっくりしたぞ。三発もの銃声がしたのでてっきりやられたと思ったぞ。でも怪我がなくてよかった」

あえぎながら大滝の声がした。

その夜からF曹長他二名の兵隊が、この小屋に泊まり込んだ。そして二日目の夕方、大豚を射止めて凱歌をあげた。この事があってから一週間ほど経った九月の末、この小隊の長である中村中尉に呼ばれ、次のような指示を受けた。

「近く軍は海岸に出て武装解除することになった。重症者はセピック河を先住民のカヌーで運ぶ計画である。お前の体力では、山越えの行軍には到底耐えられまいから、カロロ集落に出てカヌーで海岸に出ろ。カロロまでは先住民の付き添いをつけて送る」

私の身辺を気遣っての配慮だった。またも部隊と離れ単独の行動を思うと心細い限りだったが、この体力では至し方あるまい。厚く礼を述べて、隊長の小屋を出た。

出発の朝、この集落に移ってから毎朝炊事の火種をもらった先住民のワイフの家に行ったが、ワイフはすでにブッシュに働きに出た後だった。前の晩にでも一言別れの挨拶をしておくのだったと悔いた。

出発の申告を済ませ、いよいよ集落を去る時が来た。二名の付き添いの若者が私の装具を背負って先に立った。集落では、すでに日本の兵隊は近日中に総引き揚げをするということが子供の間にまで知れ渡っていた。子供たちはぞろぞろと集落のはずれまでついてきた。裸で素足《すあし》、澄んだ美しい瞳を輝かして、「グッドバイ」を連呼していた。野豚の見張役に連れていったとき泣きべそをかいていた子供も、にこにこしながら見送っていた。思わず一人ひとりの頭を愛撫してやる。この後生涯に再びこの集落を訪れることはあるまいと思うと、胸が熱くなった。

この辺りでは、三、四キロおきに小さな集落が点在していた。その集落ごとに日本軍が駐留していたが、飢えと病魔に夥《おびただ》しい将兵が斃れた。その霊の土饅頭《どまんじゅう》が、草原の端に、集落の隅に、眠っていた。「戦友の霊よ安らかに」と私は心で叫びながら、ただひたすら歩いた。私に付き添った十四、五歳の若者は、ピクニックにでも出掛けるような調子で、よく喋りよく笑う。私の装具を背負った冑は、若者特有の艶で茶黒く光っている。道中、若い娘に会えば屈託なく話しかけ、明るく朗らかだ。そこには平和そのものの彼らの世界があった。よく笑う。よく喋《メリー》り

このニューギニアに日本軍が上陸した頃は、先住民のほとんどは、日本軍に協力的で親日的だった。僅かな品物を与えれば労役に、物々交換に心よく応じていた。戦況が悪化するにつれ物資が不足して、与える品物がなくなると兵の中には強要強奪する者も出るようになった。特に前線の地域で飢餓地獄におちた将兵は、彼らの農園を荒らし、彼らの財産である椰子の木を切り倒し、果ては集落の豚、犬までも略奪して殺して食った。戦略的目的と称して、集落をも焼き払った。敵側に走る者は容赦なく殺した。彼らの反感をかうのは当然だった。連合軍はこの情況を利用し、豊富な物資を楯《たて》に彼らを誘《さそ》った。

集落の先住民がこぞって一夜のうちに寝返り、駐留している日本将兵が血祭りにあげられることは珍しいことではなかった。私の配属になった迫撃砲隊も、山南地区の前線に向かう途中、第一小隊は先住民の攻撃で全員が消えてしまった。どこで、どのような最後をとげたのか全然消息さえ判らないで終《しま》った。

彼らは、視力、聴力、嗅覚力など、感覚的器官が非常に優れている。音もなく、影もなく忍び寄っては奇襲する。敵側の先住民は日本軍将兵にとっては敵兵より怖ろしい存在であった。

彼らは元来、非常に純朴な民族である。これほど邪念のない民族は、世界の国々を探してもそうはおるまい。私たちの部隊が移り住んだセピック平原地方の集落民は、最後まで親日的で協力してくれた。主食のサゴ澱粉の供出に、労役に、無償で応じていた。日本人社会であってもこれほどの好意を示してくれることはあるまい。

私は途中二十師団に配属になり、五ヵ月ほど留守にしたが、私の部隊は同じ集落に、一年以上も彼らと生活をともにしていた。そこには人種を超えた人間としての、断《た》ちがたい情愛さえも芽生えていた。

われわれ日本人は、白人と異なって彼らを差別視しなかった。それに飢餓で体力が衰え性欲は完全に失われていたので、彼らの女を誘惑するようなことがなかった。これらも、彼らに受け入れられた理由かもしれない。

文明人と称する白人と黄色人種が、かれらの土地に無断で踏み込み、焼き、殺し、略奪の限りを尽くした三年有余の戦争も終わった。やがて、再び静かな平和な彼らの生活が戻ってこよう。ほんとうに、彼らにとっては迷惑千万この上もない話だった。

太陽が大きく西に傾いた頃、きょうの目的地カロロの集落に到着した。すでに他部隊の重症者ばかり二十余名が到着していた。個々に椰子の樹陰や先住民の家屋の軒下に腰を下ろして、ただ呆《ぼう》然としていた。横になって、目を閉じている者もいる。早くも死臭が漂うのか、群がる銀蠅を仲間の一人が追っている姿もあった。蠅を追う仲間も衰弱が甚だしく、椰子の葉を動かす手に力がない。軍医も衛生兵の姿もなく、死期の迫った戦友に、せめて蠅を追ってやるくらいしかできない現実。ここではまだまだ戦争は終わっていない。地獄絵そのものだった。

私を送ってくれた若者が、日の暮れないうちに戻ることになった。遠い道中を、私の装具を背負って送ってくれた労をねぎらうべきだが、私の手元には一切れの布地《ラプラプ》も一握りの塩さえも残っていなかった。私は片言のピジン語で懸命に労をいたわり、お礼に与える物資が何も無いことを言い訳した。彼らに、私の意が通じたらしく、

「ノーサンキュウ　ユー　ハーリーアップ　ストロング　ゴー（結構だ、あなたは早く元気を取り戻せ）」

困惑して立っている私に、振り返っては何度も手を振りながら、笑顔で帰っていった。空しさに流れる涙を押さえることができなかった。

夕暮れ近くなって、寝泊まりする場所を探しに、先住民の高床式の家屋の床下に、背を傾けながら入って行く。すでに四名の兵隊が薄暗い土間に横になっていた。私はその前を軽く会釈しながら奥のほうに進み、空いている場所に装具を下ろした。前にも誰かが寝泊まりした跡らしく枯れた椰子の葉が敷いてあった。装具を解き、半切れ毛布を敷き蚊帳を吊る支度をしていると、先ほどから私の動作をじっと見ていた二名の兵隊が近寄って、

「私たちは蚊帳を持参しないので、蚊帳に入れてくれませんか」

と遠慮がちに問いかけてきた。私は、

「どうぞ、どうぞ」

と軽く引き受けたが、考えてみるとこの蚊帳は一張の蚊帳を半裂《はんざき》した物だった。

「この蚊帳はねー、半切れの変形した物ですが、何とか三人は潜《もぐ》り込めるでしょう」

と付け加えた。

三人で蚊帳の天井になる部分を広くなるよう、吊り紐の位置を変え、裾を四方に引っ張って、その上に銃や装具を置いた。高さは低いが、なんとか三人が横になれるくらいの広さになった。このようなことがきっかけで、彼らと自然に親しくなり、食事の支度も協同して行なった。薪を集める者、水を汲む者など分担してやり、個々の飯盒に棒を通して火にかけ、その周囲に腰を下ろして一段落した。

彼らの自己紹介によると、航空通信隊のK伍長とT上等兵だった。彼らは本隊と一緒にいたときには、下士官、兵、合わせて十余名が同じ蚊帳の中に起居していた。彼ら二名は重患者のため、セピック河を下って海岸に出ることになった。出発に際し、蚊帳を分割して与えてくれるよう懇願したが、隊の先任曹長に、

「馬鹿者、蚊帳を切り裂いて使い物になるか」

と一喝された。彼らは、この冷酷な先任曹長をしきりに罵《のの》り憎《し》んでいた。無理もない。このセピック沿岸は、特にマラリヤ蚊の多い地方である。

私は一年ほど前、部隊の命令でこの地方に食糧偵察に来たことがあった。このカロロ集落からカヌーで河を遡《そ》行《こう》して、沿岸の集落を二、三偵察したが、自活地のウエルマン集落よりは確かに食糧になる物資も豊富で魚も捕れるが、夜となく昼となく襲ってくる蚊の猛攻には、悲鳴をあげた。そして逃げるように帰隊して「とても自活に適する地方ではない」と報告した記憶があった。このような地方に、蚊帳も与えず病人を送り出す彼らの上官は、どんな人間であろうか。私も彼らの怒りが理解できるような気がした。三人で狭い蚊帳に潜り込み横

になってからも、過去の出来事から郷里のことにまで話は尽きなかった。

周囲は、真っ暗闇で一点の灯りもない。三人の寝物語りも、途切れ途切れになった頃、急に集落内が騒がしくなった。カヌー乗場の辺りには、幾つかの松明《たいまつ》の火が動いている。先住民の大きな話し声に混《まじ》って、櫓の音、カヌー同士がぶつかり合う鈍《にぶ》い音も聞こえる。先に輸送していたカヌーが戻ってきた模様だ。そのうちに数名の先住民が松明を片手に何か叫びながら駆けてくる。

彼らの叫び声に、聞き耳をたてていると、

「兵隊は早くカヌーに乗れ」

と叫んでいる。

「チェッ、チキショー。奴らは気が向くと夜でも夜中でも動きやがるんだから」

K伍長は、いまいましそうに言いながら蚊帳から這い出た。炊事した跡にくすぶり続けていた火種を吹いて火を燃やし、その明かりをたよりに急いで蚊帳を外し、装具をまとめた。

先住民は、「ハリヤップ　ハリヤップ」と急き立てながら駆け巡っている。寝端《ねばな》を起こされたのと、わめき散らすような彼らの急き立てに私たちは腹立たしくなった。

「勝手な奴らだ」とは思ったが、彼らの世話にならなければ海岸には出られない。兵隊たちは黙々と暗闇の中からカヌー乗場に集まった。前のほうから先住民の誘導で乗船が始まっていたが、足場が悪く松明の灯りでは足元がおぼつかなく遅々として進まない。彼らは松明を右に左に動かして兵隊たちの足元を照らすようにしていた。重症者で足元のふらつく者には手を差し伸べては乗り移し、自力で歩くのも困難な者は背負って乗せていた。

私は、その風景を観ているうちに胸が熱くなった。これは人間としてのヒューマニズム以外の何ものでもあるまい。今まで彼らに対して腹立たしさを感じていたが、何か後ろめたさを覚え、はずかしかった。

わが日本軍の上層部と彼ら先住民の酋長との間には、重症者の輸送について、ある種の取り決めはあるだろうが、こんなに夜遅くまで無報酬でカヌーをあやつる彼らのほうこそ、腹立たしかったに違いない。

それでも、彼らの呼びかけに従い、暗闇の中からただ黙々と衰弱した体にむちうって、カヌーに乗ろうとする兵隊の姿に、人間としての手をさしのべざるを得なかったのであろう。人間性の問題は教育ではない。自分の年齢も知らない彼らに、これまでも人間が人間らしく生きる道については何度も学ぶことがあった。この夜も、目《ま》のあたりにそれを見せつけられた思いがした。

一隻のカヌーに五、六名の兵隊と漕ぎ手の先住民八名くらいが乗り込んだ。四隻のカヌーに全部乗り終わったが、夕暮れに目撃した死期の迫った兵と、その蝿を追っていた戦友の二名の姿はなかった。二人に思いを残しながらもカヌーは動き出した。

岸の先住民の女たちと漕ぎ手の男たちの間で、お互い大きな声で話し合っている。現地語を使っているので私たちにはさっぱり意味は判らないが、身振り話し振りから判断すると、夜のセピックの危険を案ずる女たちの叫び声のようだった。セピック河は流木の多い河だ。昼間なら視界も利くが、闇の河で巨大な流木にでも衝突したら、このカヌーなどは一たまりもなく転覆してしまうと思うと、背筋が寒くなった。

星一つ見えない真っ暗闇の晩だ。向かい合って乗っているはずのK伍長の顔も全然見えない。船首の松明《たいまつ》の灯りでわずかに水面が灰色に映る。岸の松明の灯りが段々と小さくなって、蛍火のように点々と見える頃、カヌーは本流の流れに乗ったようだった。カヌーは、漕ぎ手の掛け声と櫓でかきたてる水の音を闇のセピックに残して速度を増していった。

翌朝、目が醒めたときには、すでに太陽は高く昇っていた。狭い蚊帳から這い出し小屋の外に出る。昨夜遅く闇の中に上陸したので、付近の様子が全然不明だったが、小さなニッパ小屋が二棟建っているだけ。辺りは丈余の雑草に覆われていた。集落には必ずある椰子が、ここには一本も生えてない。これは集落ではなく、先住民は他の目的に使用している小屋のように思われた。

昨夜、カヌーの着いた河岸に二、三名の兵隊がいて、草むらを覗いていた。私とK伍長が近寄ると、その一人が、「この兵隊《ひと》は、まだ呼吸している」と顔を曇らせながら草むらを指差した。倒れている兵隊の側《そば》の雑草には、銀蠅が群がっていた。

K伍長が銀蠅を追い払いながら頬に手を当てると、鼻孔からブーンと一匹の銀蠅が飛び去った。

「あー、胃袋にまで入ってやがる」

と言いながら胸の辺りを軽く叩くと、一匹。しばらくして、また一匹と飛び出した。

「あー、何たる因果か。もうこうなっては助かるまい」

早く楽にしてやりたいような衝動にかられた。この兵隊は昨夜私たちと一緒のカヌーで来て、この岸に這い上がって倒れたが暗闇で誰も気付かなかったか、それとも昨日のグループに置き去りにされたのかは不明だった。いずれにしろ、この草むらにとり残され夜は蚊の猛襲にさらされ、日が昇ると銀蠅の餌食になっていたかと思うと、痛々しい限りだった。水筒の水を注ぐ者もいたが、もう受けつけない。喉元を濡らしただけだった。

Tが足早にやってきた。

「俺たちの寝た横に死体がある。早く装具を移そう」

彼は、早くも自分の装具はぶら下げていた。私とK伍長はとって返し蚊帳をはずし、装具を纏めた。もう横の死体は覗く気もしなかった。K伍長が、

「あの河岸に倒れている兵隊の戦友か、顔見知りの方はいませんか」

と大声で呼びかけたが、誰も返事がなかった。小屋の中に死体が転がっていることもあって、兵隊たちは皆小屋から出て河岸に集まっていた。焚火した跡に薪が残っていた。炊事を始める者もいる。炊事をするのもおっくうなのか、食欲がないのか、照りつける炎天下に身を横たえ、呆然《ぼうぜん》と空を眺めている者もいた。

やがて食事が終わる頃から、誰が言うとはなしに草むらに倒れている兵隊の処置を、どうするかと言う声が出た。

「俺たちには今にも先住民のカヌーの迎えが来るかもしれない。あのまま置き去りにして銀蠅の餌食にするよりは、どうせ助からない命なんだ。早く天国に送り届けてやるのが、同じ戦場に戦った者の情けではないか」

と言う声が大きかった。

セピックの流れに水葬にしようということになって、皆倒れている兵隊の周囲に集まった。

また蠅が群がっている。蠅を追うだけで、お互いの顔を見合わせ、誰一人先に手を出そうとしない。心ない者に盗られたのか、装具らしい物は何一つない。枕にしている汚れた毛布と天幕だけ。どこの誰だか確かめようもない。転がっている空の水筒が、一層この兵隊の虚《むな》しさを物語っていた。

「さあー、やろうか」

誰かの声に促《うなが》され、天幕を広げた。頭部、両手、両足と個々に持ちあげた。私は左足を持った。すでに呼吸は止まっているかもしれない。いや、早く止まってくれと祈りたいような気持だった。痩せ細ってはいたが、私の両腕には、ずしりと重く感じた。天幕に移し、その端を七人で持ち上げて引き摺るようにして河岸の崖に運んだ。満々と満ちた茶褐色の水は、河岸を洗って流れていた。

「イチ、ニーの、サン」

掛け声とともに、セピックの流れに遺体を沈めた。遺体はすぐに水面から消えたが、天幕は浮きつ沈みつ流されて、やがて視界から消えた。善意の行為だったが、何か割り切れない罪悪感のようなものに襲われ、誰もが遺体が沈んだ水面を呆然《ぼうぜん》と眺め、動こうとしなかった。

地獄

セピック河を先住民のカヌーでリレーされ、この密林に到着してからすでに六日がたった。この辺りはアレキサンダー山系の東の端がセピックの流れに落ち込んでいた。カヌーの着いた付近が大きくうねり、わずかな川辺が広がっているだけ。あとは深い密林に覆われた急勾配の斜面が尾根に続いていた。

この密林にはふた抱えもある大木が空にそびえ、その高い枝の茂みが上空を覆い、日中でもたそがれを思わせた。だが巨木のある密林の中にも、意外に広々とした空間がある。そこには下草《したくさ》も生えていない。落ち葉だけの世界だ。自然の遮蔽物を利用して、この密林内の斜面のところどころに日本軍が設営したニッパ小屋が十棟ほど建っていた。真ん中に通路を挟んだ兵舎。三十名くらいは楽に寝泊まりできる小屋が大部分だった。その最上位付近に将校用に建てたものであろう、小さな小屋が二棟並んで建っていた。その一棟に私たち三名は住んでいた。小屋の横に小さな流れがあって、ところどころに滝となって流れ落ち、水はセピック河に注いでいた。人間の生活には水は欠かせないもの、その点ここは非常に便利な場所だった。

この辺りは、わが第十八軍陸軍地上部隊の玉砕陣地として選んでいた地域。一方はセピックの大河。それに続いて険しい斜面に巨木の密林地帯。もし玉砕戦に突入していたら、近代装備を誇る敵側も、相当てこずったに違いない。

この辺りは五十一師団の警備区域と聞いていたが、私たちの到着したときはすでに警備隊の姿はなかった。代わってセピックの上流から運ばれた重病者が、五十〜六十名到着していた。その頃は私たちの小屋の横手の谷川もすきとおった澄んだ水が流れていた。カヌーで運ばれ日増しに増える人数に比例し、谷川の水も灰色に変わった。すでに二百人を越す大集団になっていた。あちこちから集まった重症患者ばかり。そこには命令系統も指揮系統もなかった。谷川の利用方法も使用区分も誰も言わない。自分勝手に炊事の水汲みから洗濯まで、同じ場所でやり始めた。その下流で飯盒洗いから、サクサクうどんをさらしている者もいた。中にはたれ流しの患者の汚れ物を洗う者、糞の浮いている淀みで平気で水筒に水を汲んでいる姿もあった。

飢餓は人を狂わせていた。このような不衛生な行為に対しても、汚いという感覚が麻痺していた。河の汚れも手伝ったのか、下痢患者が続出して毎日死者が出た。死者を埋める穴を掘るスコップはない。重症者ばかりで穴を掘れる体力の持ち主もいない。死者が出ると、同じ棟の仲間たちで死者を毛布や天幕に包んで、それを引き摺るようにして、セピックの河岸に運んで水葬にした。

飢餓は人を狂わせていた。人の死に対しても「お気の毒だ」「かわいそうだ」「気味が悪い」「寂しい」といった感覚が薄れ、次第に「人間性」を失って動物に転落していた。毎日のように、河に流される仲間の姿を見ても、私たちは顔は曇らせてはいたが、手を合わせることもなく見送っていた。

自活地のショタンガイ集落から携行したサクサク澱粉も残り少なくなっていた。この密林の中のように、草も生えていない地帯には食糧になるような物は皆無に等しかった。草が生えていれば、草を餌にするバッタがいる。そのバッタを餌とする蜥蜴《とかげ》が棲《す》み、その蜥蜴を狙う蛇というように、自然のサイクルがある。雑草も生えてない密林の中には虫けらひとつ棲んでいない。ただ、私たちが万年筆と呼んでいた真っ黒い見るからに毒々しい万年筆そっくりな虫がいたが、さすがの兵隊《もさ》たちも、この虫を食ったという話は聞かなかった。不安な指揮系統もまったくない集団なので、この先どうなるか全然予想もつかなかった。

毎日が続いた。このような状態のもとでは流言飛語も広がってくる。

「敵さんも重症患者の集団を捕虜にしては、足手まといになるだけで何の役にもたたない。だからこの密林に集めて自滅するのを待っているのだ」

まことしやかに兵隊たちの中で、こうささやかれていた。はじめの頃は、単なるデマと軽く受けとめていた私だが、食糧も心細くなり死者も多くなってくると、デマが、デマでなく聞こえてくる。太陽の光からさえ見離されたじめじめした湿った世界。自滅を待つというデマはだんだんと本当のことのように思えてきた。密林内は、日を追ってあせりの色を濃くしていた。

「ここで座して死を待つより、徒歩で海岸に出る」と言いながら尾根をめざして、足を引き摺りながら登って行く数人の重病者のグループもあった。

しかし、幾重にも折り重なるような高い尾根と深い谷を思うと、標高千メートル以上もある尾根の頂に辿り着く前にお陀仏《だぶつ》になってしまうだろう。多くの者は、恐怖におびえながらも、密林内で絶望的な日々を過ごしていた。

私たちの小屋には、二つのグループ七名が一緒に住んでいた。その中の二名はほとんど寝たきりで、どんな会話にも一斉加わらず、すべてを観念しているのか、それとも話をする気力もなくなっているのか、いつも黙って寝ていた。

私は、この密林に着いた当初は、携行した澱粉でうどんを作って食っていた。それも残り少なくなるにつれ、食い延ばしを計って、この二、三日はお湯に澱粉を溶かしたくず湯で我慢した。全身が麩《ふ》のように軽くなっていたが、

「こんなところで殺されてたまるか」

という意地と気構えで、次の朝K伍長と連れだって、食糧探しに出かけた。今までも近くの周辺は探したのだったが、何一つ見つからなかった。きょうは遠くまで足を延ばそうと、谷川に沿って登り始めた。足が自分の足でないように重い。五十メートルくらい登っては休憩し、また五十メートルほど歩いては休んだ。這うようにして登った。谷川のところどころに、小さな滝があって、その下のわずかな淀みに数匹の小魚が泳いでいるのが見えた。しかし素手ではどうにも捕らえられなかった。子供の頭ほどの石を持ち上げては放り込んだ。小魚たちは、サッと物陰に逃げてしまった。私たちを嘲笑《あざわら》うがごとくまた現われては、スイー、スイーと泳いでいた。しゃくだが、ただ指をくわえて見ているほか仕方がなかった。

石を転がして沢蟹《さわがに》も探した。山南の谷川にはたくさん棲んでいてよい蛋白源になったこともあったが、ここには全然棲んでいなかった。谷川の獲物をあきらめ尾根に登ってみた。尾根は登るに従って、大木、巨木は姿を消して、雑木林に変わった。丈の低い木の梢の間から太陽の光線が洩れ、郷里の雑木山に踏み込んだような錯覚がした。ところどころに唐竹の竹林《ちくりん》もあった。季節はずれなのか、竹の子も一本も生えていなかった。

「きょうはついてないなー」

腹立ち気に話し合いながら、尾根伝いにさらに登って行くと、獣道《けものみち》のような細い道に出た。道の端に腰を下ろして、

「こんなことだったら、小屋で寝ていたほうが体力を消耗せずにすんだのに」

とお互いに顔を見合わせボやくことしきり。なにげなく上を見ると、雑木の枝を透かして向かい側の尾根の中腹に椰子の梢が五、六本見えかくれしている。椰子は集落のシンボルだ。

「ああ、あそこに集落がある」

私は、立ち上がって指さした。

「ほんとだ」

Kも立ち上がった。

「だが、あの集落までは相当遠いな」

「一キロ半くらいかな」

「いやもっとある」

どうしようと迷った。正午はとうに過ぎていた。空腹と疲労で立ってもいられない。再び腰を下ろして座りこむ。このまま、手ぶらで小屋に帰ったところで食い物は無し。切羽詰《せっぱ》まっていた。

Tは象の足のようにむくみがひどかったので、彼はいつも装具の見張役に置いた。その頃は、同じ小屋の者でも油断はできなかった。ちょっとした隙に装具や澱粉を掠《かす》められることがしばしばあった。その見張役の彼も私たちの獲物を今や遅しと、待ちわびているであろう。そう思うと重い腰も上げざるをえなかった。

集落までは道もさほど険しくもなさそうだ。それにもしかすると途中に農園があるかもしれない。希望的観測に胸をふくらませながら歩いた。道は尾根を離れだらだらと下った。また登り坂になったとき、突然十メートルほど先の路上に、二人連れの若い先住民が現われた。

私たちは彼らに近づいた。彼らは投げ槍を片手に、無言のまま集落の侵入を拒むかのように立ちはだかった。険しい目は、明らかに敵意を抱いている眼差しだ。私は危険を感じた。だがここまで来てすごすご引き返すわけにはいかない。少しでも食糧を得たい一心から彼らの感情を刺激しないよう、無理に愛想笑いを浮かべて私は言った。

「ミー　ハングリー　ポテト　プリーズ」

「ノー　ノーグッド」

若い先住民は強く拒絶した。この調子では、無償では応じてくれそうもない。

「班長、ただでは無理だ。俺は時計を出すよ」

私は咄嗟に言った。これだけは何としても手放すまいと思っていた大切な時計だ。S戦友の遺品だった。祖国に持ち帰ってSの遺族に渡そうと決めていたが、どうしても空腹には勝てない。

「S、悪いなー」と心で詫びながら腕からはずして、時計を彼らの前に差し出した。

彼らは、お互いに顔を見合わせ、一言二言、現地語で言葉を交わしていた。やがて肩に掛けていた網袋から茄子を三、四本取り出そうとしている。

「ノー　ミー　ハングリー　ポテト　チェンジ」

今度は私が腹を指しながら怒りをこめて言った。ここで食糧を手に入れなければなるまいという焦《あせ》りと切迫感で夢中だった。私の気魄《きはく》に押されたか、

「リキリキ　ストップ」

と彼らは言って雑木林の中に駈け込んで行った。私たちもついて行こうとした。すると振

り返って、

「ノー　ストップ」

地面を指しながら、凄い剣幕で私たちを制止した。さては、この雑木林の先に農園があり、その農園を私たちに知られたくないのだ。私は覚った。彼らはもともと非常に善良な性格で隠しごとのできない種族である。顔色を変えて怒っているところをみると、前にこの辺りに駐留していた日本軍が、相当悪いことをしていたのに違いない。この調子では、たいした芋は、期待できそうもない。

彼らの生活には時計など必要ないのだ。朝、明るくなれば起き、暗くなれば眠る。腹が減れば食い、気が向けば働く。実に単純な生活である。文明人のように総てが、時を基準に生活し、時によって決まる価値観とは別な世界なのだ。彼らにとっては、腕時計は一種の腕輪の価値ぐらいだろう。茄子三個の価値しかないのだろう。そう考えながら待っていた。

すると先ほどの若者と一緒に老人がひとり現われた。老人は、小さな甘藷六個と、青いバナナ八本くらいの一房を私たちの前に置いた。両手を広げてこれだけだ、というゼスチャーをする。私たちは密林を指しながら、

「あのブッシュには、腹を空かした多くの仲間がいる。死んでしまうから、もう少し芋をくれ」

と哀れみを乞うように訴えた。同じ先住民でも老人には情がある。これは洋の東西を問わず共通しているのではなかろうか。老人は頷《うなず》いたが、横から若い先住民が、

「ノー　ノーグッド　日本の兵隊は生育のしない芋まで掘って持ち去った。だから俺たちま

で腹ぺこなんだ」

と怒っている。K伍長は、首を軽く横にふって、これ以上は駄目だと合図していた。

「オーケー　サンキュウ」

と言うが早いか、私たちは青いバナナの皮を剥くのももどかしく、貪《むさぼ》り食った。彼らは慌てて、

「クッキン　カイカイ（焼いてから食え）」

「オーケー　ミー　サベイ　ミー　ハングリー（判っている、だが腹ぺこなんだ）」

甘藷とバナナと、剥いたバナナの皮まで雑嚢に入れた。もう一度「サンキュウ」と礼を言って帰途についた。

小屋に戻って、Tを谷川の端に呼び出した。大木の陰に隠れるようにして、甘藷とバナナ二本ずつを手渡してから小屋に入った。

焚火を囲んで他の仲間二名が飯盒で何かことこと煮ていた。私はのぞき見しながら、

「何を煮ているのですか」

「帯革《バンド》だ。朝から煮ているが、なかなかやわらかにならない」

「帯革？　帯革は駄目だ。俺も前に煮たことがあったが、とても食えたものではない」

私は言ったが、彼は諦めなかった、水を注《つ》ぎ足しながら煮ていた。傍《かたわ》らの一人はわれ関せずの体《てい》で半袖の防暑衣を脱いで、虱《しらみ》をつまんでは、足元に放り、つまんでは放りして、虱取りに余念がない。

足元の飯盒に入らないとも限らない。たまり兼ねたように、帯革煮の兵隊が、

「やめろ。そんなとこに放るのは」

「なあに、蟻が運んでゆくよ」

「馬鹿ーっ、飯盒に入ると言っているんだ」

するど、虱取り兵はくるりと向きを替え、私の足元のほうに放り始めた。私は背中がむず痒《かゆ》くなった。私は急いでその場から離れた。

私たちの飯盒を火にかけると、小屋中の仲間たちの目が、私たち三個の飯盒をうらやましそうに見続けた。そして、

「どこで手に入れた」

「集落は遠いのか」

異口同音に収穫もとを訊ねた。

「前に駐留していた部隊がこの辺りの集落を荒らし尽くし、われわれに敵意をもっている。とても食物を供応してくれるような雰囲気ではない。腕時計と交換に甘藷六本だけだ」

と私は言って、そのときの先住民の様子のあらましを話した。すると、この小屋では一番階級が上だったある軍曹が、

「よし明日はその農園を襲う。ついてくる者は」

と誘った。たちまち三名が応じた。さらに軍曹は、

「行けない者は弾丸を出せ。弾丸を出した者には収穫を配分する」

といきまいた。私は聞いているうちに恐ろしくなった。自活地に住んでいた兵隊は、先住民の怖さを知らないと思った。私は山南に行ったとき、先住民の怖さを身をもって体験して

いただけに、昼間の若い先住民の怒りに充ちた顔色を思い出していた。これ以上彼らを怒らせたら、この先どのようなことが起こるか判らないと思うと、この小屋の仲間たちに農園のありかなど教えるのではなかったと、悔いていた。

翌朝、私は少し熱があった。昨日の遠出の無理がたたったようだった。薄暗い小屋の中に毛布をかぶって横たわっていた。昨夜、あれほどはりきって農園襲撃を説き誘っていた張本人の軍曹も、伏せたまま声もなかった。小屋中の仲間たちが声もなく、枕を並べて寝ている風景に「自滅を待つ」との言葉が私の脳裡をかすめていた。K伍長もTも横たわったままだった。この小屋だけではない。他の小屋の人々の話し声もなく密林内は静まりかえっていた。谷川の水音が一層さびしく聞こえる。誰もが胸の中で「死」が刻一刻と近づいていることを感じとっているようだった。

死は精神の死に始まると思う。もう駄目だと諦めたときから死の世界に引き摺られていく。多くの戦友の最期を看取った私の経験から、私は寝込んだら最後だと常に自分自身に言いきかせていた。これしきの熱で寝ていては、ほんとうに駄目になってしまう。白湯だけでも飲もうと、午後、谷川に水汲みに出た。密林内には空腹に耐えきれず、これが生きている人の姿であろうかと目を疑いたくなるような凹んだ目、瘦せこけた脛《すね》を露出させて、素手で落葉を掘り起こして虫を探している者、帯剣で樹の皮を剝いでいる者もいた。まさに地獄だ。

突然、超低空で迫る飛行機の爆音がした。

「爆撃だ」

私は咄嗟《とっさ》に近くのラワンの大木の根元に身を伏せた。轟音は密林をも震わした。どの小屋からも、悲鳴とも怒号ともつかぬ叫び声をあげながら兵隊が飛び出して来て、逃げ惑う者で、密林内は騒然となった。私の近くの岩の陰に伏せていた兵隊が、

「畜生、餓死を待ちきれず爆弾で殺すのか」

いまいましそうに大声で叫んだ。しかし、その後に続く爆弾の作裂音も機銃掃射の音もなかった。飛行機の爆音は遠のいた。

不思議だ。深い谷間と、巨木の密林で目標が、とらえられなかったのかもしれない。私は、同じラワンの大木の根元に身を寄せていた仲間と顔を見合わせながら、次の攻撃に目を光らせていた。背の高い巨木の茂みにさえぎられ、機影は全然見えない。再び梢の葉を圧するような爆音。それが震動音となって密林内を駆け抜けてゆく。私は、両耳を押さえながら、身体を硬直させて木の根元にへばりついていた。生きた心地がしない。またも爆破の音も機銃の音もしない。おかしい。

爆音は次第に小さくなっていた。鼻をぴくぴくさせたが、毒ガスのような臭いもない。みな、ほっとしているのか、密林内は元の静けさにかえっていた。呆然《ぼうぜん》としていると、

「落下傘で食糧が投下されたぞー」

谷間の下のほうから、大きい弾んだ叫び声が聞こえた。一瞬、何が何だか判らず聞き耳をたてていると、

「食糧が投下されたんだ」

「食糧の投下があったのか」

口々に叫んでいる声が伝わってきた。

今の今まで殺されるとばかり思い込んでいた矢先の出来事、私もわれに返って、さっきの飛行機は、食糧投下に飛来したものであったかと覚った。たちまち密林内は喜びの歓声で湧き返った。どの顔も生気がよみがえり小踊りして喜んでいる。飛行機の爆音にも退避もせず、小屋の中にじっと寝ていた重患者も、半身起きあがり、涙で顔をくしゃくしゃにしていた。

これまで数知れぬ爆撃を体験し、爆弾には慣れっこになっていた私だが、「自滅を待つ」というデマの恐怖におののき、このときほど飛行機の爆音に怯《おび》えたことはなかった。

まもなく、

「各棟から、二名ずつ食糧受領に集合せよ」

という伝達に、私たちのグループからはK伍長と他のグループから一名が急いで斜面を降りていった。小屋の中では受領して戻ってくる二名を、今や遅しと待ちわびていた。話は受領する食糧でもちきりだった。

「コンビーフとビスケットだろう」

「敵さんの野戦用の携行食品だろう」

「いや、病人だから、オートミールのような流動食だろう」

などと勝手に想像した。なかには終戦前、敵が散布《まい》ていた投降勧告ビラの中にあった写真入りの食事風景を思い出してか、

「豪軍は日本軍捕虜に対しては、応分の待遇をする義務があるのだ」

などと、こと細かに一日当たりのカロリーまで説明する者もいた。やがて、天幕に包んだ食糧を担《にな》って、坂道をあえぎながら登ってきた二人は、皆の期待と想像の注視の中に天幕を

広げた。

「米だ！」

それは僅かな量だった。他に乾燥ぶどうが少々あったような気がするが、記憶が定《さだ》かでない。期待と想像とからは大きくかけ離れた品物と量だった。けれども米を見たときは、みな感激で胸を詰まらせた。日本人には切っても切れない米を前にして、しばし声もなく見守っていた。しばらくしてから飯盒を持ち寄って、公平に配分した。飯盒の蓋に軽くいっぱい宛分けたあと、ほんの少量が残った。最後は一粒一粒、かぞえるようにして、一粒残らず公平に分配した。配分が終わるとK伍長は、伝達事項として次のことを話した。

「食糧投下と同時に通信筒の投下があった。それによると、明日、豪軍が、武装解除にくる。その前にすべての武器および武器に類するナイフやフォークのような物まで一ヵ所に集積しておくこと」

さらにK伍長は、

「これはこの患者集団の申し合わせ事項として、銃は菊の御紋章を消してから、提出すること」

と、つけ加えた。

さて一年二ヵ月ぶりに対面した米を手にして、どう料理して食うか私は迷った。一度に全部炊いて食うか、できるだけ長く食い延ばしを計るか、いろいろと考えた。結局二回に分けて食うことにした。一合ほどの米を飯盒に入れ、谷川の岸に立った。各個に飯盒を下げた多くの兵隊たちの目は輝いていた。喜びに充ちた顔、つい先ほどの同一場所とは考えられない変わりようだった。米に水を注ぐと米は、全部浮きあがった。古米だった。後日解ったが、この米はラバウルの日本軍の基地から、空輸して投下したものだった。浮きあがる米を一粒も流さないように洗った。水をたっぷり入れ、気長に弱火で煮て、お粥にした。

やわらかくなったお粥を、さらに噛んで米の味を確かめるようにして食った。一粒一粒の米が全部体内で血となり肉となるような気がした。

誰もが各自各様の思いにふけっているのか、話し声もなく、飯盒の底を突っつく箸音のみがコツコツと暗い小屋に響いた。

武装解除

食事が終わると、こんどは銃の手入れだ。刻印してある菊の御紋章を消せと命令されたが、鑢《やすり》もグラインダーもない。帯剣の峰でコツコツと叩いて潰《つぶ》した。軍隊に入って、銃ほど悲喜こもごもの思い出の多いものはなかった。初年兵泣かせもこの銃が原因だった。手入れが悪いと言っては殴られ、分解手入れ後に引き金を引き忘れたと言ってはビンタをもらった。

「埃が付いている。可愛がりが足りない。抱えて寝ろ」

と意地の悪い古兵の命令で一晩中抱えて寝たこともあった。しかし、第一線ではこの銃ほど頼りになり、心の支えになったものはなかった。食糧に窮し栄養失調で斃れる寸前、野鳥を撃ったこともあった、野豚を撃ち、犬まで撃ち殺して食用にした。命を繋いでくれたのは、この銃だった。

また、敵側先住民も銃の威力を怖れた。彼らの襲撃を躱《かわ》すことのできたのもこの銃のお蔭だった。銃は兵隊の生命だった。泣き笑いをともにしたこの銃とも明日はお別れかと思うと、妙に感傷的になった。最後の手入れだ。錆《さび》を落とし、毛布の端で念入りに拭いた。

深い密林の夜明けは遅い。高い木立の茂みの葉が上空を、幾重にも覆っている。その日の天候の状態さえわからない。曇っていれば、一日中薄明かりのまま暮れていく。

きょうは、投降する日だ。身が引き締まる。敵の命令に従って行動しなければならない。どのような行動にしろ、雨降りでは困難が倍加する。天候を案じ、起床してから何度も空を見上げた。密林内の明るさから察すると、どうやら雨天ではなさそうだ。そう決めるまでにはずいぶん時間がかかった。私は早起きの性質《たち》でこの小屋でも毎朝決まって最初に起きた。

この頃には、マッチを持っている者は、一人もいなかった。火種を絶やさぬように寝る前に、太い丸太を燻《いぶ》しておく。これを吹いて燃やし薪に移すのが最初の仕事だった。やがて、焚火の周囲に多くの飯盒が集まった。昨日米の支給があったので、今朝は全員の飯盒が揃った。食事のとき、箸を動かすのを他人にじっと見ていられると、食ったような気がしない。昨日までは、隠れるように小屋の外に出て食事している者がいた。今朝は全員が小屋の中で食事をした。気のせいかみなの顔色が明るくなって、もとの元気なときの色に戻ったような気がした。

食後、支度を整え、谷川に沿って坂道を下った。重症者が仲間の肩を借り、よろけながら必死に歩んでいる姿も見られた。川原の平坦地は、すでに多くの兵隊たちでいっぱいだった。

銃、帯剣、ナイフ類などに、区分されてはあったが、どれもが無造作に積まれ、山を成していた。その片側に軍刀の束が積まれていた。将校の威厳を表わす軍刀も、十把ひとからげにされては哀れなものだ。この軍刀の束の中には、先祖伝来の家宝もあるだろう。名工が鍛えた美術的価値の高い名刀もあるにちがいない。これから先、この軍刀の運命は私には判らないが、もったいないような気がした。

米・豪軍の近代的兵器の前には、軍刀は無用の長物《ちょうぶつ》だった。重そうに腰にぶら下げて行軍している将校の姿を見るたびに、私は気の毒に思えた。ときにはその長物が滑稽《こっけい》に映ることさえもあった。だが彼ら将校は、決して軍刀を手離そうとはしなかった。

高い竹棒の上にボロ布の白旗を掲げた付近に、五、六名の将校と下士官がたむろしていた。その将校の指示で兵器の提出が終わった者から、再び密林内に押し戻され列を組んで待機することになった。きょうからは、人間らしい敵さんの給与にありつけるのではないかという期待の反面、どんな難題がわれわれを待ち受けているのかという不安が交錯した。やがて、舟艇のエンジンの音が聞こえてきた。河岸のほうが突如、人の声とエンジン音で騒がしくなった。ほどなくエンジンの音は停止した。いよいよ豪軍の到来か、などと考えていると、一人の日本の軍曹が慌ただしく、

「一列横隊に並んで装具を広げ、両手を頭の上に組み合わせて、起立しろ」

と怒鳴りながら小走りに駆け抜けた。密林内の細い道筋には、痩せ衰えた乞食の集団のような、みすぼらしい日本兵の列が曲がりくねって長く伸びた。急いで地面に装具を広げ、頭の上に両手を組み合わせて待つこと、小一時間。豪軍の将校に先導された一個小隊が、堂々

と隊列を組んで行進してきた。

将校の号令で停止すると、一対一で向き合った。見ると私よりは若い二十歳くらいの小柄な白人であった。血の気のよい顔にも緊張の色がうかがえた。このような人々を相手に、死闘を繰り展げていたかと思うと、うそのような気がしてならなかった。白人兵士の肩から吊るした自動小銃の銃口がちょうど私の胸の辺りに向いている。何とも気味が悪い。

将校の号令で一斉に、白人兵士による身体検査が始まった。武器を隠し持っているのを疑っているのであろう。胸から腰の辺りを手でさわって確かめ、終わると地面に広げた装具の検査に移った。竹棒の先で装具を引っかき回しているが、視線は絶えず私の顔に注がれていた。背を屈《ここ》めて装具を手に取って検査をやろうとしない。背を低くすれば、上から襲われるとも思ったのであろうか。それともあまりにもやつれた私の顔が幽鬼の相にでも映ったのか。私の顔から眼を離さなかった。

食糧も医薬品もなく三年有余の歳月を密林に潜んで、幽鬼のような容相になりながらも、手榴弾一個を抱いて、彼らの陣地に斬り込んだ日本軍将兵の仕業は、彼らの目からすればとても人間の仕業とは思えなかったのかもしれない。私は、彼の動作をじっと見ているとおかしくなって、くすりと笑いを浮かべた。すると、今度は安心したのか背を屈めて装具の検査を始めた。装具の中から、私の父母の写真を取り出して、

「パパー　ママー？」

と尋ねた。私は笑って頷《うなず》いた。すると彼もにっこり笑った。お互いに先ほどまでの緊迫感は薄れた。逆に親近感さえ覚えた。彼も私も共に人の子。共に赤い血の流れる人間だ。日本

兵といえども鬼でも蛇でもない。すべては戦争という悪魔の仕業なんだ。私は、大声で訴えたかった。

「オーケー」と言って検査は終わった。再び隊長の号令で厳しい表情にかえった彼は、次の検査のために歩調を整え、奥のほうに行進して去った。ほっと、安堵《あんど》したのも束の間、今度は豪軍憲兵に連れられた五、六名のインド兵が現われた。インド兵は、緒戦の頃シンガポール陥落当時、日本軍の捕虜になり、ニューギニアに送られて強制労働に服していた。食糧が切迫したため、日本軍は彼らを解放した。今度は立場が逆転して勝者になった彼らは、捕虜当時に虐待を加えた者の首実検に現われたものだった。

私は、インド兵とは接触がなく、虐待したことも殺したこともない。しかし他人の空似《そらに》という諺《ことわざ》もある。私たちがインド兵を見ると、みんな容姿が似ていてみな同じように見えると同様、彼らの目からすれば日本兵も同じように映るのではなかろうか、と思うと不安になった。もし、「この男だ」と自分が指されたら最後、この戦場においては、たとえそれが誤りであっても、言い逃れはできない。と、思うと心も凍る。

ギョロ、ギョロと黒い怨みの眼差しを向けられたときには、全く生きた心地がなかった。氷の刷毛で背筋を撫でられる思いだった。インド兵たちは、代わる代わる私たちの顔を覗き込みながら通り過ぎた。彼らの後ろ姿を見て、ほっと溜息が出て、同時に私は、全身の力が抜けてしまって、崩れるように地べたに座り込んでしまった。

私たちは装具を纏め、羊の群れのように舟艇の待つ河岸に集まった。山と積まれた銃の側《そば》で、数名の使役の日本兵が、黙々と銃を分解していた。その近くの、葦《あし》の茂る叢《くさむら》に隠すようにして、二名の日本兵に対するインド兵の復讐が加えられていた。青竹を持ったインド兵の腕は、痩せ細った日本兵の背中に容赦なく打ち降ろされた。まるで畳裏の埃を叩くような、パンパンとした音は谷間の河原に大きく響いた。耐えきれずに発する日本兵の呻《うめ》き声は、私の腸をもねじった。

戦争は何の怨みのない者同士が、命令によって殺し合いをする。そして怨みを残す。その怨みがさらに罪を重ねる。戦争ほど罪深いものはあるまい。

二名の日本兵の生死の別は判らない。しかし痩せ衰えた体に打ち降ろされたあの青竹の連打。無事にはすまないだろう。やがて分解の終わった銃や帯剣を積み込んだ舟艇は、セピック河の中頃に出て、あたかも田圃《たんぼ》の種籾《たねもみ》でも撒《ま》くように、バラバラに銃や帯剣、軍刀を沈めた。

これですべては終わった。私は、「これでよいのだ。人殺しの道具はすべて葬《ほうむ》ったほうがよいのだ」などと考えながら、ぼんやり彼らの作業を見ていた。わが同胞の血と汗の結晶にも、何の未練も残らなかった。

いよいよ、乗船が開始された。二隻の上陸用舟艇はたちまち病の日本兵で埋め尽くされた。舟艇の縁《ふち》にまで鈴なりに座っている。デッキの中央付近に少佐の将校を中に五、六名の取り巻きが陣取っていた。この一団は病人ではない。困難の山越えの行軍を嫌って、舟艇で下るこのコースを選んだようだった。

突如、入口付近が騒がしい。見ると重症で動けない患者が、豪軍の兵士の手で小屋から運び出され担架で入ってきた。豪軍は、小屋を一つ一つ調べ、動けないで寝ていた日本の重症者を、一人残らず担架で運んできた。

「オープン　イット　オープン　ザ　センター（そこを空けろ、中央部を空けろ）」

と、さかんに豪軍兵士は言っている。船艙《せんそう》の中央部に座っていた者は、総立ちになって移動を始めた。

船はすでに満員に近い状態だったので、もみ合うように動きはするが一向に空席はできない。船艙の一隅にパックリ穴でもあいているような空間がある。そこには、水が溜っていたので、みなその場所を避けていたのだ。デッキの上でこの光景を見ていた豪軍兵士が、デッキの中央付近に座っていた少佐を指して、

「クリン　ヒア（お前そこを掃除しろ）」

と命じて掃除用具を差しだした。少佐は驚いて困惑した様子。周囲の者の顔を見まわすばかり。

「クリン　ヒア」

再び一段と強い口調で豪軍兵士は言った。側にいた彼の当番兵が慌てて腰を浮かすと、

「ノット　ユー　ユー（お前ではないそっちだ）」

少佐は観念したように重い腰をあげ、掃除用具を受け取ると船艙に降りた。満座注視の中で行なわれたこのやりとりは、日本軍の巨大な権力の組織が、足元から音を立てて崩れ落ちたような一場面であった。

腰を屈め掃除をしている少佐の姿をみると、気の毒に思う反面、長い間権力に虐《しいた》げられていた私には、溜飲《りゅういん》の下がる思いもした。複雑な心境は私だけであったろうか。

日本軍隊においては、掃除のような雑役は末端兵の仕事と決まっていた。少佐の階級は自分のような末端兵から見ると、雲の上の神様なみの存在だった。しかしもうここは日本軍の権力の及ばない地帯であることに気づいた。

豪軍兵士の行為は、日本軍捕虜は将校も一兵卒もみな同じであることを示すために行なった意識的な行為だったのか。それとも病人を装い、多くの取り巻きに囲まれ泰然としている少佐の姿が彼の勘気に触れたのか、知るよしもなかった。われわれ長い間権力に慣らされていた者にとっては、驚くべき大事件であった。

やがて、力強いエンジンの音を、さらに一段と大きく辺りに轟かせ、舟艇はゆっくりと岸を離れた。飢えとデマに怯《おび》え苦しんだ十日間の地獄の密林とも別れる時がきた。高く掲《かか》げた白旗が河岸に取り残され、濃い緑のジャングルを背景にいつまでも私たちを見送っていた。

茶褐色の濁流が渦巻くセピックの大河。両岸に迫っていた高い山の稜線も次第に遠くなるにつれ、河幅は広くなった。その端にはサゴ椰子とマングローブが密生して繁っていた。

この湿地帯は、セピックとラムの両大河が、海に注ぐ両岸に広がり、海岸に沿って、七、八十キロに及ぶと言われる。一年半ほど前、ラエ、サラモア、マダン方面の作戦に、相次いで敗れた日本軍は、敗走に敗走を重ねた果て、ニューギニア戦線の最大の難所と呼ばれたこの大湿地帯に辿り着いたのだった。すでに、飢えと病魔で衰えた体で、連日の砲爆撃に追われながら、何百キロ、いや千キロも超す道なき道を歩き続けた果ての大湿地だった。泥と泥水と病魔の巣窟《そうくつ》のジャングルに、明けても暮れても腰まで没しての泥との闘いだった。

夜になっても寝る場所もなく、炊事するにも焚木もなかった。泥水を飲んでの行軍は、斃《たお》れないのが不思議なくらい。遂に、精根尽き果て、斃れた将兵はあとを断たなかった。その白骨がこの湿地の奥に眠っていると思うと、胸に熱くこみあげるものがあり、怨みの湿地のジャングルが霞んで映った。

その湿地が河の両側に流れるように過ぎ去る景色。飛行機も船も車もなく、総てを二本の足に託した日本軍の作戦を嘲笑うが如く、力強いエンジンの音を轟かせながら、舟艇は四時間ほどで海に出た。久し振りにみる紺碧《こんぺき》の海、この海のはるか彼方に日本がある。その日本は今どうなっているのだろう。私は溜息とともに、大きく息を吸った。

舟艇は針路を西に向け、ニューギニア本島に沿ってムッシュ島をめざした。すると、いつ、どこから現われたか気づかなかったが、一隻の豪軍魚雷艇が、私たちの舟艇と平行して航行している。

みると、魚雷艇の後尾の甲板に、上半身裸体の豪軍水兵がのんびりと釣糸を垂らしていた。やがて釣糸に感触があったのか、彼は急いで糸をたぐり寄せた。舷側に一メートルもある鮪《まぐろ》が引き寄せられた。彼は甲板に引き揚げようと悪戦苦闘をしていたが、一人ではなかなか揚がらない。そのうち仲間の一人が気づいて加わり、どうやら甲板に引き揚げた途端、針が外れたか糸が切れたか、鮪は瞬時にして波間に消えてしまった。彼らは、逃がした魚を惜しがる様子もなく、何がおかしいのか笑い転《ころ》げていた。私たちには、富裕る《もて》国の兵隊は余裕があって羨ましいかぎりだった。

夕方、舟艇はムッシュ島の仮設桟橋に着いた。桟橋に続く椰子林内には、すでに四百～五百名の日本将兵が上陸して屯《たむろ》していた。その中には、私の属す六十八戦隊の仲間の顔ぶれは見えなかった。私たちは椰子林内に露営して、わが本隊の到着を待つことになった。

ムッシュ島は、周囲二十キロほどの小さな島である。この島は、ニューギニア本島で武装解除した日本将兵が、次々と送り込まれる捕虜収容所に当てられていた。しかし、鉄条網を張りめぐらした柵も機関銃を据えた監視櫓《やぐら》もなかった。その点、捕虜収容所特有の陰気な影がなかったのは、私を明るい気分にさせた。ボロを纏《まと》い、やつれ果てた日本将兵の姿さえなければ、さしずめ南海の緑の楽園といった美しい島だった。

次の日の朝早く、汀《みぎわ》に立ってみた。紺碧の海、人影もない白い砂浜、緑の椰子林。自然は休息をすることもなく、朝陽に映る椰子の葉が、キラキラと輝いている。桃源郷とはこのような所を指すのだろうか。しかし飢えた私たちには美的観賞よりも食欲のほうが先行した。美しいと思うよりもまず腹を満たしたい。花より団子だ。

洗い流したような白い砂浜に足跡を残して歩いていく。すると砂浜の表面に砂嵐でも吹きつけているかのように、無数の蟹が、波打ち際をめざして移動している。捕らえようと追っても、蟹の素早さには勝てなかった。砂浜のところどころに、米軍の携行食品の空缶が埋めてあるのに気づいた。中をのぞくと、缶の底に、二、三匹あるいは、五、六匹もの蟹が、這い上がれずに動いていた。誰かが考えて設置した物であろう。「早起きは三文の得」とばかりに、私は蟹を残らず戴いて帰った。

この蟹は足の長い、白い色の蟹で、甲羅《こうら》の直径が四センチくらいあった。甲羅も足もやわらかで、全部食糧になった。蟹をふんだんに入れ、海水を適当に注いだ蟹スープは珍味で、飢えた私の舌を魅了した。塩に泣き、塩に苦しみ、塩に悩まされ、塩に斃れた、一年有余の、塩、塩、塩との闘いも、無限の海水に包囲されたこの島ではあっけなく終息した。塩の尊さを骨の髄《ずい》まで思い知った兵の喜びは何にも勝るものであった。

蟹を捕らえ飽くことなく塩を味わい過ごすこと四日。本隊が到着して彼らと合流した。険しい山岳地帯を踏破した仲間たちの顔には疲労の色があったが、途中一名の脱落者もなく、無事再会したことを手を取り合って喜んだ。

この日は昭和二十年十月十五日と記憶している。

作戦中は、任務の関係で離れ離れに暮らすことが多く、このように戦隊全員が、一緒に顔を揃えるようなことはなかった。昭和十八年四月四日、「大鷹」と名を変えた民間徴用船「春日丸」の仮設空母で横須賀を出港して以来の再会だろう。仮設空母の広い発着甲板を埋めた三百三十名ほど（後日の補充を加えると三百五十名ほど）の兵は、祖国に別れを告げて『海行かば』を共に合唱した。あのときの勇姿はなく、ボロを纏い、やせ衰えた五十余名の、さびしい再会であった。

休息する暇もなく、六十八戦隊に割り当てられた野営地に向かって出発した。指定された野営地は、島の北側の海岸に面した密林内だった。七百〜八百メートルの水道を挟み、対岸のカイリル島の密林が手にとるように見えた。

早速、宿舎の建設に着手した。建設用に支給されたただ一梃の鉈《なた》で、立木の伐採を始めた。

支給された食糧は、ビスケット、チーズといったもので、まるで子供のおやつのようなもの。飢えている者の腹を充たすには、まったく足りず、作業は遅々として進まなかった。作業を中途にして、糧を求めて海辺を歩いた。この辺りの海は、さぞ魚貝類も豊富であろうが、網もなし、釣針もなし、ただ手をこまねいて溜息しながら眺めるばかりだった。

夕方になって、どうやら雨露を凌ぐだけの小さな小屋ができた。下士官と古兵たちが入ると、それでいっぱいになった。年次の若い私と森脇戦友のもぐり込める席がなかった。やむなく海辺の巨木の根元に、頭から天幕を被って寝た。夜中に激しいスコールにみまわれたが、疲労と衰弱で起きる気にもなれなかった。そのまま身体を丸めて寝ていると、身体に接した地面の砂が流され、肩がガタンと落下した。たまらず起き上がって、巨木の幹にへばりついて夜を明かした。

朝、潮の引いた海辺を見ると、黒い牛糞のような固りが点々とあった。近寄って見ると、一尺近いナマコだった。森脇と数匹捕まえて帰り、飯盒一ぱいに押し込んで海水を注いで煮た。頃合いを見て、蓋を開けて驚いた。ナマコは影も形もなかった。どろりとした汁をかき廻すと、底に縮まった親指大の一片があった。どろりとした汁をすすってみた。舌を刺激するえごい味と、なまぐさい匂い。それでも飢えた私の胃袋を充分に満たしてくれた。

伐採に運搬に、人一倍扱《こ》き使われた挙句、造った小屋にも入れずじまい。私たちは、巨木の下をねぐらと決めて、強雨に押し流されないように周囲に側溝を掘った。森脇と二人だけでは、小屋を建てる体力も気力も残っていなかった。小屋の建設よりも食糧集めのほうが先だった。

湿地のサゴ椰子の根元に、甲羅の径が八センチもある蟹が潜んでいた。見るからに毒々しい赤い色、感じが悪いので足や鋏の中の肉のみを食べた。なにしろわずかなので胃袋が満足しない。やはり満腹感はナマコスープだった。そのナマコも、数日過ぎると、遠くまで足を延ばして捜しに行かなければ採れなくなった。沖の一段と深くなる辺り一帯は、珊瑚礁が群れをなしていた。赤、緑、白、鮮やかな色彩、樹枝状、球状と、色も形も様々で、よく調和していた。その周辺にはこれまた色も形も様々な小さな熱帯魚が遊泳している。その風景は飢えも戦争も忘れさせ、しばし時の経つのも忘れさせ、私を幻想的世界にひきずりこんだ。それから毎日、私は潮の引くのを待ちこの珊瑚礁に足を運んで、大自然のパノラマを楽しんでいた。

ある日、突然、本部の西沢軍医（現在東京都北区において開業医）が単独で巡回に現われた。私の顔色を診るなり、

「悪いなー。すぐ入院しろ」

と言った。私はあまり突然だったので返答に窮していると、さらに、

「お前、このままでは死んでしまうぞ。俺が付き添って行くから、早く支度をしろ」

私が急いで僅かな装具を取り纏めている間、軍医は人事係准尉に一言二言、何か告げていた。

軍医に従って、密林内の湿った坂道を喘《あえ》ぎながら登った。登りきると反対側の下り斜面一帯は椰子林になっていた。椰子林内のところどころに、軍の高級将校の宿舎があった。斜面の中腹まで下って海辺の白い砂浜に続いて建っている病院のニッパ屋根が、椰子の樹の梢越

しに見え隠れした。その辺りまできたとき、軍医は突然、立ち止まって、

「これから先は、俺が背負って行く」

私は、驚いた。

「軍医殿、自分は歩けます」

と答えると、

「歩けるような患者は、入院できないのだ。病院では、病院の医者がまた診察する。殴られても、けとばされても歩行困難を装っておれ」

と諭《さと》された。なおも戸惑って立っている私の前に軍医は背を屈めた。私を急きたて背負って険しい坂道を下った。

当時は、末端兵が、軍医の背を借りるようなことは想像も及ばないことだった。ましてや、軍医も同じ栄養失調とマラリヤに冒されていたに違いない。人間として、医者として、一人の人間の命を救うため、衰弱した体に鞭《むち》うって背負ったのだと思う。あの極限の状態の中から私が生きて還れたのも、このような善意の人によって助けられたからに他ならない。そのことを一日として忘れることはできない。

西沢軍医の適切な助言があったのであろう。予想したほど厳しい診察もなく、入院が許可された。ニッパ椰子の屋根、丸太を掘っ立てた長い病棟が、海岸の白い砂浜に沿って幾棟も建っていた。病棟の中央に二メートル幅の土間の通路が長く伸び、その両側に麻袋を切り裂いて造った担架型のベッドが、串刺しにしたように並んでいた。

これまでの寝床は、土間かよくて先住民の小屋のでこぼこした板張りだった。長い間、固

い寝床に慣らされていた私の膚には、このベッドの寝心地は頗る良かった。豪軍の指導で作ったものであろうが、外人の、考え方の合理性が膚を通して感じられた。今夜からは、雨露にさらされる心配もなく眠れる。野営地の巨木の下で天幕を被って寝るのとは、天と地の差だ。私の去った後の森脇戦友の身辺を案じつつ、眠りについた。

一夜明けて周囲を見ると、なるほど重症患者ばかりだ。全身が、ブヨブヨにふくれている皮膚に血が滲む潰瘍《かいよう》患者。痩せ細ってこれが生きている人間の脚であろうかと眼を疑いたくなるような患者、凹んだ目の骸骨のような患者、マラリヤの高熱で、発狂したのだろうか、時折わけの判らぬカン高い声を発する患者。

「黒い小便が出るのです」

と衛生兵に訴え、麻袋のベッドに顔を沈めている患者など、様々の重症者の集団には目を覆うしかなかった。黒い小便が出るのは、悪性マラリヤに冒され血液が小便に混じって出るからである。黒い小便が出たら最後だと、兵隊の間では最も恐れられていた病気だった。私の右隣りのベッドの患者は、全身むくんでいた。

もう食欲もなくなっていたのだろう、前に支給された携行食品のコンビーフの缶詰やビスケットが、少し残っていた。それを目当てにある衛生兵が、足繁く通ってきて、捲きあげていた。毎日が悲惨な患者や死者に接していると、人間としての感覚も麻痺する。人間らしい品性のかけらも失せ果てていた者もいた。

ある患者は、象の脚のようにむくんでいた。パンパンに張った腹。むくみは外部にだけ張り出すのではなく内臓をも圧迫するらしい。回診にきた軍医に、

「苦しくて、夜も眠れないのです」

と、縋《すが》るように訴えた。軍医は、当惑したようにしていたが、

「また、腹水を抜いてみるか」

と言って、太い注射針を腹部に刺して、またたく間に二リットル近い腹水を抜き採った。

「お蔭様で、大分楽になりました」

と彼はかすかに微笑を浮かべた。その夜、声もなく彼は逝った。この病院にいてさえも、ニューギニアの戦場で死亡した多くの兵たちと同様に、誰に看取られることもなくひっそりと息を引き取っていた。それは、生命の全エネルギーを使い果たした静かな最後だった。まるで灯が燃料の最後の一滴まで燃やし尽くして音もなくスーと消えるように。

この病院では毎日、平均して二十余名もの死者があったと言われている。当時この病院で診療の任に当たっておられた渡辺海軍軍医少佐（現在横浜市西区において開業）の著書『海軍陸戦隊ジャングルに消ゆ』の中から引用させていただくと、「終戦後ムッシュ島に集結して、内地に帰還する、約三ヵ月の間に合計千八百九十三名が死亡す」と記されている。

朝、決まった時間に、遺体を運ぶトラックがくる。各病棟を巡って遺体を集めてくるが、その遺体のほとんどが裸体であった。薄黒く汚れ硬直した痩せた遺体が、無雑作に、トラックの荷台に並べられてあった。花の一輪さえない殺風景な荷台に、ときには遺体が折り重なっていた。

この遺体収容の、使役に当たっている兵隊《ひと》たちは、毎日の遺体収容作業で遺体に麻痺《まひ》していたのか、また長い悲惨な戦場に明け暮れ、身も心も疲れきっていたのか、遺体に対して冷

淡になっていた。いや、使役だけではない。側でこの作業を見守る私たち患者も、「お気の毒に」「可哀相だ」と思う感情も麻痺して、手を合わせることもなく見送っていた。

このムッシュ島の病院も名ばかりで、投薬もなければ注射もない。ただ、患者を収容しておく器にすぎなかった。入院している全部の患者は、強弱の差はあれ栄養失調に苦しんでいた。豪軍の給付する食糧の量が、一日分わずか二百カロリー。通常の三分の一である。これでは、到底回復など望めない。

終戦前、豪軍が散布した降服勧告のビラの内容とは、まるきり違っていた。だが、誰一人豪軍に対して不満を洩らす者はなく、逆に人間様が口にするような物にありつけただけでも有難いことだと感謝の念を表わす者もいた。不足分は、飢えた狼のようにてんでに海や山に殺到して糧《かて》を補っていた。

入院している患者、特に、歩行困難の重症患者は、病院から支給される食事以外は、何一つ胃袋を充たすものがなかった。だから、食事の配分は凄まじかった。地べたに飯盒を並べて、その配分を浅ましい眼つきで見守った。食事当番が配分の終わった空の食缶を横にして、有無を周囲の者に見せる。そうして、洗い場に運ばれた食缶に、どっと、われがちに殺到して食缶に手を突っ込む。食缶にわずかに付着しているオートミールを、指先でなすって嘗《なめ》る。私は思わず息をのんだ。この、指先で粥をなすって嘗るだけの役得にありつこうと、食事当番の志願者は、いつもあとを断たなかった。

栄養失調の症状には、大きく分けて二通りあった。痩せる質《たち》と、腫《むく》む質《たち》だ。腫むほうが質《たち》が悪いと言われていた。終戦前、私たちの部隊は、セピック平原の先住民集落に駐留していた。私たちの仲間にも、この腫みに斃れた者が多くいた。腹も脚もパンパンにふくれ、睾丸もゴム風船のようにふくらんだ。股ボタンをすることもならず、外側に出しているのを、先住民が目撃して、「チンポマラリヤ」と笑っていたが、当人は笑うどころではない。痛くて、狭い軍袴の中にはどうしてもしまっておけなかったのである。

この病院にも、睾丸の大きくふくらんだ患者が多くいた。彼らも露出させたまま、ただ仰向けになって寝ていた。

病院には、蠅が多い。その蠅を狙う蜥蜴《とかげ》が多く棲んでいた。ニッパ椰子の屋根を蜥蜴はカサコソと移動する。患者は耳をそばだて、眼をこらして蜥蜴の行動を追う。そっと側《そば》の杖を伸ばして垂木を渡り歩いている蜥蜴を一撃する。風船のような睾丸をまるだしにして蜥蜴を捕らえている姿は、見る人によっては、滑稽《こっけい》にも映るであろう。だが彼ら歩行困難な重症者の、唯一の食糧あさりであった。それは、食糧不足に対する無言の抗議の姿であった。

病院の便所は、入江の上に設けてあった。落下した汚物は、入江の水に流される。非常に衛生的だ。これも豪軍の指導によるものだ。私は、彼らの衛生的、かつ合理主義に感心していた。

この付近は海水と淡水が交わる辺りで、多くのシジミ貝が棲んでいた。流れた汚物が付近に漂っていた。病院ではシジミ貝の採取を固く禁止していた。だが患者の中には、夜陰に乗じてベッドを抜け出し、汚物の泥に腰まで漬かってシジミ貝を採って食っている者がいた。入院患者には赤痢患者も多くいるのを思うと、話を聞いただけでもぞっとした。

私も何でもこまめに糧《かて》となるものをあさった。近くの珊瑚礁の岩礁に大きな毛蟹が潜んでいた。潮がひたひたと満ちる岩の上にかがみ込んで、蟹穴をじっと見ていると、蟹は外の気配を警戒してなかなか出てこない。私は気長に待った。そのうち蟹の足が、そっと穴の外に現われた。チャンス到来とばかりに素早く手を伸ばしたが、指先が足に触れただけで、蟹は穴の奥深く逃げ込んでしまった。

「大失敗だ」

またも、蟹の現われるのを気長に待つ。待つことしばし、蟹の足が、穴の外に現われた。今度こそは失敗しないようにと、逸《はや》る心を押さえてじっと辛抱する。甲羅が半分ほど現われたとき素早く手を突っ込み、足を押さえた。蟹は必死にもがき、その鋏は私の指先にくいつく。ヒリッと電流のような痛みを感じたが、私は手放さなかった。強引に穴から引っ張り出したが、蟹もまた私の指先を挟んで、放そうとしない。指先から鮮血が滴《したた》り落ちていた。

次の日も、満ち潮の頃を選んでは同じ穴で蟹と死闘を繰り返した。欲張って付近の岩穴も捜したが、この穴以外には潜んでいないのが不思議だった。この穴は私の他には誰にも知られず、毎日この穴に足を運んで捕らえていた。だが、一週間ほど経った頃には、この穴にも蟹は姿を現わさなくなった。

この島に上陸した当初に思わぬ獲物にありつけた、その、足の長い蟹の棲《す》む砂浜に行ってみた。広い浜辺に、無数に走り廻っていた蟹の姿も、その影さえ消えていた。捕り尽くしたのであろうか？

それにしても数千、数万もの蟹の大群を思うと、不思議でならなかった。この空缶だけが、蟹のいた蟹落としの空缶が、手持ち無沙汰のように埋まったままだった。御用済みになっ

なくなった理由を知っているだろう、と思いながら引き返した。

病院の近くに、仮設桟橋があった。私たちが舟艇で運ばれ、この島に第一歩を印したのもこの桟橋であった。この島の玄関口といった所だった。豪軍は、この桟橋に週に一度の割合で食糧品を運んでくる。

昭和二十年のクリスマスの迫った頃だった。桟橋に接岸された舟艇からの荷揚げ作業を終えた豪軍兵士は、桟橋の上で昼食をとっていた。ミルクを入れた大きなバケツを中央にして、幾種類もの缶詰を開け、大きな食パンを無造作に切って、バターやジャムをたっぷり塗ってほおばっていた。耳の部分は惜気《おしげ》もなくポイポイと海に放っている。遠巻きにして見物している多くの飢えた患者たちは、波間に漂うパンの端切れに、恨めしい眼差しを向けていた。

この戦場に、パン焼き設備まで持ち込む彼らの余裕のほどを、改めて思い知らされたように眺めていると、やがて、彼らの食事は終わった。残った缶詰やパンを地面に一列に並べて、食ってもいいと手招きする。

飢えた患者たちは、われがちにどっと殺到し、奪い合いが始まった。引っ張り合い、押し合い、突きとばし折り重なって倒れた。

豪軍兵士は驚いたように大きな声で何やら叫んでいた。ブレーキのきかなくなった人間の暴走はふがいない。あまりの浅ましさに思わず息をのむような光景だった。

そのとき、一人の日本軍の頑丈な高級将校が、駆け寄った。

「お前らは、武士は食わねど高楊枝《たかようじ》ということを忘れたか」

と言うが早いか、ごっつい手で患者を片っ端から殴り倒した。たちまち、五、六名が地べたに這った。無惨という他はない。

いかに飢えたりと言えども、この病兵らの行動には、もう一呼吸がほしかった。その反面、この将校の非道な仕打ちも腹立たしかった。

痩せたひょろひょろの患者を殴り飛ばし、何が武士か。人間味のかけらもない威張り散らすだけしか能のないこのような将校がいたから、死なずにすんだ兵隊まで殺してしまったんだ。

今まで秘めていた、一部将校に対する憤りがとめどもなくこみあげてきた。それにしても、戦争が引き起こした飢えによって屈辱に身をさらさねばならない私たちが、何ともあわれでならなかった。

騒ぎも一段落して、患者たちがすごすごと散り始めたとき、豪軍の二名の黒人兵士が私たちに近づいてきて言った。

「ユー　キャン　ゴーバック　ツージャパン　スーン」

最初は何を話しているのかさっぱり判らなかった。怪訝《けげん》な顔をしていると、二度、三度と繰り返して話しかける、ゴーバックとジャパンが理解できた。私の背後から、

「日本に帰れる！」

と誰かが叫んだ。

日本に帰れるのだ。身体中が熱くなった。喜びが込み上げてくる。噂には聞いていたがいつも半信半疑だった。今度こそは本物だ。

「俺は帰るんだ」

「日本に帰れるのだ」

日本の敗北を山南の荒れ農園で聞いたときから、捕虜として長い屈辱の日を覚悟した。だが、もしかすると、という早期帰国の夢をほんのかすかではあったが抱《いだ》いていた。その夢が実現する。その喜びが、身体中をかけめぐっていた。

第五章　内地帰還

女神の像

病院内にも、各方面から帰国近しの情報がもたらされ、一斉《いっせい》に広まった。病院内の雰囲気が変わり、患者たちの目も生き生きとしてきた。そうしたある日、衛生兵が病棟内を慌ただしく駆けていた。

「安達軍司令官が戦犯として連行される。司令官は病院の患者だけでも見舞って行きたいと豪軍に申し出られ、今からお見えになる。正座のできる者は、ベッドの上に座って待って下さい」

と触れてまわった。やがて、杖を手にした司令官が現われた。見ると私の父親ぐらいの年頃に映った。両側のベッドの患者を、一人ひとり覗《のぞ》き込みながら、

「長い間御苦労であった。みんなをこんなに苦しめたのも、すべてこの安達の責任である。みんなは近く日本に帰ることになるが、日本に帰ったら今までの陸海軍の病院が国立病院と名を改めて残っているはずである。日本に上陸したら、まずこの病院にはいって、完全に身

体が回復してから故郷に帰れ。みんなは衰弱しているのだから、決して急いで家郷に帰るのではない」

子供か孫にでも諭《さと》すような口調で、説いてまわっておられた。

安達中将は、部下思いで有名だった。そのエピソードは、兵隊の間にまで語りつがれていた。いま、己が戦犯という汚名を強いられ、引き立てられる身でありながら、部下の身を案じて、繰り返し繰り返し説いている姿が哀れでならなかった。われわれ兵隊が日本に帰れる喜びで湧き返っているこのとき、この将軍《ひと》には、この先どのような難題が待っているのであろう。この将軍にはこれから先、これまで以上の苦痛が待っていると思うと、私の心は暗澹としていた。

兵隊にとっては将軍は雲の上の人で、その側に近づくことさえできなかった。私はこのとき初めて将軍に接した。年齢よりははるかに老いてみえた。長年の悲惨な戦争に明け暮れた、最高責任者としての苦衷《くちゅう》の跡が滲《にじ》みでていた。豪軍の若い屈強なＭＰに前後をガードされ、将軍は炎天下の砂浜に消えた。その後ろ姿を見送ったのが、将軍の姿を見た最初であり最後となった。

大本営からも見捨てられ、人跡未踏《じんせきみとう》の密林に補給を断《た》たれた十数万の将兵を率い、食うに糧《かて》なき、病にも医薬品もなかった。三年近くの彷徨《ほうこう》の果て、

「動けざる者は自決せよ」

と非情の命令を出したのもこの将軍であった。そして部下将兵とともに全員玉砕を覚悟していた矢先に敗戦となった。夥《おびただ》しい数の部下将兵の死の重荷を、安達中将はひとりで背負い、

囚《とら》われの身となってこの島を離れた。その最後の最後まで将兵の病の身を案じ滋愛あふれる眼差しを注いで去った。

人間、安達中将の背景を憎み、その矛盾を私は嘆く。戦争は人間がやるものではない。組織がやるのだ。将軍も兵隊もその一歯車にしかすぎない。軍司令官であっても個人の意見など介入する余地など、どこにもなかったのであろう。

その後、ラバウルの捕虜収容所において安達中将自決、の報を知ったのは、私の衰弱もどうやら回復し社会復帰して間もない頃だった。人それぞれ生まれながらにして天の与える運命があると言われるが、運命と一口に片づけるには、あまりにも悲しい出来事であった。悲劇の将軍として歴史にその名を留めるであろうが、炎天下の砂浜を連行されて去った老将軍の後ろ姿が、四十年経った今なお、私の網膜に焼きついて消えない。

その頃、このムッシュ島内には戦犯容疑という、黒い恐怖の嵐が吹き荒れていた。連合軍は、「捕虜虐待」「虐殺」の容疑者と、堕落の一途を辿って人間の肉まで食った、前代未聞の犯罪の容疑者を執拗《しつよう》に追っていた。特に憲兵隊に所属していた者、捕虜を使役としていた部隊関係者は、この黒い影に怯えて暮らしていた。

ある日、病院内の路上で、同郷の小学校の同級生に偶然に出会った。

「おー、茂君ではないか」

と私の顔を覗き込むように、近寄ってきたのは幼友だちの、私と同姓の勝喜君だった。

「お前もニューギニアにきていたのか。よく生き残れたなー」

とお互いに手を取り合い、肩を叩いて喜びあった。勝喜君はさらに、

「この病院には、政市ちゃんも入院しているよ」

「そうか、政市ちゃんも来ていたのか」

この戦争に来て以来、同郷出身者には一度も出会ったことはなかったのに、それもごく親しい友人が二人もいることに私は驚いた。何から話してよいのか戸惑うほど、積もる話があるのに、彼はなぜか急に周囲を気にしはじめた。私の話しかけるのを打ち切るようにして、

「では、またなー」

彼は、逃げるようにして立ち去った。

「へんな奴だ」と思うと同時に、彼の後ろ姿を見て不審を抱いたのは、彼の動作だけでなかった。彼の胸につけていた上等兵の階級章に私は不審を抱いた。

「彼は確か軍隊を志願したと伝え聞いていたが、志願兵にしては階級が低いな。事故でも起こしたのであろうか」などと考えながら、彼の去ったほうを見ていた。

彼は憲兵だった。彼がこのムッシュ島にいた頃、戦犯容疑を恐れ身分を隠して過ごしていたことを知ったのは、あれから三十九年も経った昭和五十九年の秋、郷里の温泉場で催された小学校の同級会の席であった。そのとき彼は、

「毎日が針の蓆《むしろ》にでも座っているような思いで過ごしていた」

と当時の恐怖を語っていた。

次の日、杖を手にして幼友だちの政市ちゃん（渡辺政市氏。現在福島県・県会議長、当時曹長）が私のベッドを訪れた。彼は私より一年先輩であったが、私と同じ集落の出身であった。子供の頃は近くの谷川で魚採りをして遊んだ仲だった。互いに手を握り、この苛烈《かれつ》な戦場に生

き残った喜びを確かめ合った。だがなぜか、いまひとつ感動の盛り上がりがなかった。

「体を大切にしろ」「必ず生きて郷里に帰ろう」

という空疎《くうそ》なやりとりが歯痒《はがゆ》かった。子供の頃の兄貴分に、予想もしない所、それも死と直面しているようなときに再会しながら、彼の胸にすがって泣く感動的な言葉が吐き出せないでいた。涙も笑いもなくただいたずらに時を過ごした。飢えと身体の衰えが、涙も笑いも奪っていたのであろう。

「近く迎えの船がくる。身体を大切にな」

同じような言葉を繰り返して、彼は席を立った。入れ違いに迫撃砲隊で一緒に行動していたK上等兵が現われた。彼は食糧受領の使役で、桟橋にくる度に私のベッドを訪れていた、唯一人の見舞い客であった。彼は腰を下ろすと、

「今出ていった渡辺曹長を知っているのか」

と不審そうに尋ねる。私と渡辺曹長の関係を説明すると、

「そうか、友だちだったのか。俺はあの曹長《ひと》に大変世話になった。以前に生海老を食ってひどい食中毒に罹り、この病院に運びこまれ、夜通し死の苦しみを味わったことがあった。そのとき近くのベッドにいた渡辺曹長が、親身になって介抱してくれた」

彼は、当時の死の苦しみと人の善意に触れた感激が忘れがたいのであろう、しみじみと繰り返してそのときの模様を話した。当時はこのような人間味のある人は稀だった。隣りのベッドの、死の苦しみの呻《うめ》き声にも、「うるせえっ」と罵声を飛ばすのが常で、他部隊の兵隊の看護などしてくれる曹長などはいなかった。

昭和四十六年春、渡辺政市氏が、福島県の県会議員に当選した報せを郷里の兄から受けとった。そのとき、私の脳裏にひらめいたのはこのときの話であった。激しい選挙戦を勝ち抜いた原因の一つに、彼のあの人間性の豊かさがあると思った。選挙の三条件と言われる、地盤も、看板も、金もない彼が、難関を突破して議席を確得し得たのは、彼の心が選挙民の心をとらえたからだと思う。

飢えは、人間を冷淡にする。そして自己本位になり、自分の殻にとじこもる。兵たちは体と同様に心までも痩せ細り、かさかさに乾いていた。

このような、陰気な雰囲気を和らげ、笑いと涙を取り戻そうと、軍の上層部が企画した演芸会が催された。軍隊には芸人が多い。各部隊から喉に芸に、自慢の兵隊が動員された。病棟の一角を改装した舞台に、現地の物に工夫を凝らした大道具、小道具の傑作も揃った。娯楽に飢えていた兵隊たちの前人気も上々であった。

その日の夕方は、早くから会場の砂浜に、患者たちがつめかけ、思い思いの場所に陣取っていたが、近くの野営地から押しかけた兵隊たちで広い海岸の砂浜もたちまち埋め尽くされた。出しものは、歌、落語、浪曲といった寄席ものが多かった。出演者も久し振りの自慢の芸の披露とあって熱が入ったが、会場の盛り上がりはいまひとつ足らない。笑いが少なく、空虚な空気が漂っていた。

終わる頃になって、「三門《みかど》博《ひろし》の唄入り観音経」が演じられた。出演者の名調子もあって、会場は水を打ったように静かになった。やがて観音経のくだりが始まり、読経の声が朗々と南海の夜空に流れた。すると私の胸には、死の門出にも読経の一節もなく、虫けらの死のように旅立った仲間たちの顔が次々に涙に浮かんでは消えた。

「たかが浪花節のお経ではないか」

と反問して涙を堪《こら》えようとしたが、久しく忘れていた何かに胸を抉《えぐ》られたように、どうしても涙を押さえることができなかった。

昭和二十一年の正月も明けたが、病院内には大晦日も元旦もない。どこへ行っても、交わされる会話は、日本からの迎えの船の噂だった。六日頃、その噂が現実となった。黒い船体が沖合に現われた。船腹に日の丸も見える。この海から日本の艦船が姿を消してから、実に久しい。だが、これは紛れもなく日本の船だ。一斉に渚《なぎさ》に走り、船腹の日の丸に目は釘付けになった。目頭が熱くなった。みなじっと見入っていたが、やがてどこからともなく大きなどよめきが起こり、それは歓声にかわった。

次の朝、まだ暗いうちから、この船で帰国する部隊の将兵が、病院の横の路上に長い列をなして並んでいた。どの顔も血の気のない黄色い顔だが、目は輝き、隠し得ない喜びが溢れていた。

前夜、病院の患者には、患者は全て近く到着する病院船に収容する旨が伝達されていた。帰国組患者たちは帰国組の両側に並んで早く帰れる者に対する羨望の眼差しを注いでいた。帰国組は長い時間待たされていたが、やがて乗船開始。列は動き出した。喜びを嚙みしめながら、私の前を通り過ぎる列を追っていると、見覚えのある顔ぶれが視界に入った。私の所属する六十八戦隊の一行であった。

「お先に」

各個に短い慰めの言葉を残して通り過ぎて行った。死線を共にした仲であったが、実に簡単な別れだった。そのうち人事係のボロさんとF曹長の顔も見えた。この二人はいつも犬猿の仲で、ことある毎に啀《いが》み合っていた。セピックのウエルマン集落にいたときには、銃まで持ち出して喧嘩をしたこともあった。お互いに性格の違いで肌が合わなかったのであろうが、端《はた》の者には、至極迷惑だった。特に足立隊長は、軍隊の表も裏も知り尽くしたこの二人には、ほとほと手を焼いていた。その二人もきょうはにこにこした笑顔。それも互いに肩を寄せ合って並んで、私に近寄り、

「体を大切にしろ」

「先に帰っているよ。病院船も近く着くだろうから、体に気をつけてな」

などと詫びとも慰めとも受け取れる言葉を残して行った。

軍隊とは不思議な所だ。末端兵には冷酷に過ぎる軍紀も、階級が上がるに従って実にいい加減なものだった、などと考えながら見送っていると、突然、肩をポンと叩かれた。振り向くと、満面に笑いを浮かべたK伍長が立っていて、

「あやー元気か、先に帰っているよ」

と言うと、急いで雑嚢を開けて、缶入り煙草を取り出し、私の手に握らせた。

「あー、どうも……」

続く言葉は動く列に遮《さえぎ》られ、途絶えてしまった。

セピック河のカヌー乗り場の集落で、一枚の蚊帳のとりもつ縁から深い絆《きずな》で結ばれ、お互いに衰弱した体を庇《かば》い合いながら行動して、このムッシュ島に渡った仲だった。各々の原隊

に復帰して連絡が途絶えていた。このときが、偶然の再会。それも瞬時の出来事に終わってしまった。

人の出会いは不思議なものだ。長年の交わりでも何の影も残らない人もあれば、行きずりの人に心ひかれることもある。

「なんと思いやりのある男だ」

感謝しながら缶を開けると、四、五本分の煙草が残っていた。当時、私は喫煙しなかった。だが煙草があると、食糧品が容易に入手できた。豪軍からは、煙草の支給は全然なかった。喫煙者にとっては食糧がない以上に酷なことだった。喫煙者は一食断っても一服を求めていた。食事のとき配られた一杯のオートミールを、そうっと隠して残し、一本の煙草に換えて旨そうに喫っていた。食糧には代用するものがある。米がなければ芋でも澱粉でも、蜥蜴、蛇の類まで食ってしのげたが、煙草には代わりになる物がない。喫煙者にとっては、人知れぬ酷な島だった。

この日から八日経った。一月十四日の午後、待ちこがれていた病院船（氷川丸《ひかわまる》）の到着を知って海辺に走ったときには、すでに白い大きな船体がどっかりと青い海を背景に停泊していた。煙突と舷側の鮮明な赤十字のマークが、私の眼をとらえて離さない。

「あー、これで生きて祖国に帰れる。もう大丈夫だ」

悲痛な叫び声が、腹の奥のほうに湧き返っていた。先刻から砂浜に屈み込んでいる大勢の患者も、声もなく飽くこともなく、じっと氷川丸を見入っていた。

その夜、私は興奮して眠れなかった。夜半にベッドを抜け出し海辺に出ると、浜辺の暗闇の中に私と同様眠れないのか多くの患者がたたずんでいた。照明に照らし出された氷川丸の淡い船体が、闇の海にぽっかり浮かんでいた。じっと見ていると、その姿は女神の像のように気高く映った。私の隣りに座っていた患者が、

「明日の夜は、あの船の中で眠れんだね」

とつぶやくように言った。

翌朝、僅かな装具をまとめ、集合時間も待ち遠しく外に出たが、炎天下の砂浜に長いこと待たされた。前夜、病院側から乗船前に豪軍の厳しい持ち物検査があるので、舶来の時計や万年筆など、舶来品は絶対に所持するなと厳重注意があった。

「そんな物今さらあるわけがない。もし過去にあったにしても、とうの昔に胃袋に納まっているよ。乞食の持ち物のような装具を検査して、何が出てくるのだろうか」

などと考えていると、ようやく列は動き始めた。二列縦隊で行進して、両側に立ち並ぶ豪軍兵士の前で停止した。装具を広げたが、検査は形式的で簡単にOKになった。桟橋から舟艇に乗り移った。沖の氷川丸の舷側に接舷して見上げると、高い甲板から長いタラップが降りていた。

舟艇が停まるのももどかしそうに、どっとタラップに殺到して登り始めたが、たちまち転倒する者が続出した。衰えている足が、タラップの段差についていけないのだ。つまずき、転び、もがきながら這《は》い登る。この光景を甲板の上から見ていた看護婦たちが、

「無理しないで」

「迎えに行くから、待っていて」

しきりに声を嗄《か》らして叫ぶが、誰一人立ち止まる者がいない。地獄の底から這い上がるような心境にかられ、つまずいても転んでも、四つん這いになって登って行く。途中でうずくまる者、残りの階段に恨めしい眼差しを注いでいる者、おぼつかない足取りを手摺りに支えられながら登る者、痛々しい光景を繰り広げていた。

見兼ねた看護婦が、患者をかき分けながら駆け降り、倒れている患者を背負って登って行く姿もあった。痛ましい傷病者の扱いには慣れている看護婦たちも、苦衷《くちゅう》の跡が滲む惨絶《さんぜつ》の姿は、涙なくしては見られなかったのであろう。どの顔からも涙が流れていたが、流れる涙を拭こうともせず、患者の収容に甲斐々々しく働いていた。

私たちは長い間、お互いに黄色い血の気のない顔ばかり見馴れていた。日本人の肌色をすっかり忘れていたが、彼女らの桜色の顔を見て、忘れていた日本人の顔色を思い出した。

看護婦に案内されて、広い畳敷きの部屋に通された。何年ぶりであろう畳の感触。畳にはお摺《ず》りしながら横たわった。昨日からの喜び、興奮、寝不足、不安、緊張、感動の連続。心身ともに疲れ果てていたが、病院船の懐《ふところ》に抱かれた安らぎもあって、夕方には幾分回復していた。

再び訪れることもあるまいこの地の島影を、瞼に留めておこうと思ってデッキに出た。人影もまばらな舷側の手摺りに寄って眺めると、今朝まで住んでいた病棟に火が放《はな》たれ、焼き払われていた。ニッパ椰子の屋根が、猛烈な勢いで燃え盛り、火炎が空高く舞い上がっている。忌まわしい思い出の総てを焼き尽くすように燃えている。じっと回想にふけりながら眼を凝らしていると、もくもくと渦巻く煙に乗って、戦友の霊魂が、日本の空をめざして帰って行く。舟山、小室、佐藤、北山、青木、石田、芋岡、竹内、木村……兵隊も将校も、みな同じ雲に乗って日本に帰って行く。

熱で局部的な旋風が発生しているのか、椰子の葉が大きく揺れている。右に左に揺れている。その風景は、われわれの生還を祝福して手を振って見送っているように映った。

祖国の土

次の朝、気づいたときには、すでに船は動いていた。昨日の興奮の余韻《よいん》もまだ船内には残っていた。夢にまで見た白い飯が、いよいよ現実となって現われた。山盛りの白い粥に、涙がポタポタと滴る。なんの涙か、各々が異なった回想をめぐらしながら、黙々と箸を動かしていた。

「うまいなー」

溜息混じりの声がした。常人なら余すほどの食事の量でありながら、カラカラに乾いている胃袋は、なおもひもじさを訴える。厨房室に紛れ込み、食糧を掠《かす》める者が後を断たなかった。その度ごとに炊事の屈強な係員が現われ、疑いの眼差しを注ぎ言葉きたなく罵《ののし》る。まったくの濡衣《ぬれぎぬ》にも、反論する気力も余力もない。彼らの罵声を聞き流していた。

看護婦の白い美しい顔も、腰の曲線美も、まったく眼中になかった。飢えは色気も性欲も完全に奪っていた。ある夜、後部のデッキで映写会があった。久し振りの映画とあって、大勢の患者がデッキを埋め、涼しい海風を受けながらエノケンの喜劇映画を観ていた。久し振りに見るエノケンの独特の顔、しぶい声のセリフ、テンポの早い喜劇にも、笑いもなければ涙もない。途中、一人立ち、二人立ち、終わる頃には、席はがら空きになっていた。娯楽を吸収する余力がなかったのであろう。

二千余名の悲喜こもごもを抱えた氷川丸は一路、北上を続けていた。不思議なことに誰一人船酔いする者がいなかった。私は、これまで、大は航空母艦、小は漁船にまで乗って航海したが、そのつど船酔いには悩まされた。トラック島から、駆逐艦に便乗してラバウルまで航行したときは、丸二日間も食事が全然喉を通らず、狭い船にグロッキーになっていた。

敵機の空襲や潜水艦の出現に、神経を尖《とが》らし、張りつめた状態であっても、船酔いには悩まされていたことを思うと、船酔いは精神的構造ばかりとも思えなかった。今度は衰弱の甚だしい体で乗り合わせていながら、誰一人船酔いしていないのが不思議でならなかった。

私たちは船内を散策することもなく、部屋に閉じ籠り横たわっていたが、ときには車座になって、看護婦や船員から得た断片的な情報をもとに、日本の様子を語り交わすこともあった。ピカドン、闇市、疎開など初めて耳にする言葉もあって頭の中の整理もできないが、どんな社会がわれわれを待っているのだろう。すでに心は日本の土を踏んでいた。目を輝かして語り、話は弾むこともあった。

こうした話の輪の外にあって、いつも人の唇の動きを追っている軍曹がいた。彼はマラリヤ熱に聴力を奪われ、耳が聞こえなくなっていた。周囲の者が気づかって、「班長殿」「班長殿」と労《いたわ》り、身の回りの世話をしていたが、やがて「班長殿」と呼ぶ組織からも抛《ほう》り出されたとき、彼はどのようにして生きて行くのか。他人ごとながら、哀れでならなかった。日一日と、日本に船は近づきつつあった。ここまできても、生命の全エネルギーを使い果たし、日本の土を目前にしながら、息を引き取る者があとを断たなかった。このときの状況を記した、高橋茂氏の著書『氷川丸物語』に、ムッシュ島からの引き揚げ船内の模様が記されている。その中に「一夜にして三十六名も死亡した夜があった」と記されている。如何に悲惨な状況であったかが察せられよう。

悲喜交々《こもごも》、さまざまな回想をのせて、氷川丸はひたすら北上を続けていた。

昭和二十一年一月二十四日の朝、まだ薄暗いころ、

「日本の山が見える」

と叫ぶ声に暁の夢を破られた。どっとデッキに出る。ほんのりと白んだ空との境に黒い山肌が見える。確かに日本の山だ。万感胸に込み上げる。

「俺は帰ったぞ」

「俺は生きているぞ」

大声で叫びたい。だが感極まって声にならない。肌を刺すような寒風も気にならない。

じっと見入っていたが、

「患者さんは部屋に戻って下さい」

「患者さんは中に入って下さい」

と叫ぶ看護婦の声にうながされて部屋に戻った。

やがて、船の速力を落としているのが、私たちの船室にも震動音となって伝わってきた。

「いよいよ浦賀港だ」

逸《はや》る心を押さえて次の指示を待った。ようやくデッキに出てもよいという伝達があると、

われがちに狭い出入口に患者たちはどっと押し寄せた。デッキはたちまち大勢の患者で埋まった。船はまだ動いている。ゆっくり岸壁が近づいている。桟橋に大勢の出迎えの人影も見える。幟《はた》を持っている人もいる。手を振っている人もいる。感無量で思わず胸が熱くなる。手を振って応答する者もなく、叫ぶ者もない。ただ感動に押し流されて、茫然として眺めていた。

突如、背後のほうで、大きなわめき声がした。マラリヤ熱で発狂した患者だった。狂った彼にも日本に帰った喜びが理解されたのであろうか。しばらくの間、彼のわめき散らす声のみが、辺りを支配していた。するとやにわに彼は人を押しのけ前に出ると、手摺りを乗り越え海に飛び込もうとした。付き添いの看護婦が引き摺られている。周囲の者が手を貸してようやく押さえたが、彼はなおももがき動く。看護婦は制止する声さえなく、涙を流しながら彼の腰に必死に縋《すが》っていた。

桟橋に第一歩を踏みしめた。別に変わった感触はない。

「夢にまで見た祖国の土を俺は、いま踏みしめているのだ」自分自身に言い聞かせた。また新たな感動が湧き返っている。一歩、二歩と、踏みしめるように日本の土の上を歩いた。桟橋の出入口付近に、米軍の屈強なＭＰが二人、われわれを威圧するように立っていた。ボロを纏《まと》った兵たちは、乞食の群れのように、彼らの前をすごすご通り抜けて行く。ＭＰは階級章を付けている者を発見すると、やにわに手を伸ばして無言のままむしり取った。なんたる屈辱。哀れ、やるせない感傷がうずく。その反面、末端兵として長い間階級によって虐《しいた》げられた生活から解放された喜びの声が、脳裏を駆《か》けめぐっていた。激しい感情の波が右に左にゆれ動いていた。

出迎えの大勢の人々が、一斉に押し寄せてきた。

「ご苦労様でした。どこの部隊ですか」

「○○部隊はご存じありませんか」

手に手に掲げた幟《のぼり》にも、「○○部隊、○○○」と大きく書いてある。どれもが私の記憶にないものばかりだった。出迎えの人々も、血眼《ちまなこ》になって肉親の名を叫び続けていた。慌ただしく声が乱れとんでいる。肉親を探し求める必死の叫び声、血走った目が恐ろしくなった。祈るように待ち焦れた船に夫や息子の姿を見出せなかった人々の心を思うと、この人々の目が怖くなった。私は逃げるように、この群れから遠ざかり、出迎えのトラックの荷台に乗った。

逃亡兵

氷川丸で帰国した患者のほとんどは、久里浜国立病院に収容された。前の船で帰国した患者の一部も入院していて、病室は超満員の状態であった。私たちの病室は、病室とはほど遠い兵舎のような細長い建物で、通路を挟んだ一段高い板張りの床に、藁布団《わらぶとん》を敷いてベッド代わりにしていた。

この病院は、前の海軍病院で、食器類も海軍の瀬戸引きの物を使用していた。海軍の食器は陸軍と異なり、汁碗のほうが飯碗より一廻り大きい。病院側は長い間、餓《ひも》じい生活をしてきた者たちへの配慮の表われであろうか、その大きい汁椀のほうに、白い粥を山盛りにして配ってくれた。

普通なら充分に過ぎる量であったが、私たちはペロリと平らげなおも不足を訴えていた。長い間、気候、風土、食物、すべて異なった暮らしをしてきて、われわれの体の構造までが変わってしまったのであろうか。不安になった。

次の日は朝から診察があった。診察室の前の廊下で長い列をなして順番を待っていると、若い二人の看護婦が病床日誌（カルテ）を片手に照合確認しながら近づいてきた。私の前までくると、カルテと私の顔を見比べながら、一人が懐かしそうに話しかけてきた。

「おめーさん、小浜《おばま》かい」

懐かしい郷里福島訛り丸出しの言葉だった。

「おらー、本宮だ」

私は親しみを込めて返事をした。

「そうですか。本宮ですか」

女学生のような初々しい顔をしげしげと見ると、

「小浜の町は、燃えてしまったぞい」

「えー、爆撃にやられたんですか」

驚いて問い返すと、

「おらー、なんだか知らねいが、去年の春なんだ」

「あのー、私の家は下長折という集落なんですが、下長折も焼けたんですか」

真っ先に自分の生家の安否を気づかって尋ねた。

「よー判らねいが、小浜はみんな焼けてしまったんだど」

私は愕然《がくぜん》として立ち尽くした。いつの間にか彼女らの姿は視界から消えていた。

時間が経つにつれ、私も少しずつ冷静になり、いくら米軍の空襲が激しかったにせよ、あの山の中の集落まで爆撃されるようなことはあるまいと思うようになった。

もっと詳しく、郷里の状況を知りたいと思い、その後も折にふれ、彼女らの姿を探したが、それっきり会わなかった。
二、三日経った頃、病院側は病棟の隣りの洗濯場に、家庭用の木製の浴槽を設置して、入浴を勧めてくれた。われわれの身辺を気づかってくれる配慮が、涙が出るほど嬉しかった。
「やっぱり、日本だ」

母の懐に抱かれたような気になった。比較的元気な患者が使役に出て湯を沸かして、交代で入ることにした。病室には暖房の設備がない。寒気も誘って、多くの患者が浴場に集まり、赤々と燃える焚火を囲んで、和気あいあいと話がはずんだ。

密林に三年。孤立した社会から、急に放り出されたわれわれには、目にするもの、耳にするもの、総てが戸惑いと驚きであった。

外出から帰った患者が、得意気に語りかけた。

「街の屋台にあった、みかんの皿盛りが十円もする」

「馬鹿な、みかんが十円もするわけあるめえ」

「お前、それは十銭だよ。円と銭の見間違いだろう」

「南方ボケで、円も銭も忘れたのか」

彼の情報はみんなからは相手にされなかった。彼は憮然としてふくれていた。

「アハハハー」

大きな笑い声がまた一段と大きくなった。首までどっぷりと浸る。三年ぶりの湯の感触が膚を通して浸み込み、心の中にまでぬくもりが広がってゆく。周囲の笑い声を聞いていると、ようやく人間が戻ってきたような気になった。忌まわしい思い出も、垢と共に洗い流せよとばかり、ごしごし洗った。入浴のあと、上がり湯の鍋から熱い湯を水筒に詰めて持ち帰り、湯湯婆《ゆたんぽ》代わりにして暖をとった。

夏衣袴《なついこ》のまま上陸して寒風にさらされていたが、寒気は意外と感じなかった。だが、二、三日経って興奮が覚めたこの頃から、猛烈な寒さに襲われた。熱帯に馴らされた身体が、日本の真冬の中に放り出されている。寒さを感じなかったのがむしろ不思議だ。この病室には暖房設備は全然ない。水筒の湯湯婆が唯一の暖房であった。湯が冷めると、また浴場に足を運んで、熱い湯に換えて暖をとった。

私たちは、ニューギニアに上陸してから、丸二年以上の俸給が遅配になっていた。

ある日、その俸給の内払いとして、金百円也を受領した。いよいよ貨幣社会の仲間入りをする。日本の社会は、総ての価値がお金に換算される。一金百円也は、大層な金額に思えた。同時に通信用にと、軍用ハガキ三枚が配られた。早速、郷里の父母に帰国の便りを書き始めたが、丸三年、文字とは縁遠い生活。全然文字にも文章にもならなかった。三枚とも書き損じて、差し出すのを断念した。

「突然帰って驚かしてやろう。今から帰れば旧正月には間に合う（当時、東北地方の農村は、旧暦で正月を迎えていた）。日本も食糧は大分不足している模様だが、俺の家は農家だ。餅ぐらいはあるだろう」

と思うと矢も楯《たて》もたまらず飛んで帰りたい気になっていた。

上陸してから、四、五日経った頃から、配られた粥が充分体に滲み込んだのか、私は残すようになった。だが、周囲の人々はまだまだ食欲旺盛であったので、その人々にお裾分けした。左隣りの患者とは、枕を並べて寝ていながら、一度も親しく言葉を交わしたことがなかったが、隣りの誼《よし》みで彼にも交互にお裾分けしていた。

だが、どうしたわけか、彼はろくに返事さえしない。彼は、誰とも親しく話を交わすこともなく、頭から毛布を被って終日臥《ふ》せていた。何が原因なのか不審な男だ。食欲の旺盛であるところから察すると、さほど体調が悪いとも思えない。へんな男と隣り合わせになったものだと、あきらめていた。

一月三十一日の夕食後、明二月一日付けで、地方の国立病院に転院する旨が発表された。看護婦が、軍隊口調、それも官等級付けで氏名を読み上げ、病院別の照合確認をしていた。名簿の氏名を次々と呼んでいたが、「陸軍一等兵、○○○」と呼ぶと、隣りの男が「ハイ」と返事した。途端に私は、不審を抱いた。

〈ニューギニアからの帰国者は、少ない者でも三年兵以上だ。いくら成績が悪くとも、上等兵にはなっているはずだ〉と思って彼の顔を見ると、彼は困惑したような顔をしていたが、やがて、恐る恐る申し出た。

「自分は、陸軍刑務所に行くのですか」

看護婦は横目で、ちらっと見て忙し気に、

「誰が陸軍刑務所に行けと言いました」

彼が返答に窮して沈黙していると、

「もう、陸軍刑務所などありませんよ。あなたは、国立○○病院ですよ、判りましたね」

彼は、看護婦の言葉が理解できないのか、呆然《ぼうぜん》としていた。

その夜、ようやく彼は、重い口を開いてぼそぼそと私に自分の辿《たど》った経過を話した。

彼は、昭和十九年九月、ブーツ付近で所属部隊に見放され、重病者ばかり五名と一緒に置き去りにされた。密林に籠っていたが、そのうち一人死に二人斃れ、遂に彼一人になってしまった。昭和二十年十二月中頃、入江で魚を採っているところを先住民に発見されて豪軍に突き出された。その後、ウエワクの捕虜収容所に移されていた。彼の断片的な言葉を繋ぎ合わせると、以上のような内容だった。

彼は、祖国の敗戦を知らず、自ら逃亡兵と思い込んでいる様子だった。私は彼のあまりな無知に驚いた。密林内の長い孤独な生活で、精神構造まで狂ってしまったように思われた。

彼は、逃亡兵という重圧に悩み苦しみ、氷川丸の中でもこの病院に着いてからも、周囲の者に耳を傾けることもなく、語りかけもせず、独り臥せて「逃亡兵は極刑」に悩んでいたのだと思うと、気の毒でならなかった。

私は諭すように、「去年の八月十五日、日本は降服した。現在は陸海軍も軍法会議も陸軍刑務所も存在しない。希望すれば、明日にでも郷里に帰れる自由の身である」などを説明した。さらに安達軍司令官の言い残した、「身体が完全によくなってから、家郷に帰れ」と言った言葉も付け加えた。

彼は私の顔を見て何度も頷《うなず》いていたが、やがて喜びが込み上げてきたのか、くしゃくしゃにゆがんだ顔から大粒の涙があふれ出た。だがこの男は幸運のほうだった。直接原隊に復帰していたら逃亡罪の汚名を被《かぶ》せられ、処刑されていたかもしれない。

ムッシュ島にいるときにも、逃亡罪で処刑された話は数多く耳にしていた。その処刑の多くは、終戦後に行なわれている。戦争も終わり、やがて陸海軍も消滅することが判っていながら、なぜ処刑を急いだのだろうか。しかも、ニューギニアでの逃亡兵と断罪せられたそのほとんどは、この男と同様に重病者で歩行困難であったが故に見捨てられた者だ。または、行軍の途中で落伍した者で、逃亡を意志的に行なった者ではない。

私の中隊のF一等兵は、准尉の当番兵として、准尉と行動をともにしていたが、病に倒れ落伍した。約二ヵ月後、先住民集落で病を養《やしな》っているところを発見され、先住民に担われて原隊に帰ったが、准尉は自分の身の回りの世話していた当番兵にも、情け容赦なく逃亡兵の汚名を被せ、処分を本部に委《ゆだ》ねた。それから三日後、Fは、逃亡罪の汚名を背負ったまま病死した。

このように、状況判断も情状酌量も一切加えられず処刑されては死んでも浮かばれまい。敵弾に倒れ、あるいは、運つたなく病に斃れたのならいざ知らず、同胞に殺されては、死んでも死にきれまい。

戦争も終わっている。この時期、現場の指揮官の裁量一つで極刑にしなくともすんだはずだ。同じ塗炭《とたん》の苦しみを共にした仲間を一人でも多く日本に連れて帰ろうとした指揮官はいなかったのであろうか。部下思いで有名だった安達軍司令官は、この件についてはどのように処置せよと命じていたのか。

すべては雲の上の出来事で、われわれ末端兵には知る由もなかったが、戦争という悪魔が、人間を狂わせ、日本の軍隊の性格が、人命を軽視していたように思われてならなかった。

リンゴの歌

次の日、転院先の病院別に集合して出発時間の迫った頃、被服の支給をめぐって騒ぎが発生した。病院では寒冷地方面に帰る者には特別に外套を支給していたのに、着用してない患者を発見した看護婦が不審を抱いて発言したのが発端だった。見ると外套ばかりではない。靴も受け取っておらず、ボロ靴のままの者もいた。

使役に出て被服を受けとり、配分した者を取り囲んで詰め寄った。使役たちは、受領した品物は、員数どおり将校の病室に運んで将校の指示に従って配分したと、顔面蒼白になった。

「今さら何で将校の指示に従わねばならんのか」

「彼らに、何の権限があるんだ」

使役も散々になじられた。みな騒然となって、将校の病室に押し寄せた。将校の病室にはすでに出発した将校もいて、大尉が一人残っていた。押し寄せた兵隊たちの異様な剣幕におどおどしている。観ると、室の隅に二足の新品の靴があった。

「その靴は、どうしたんだ」

「散々兵隊のピンハネしていながら、この期に及んでまだチョロマカす気か」

「バカヤロー、いつまで将校面している」

長い間虐げられていた者の憤懣《ふんまん》が、一気に爆発した。兵隊たちはどっと室に崩れ込んで、手あたり次第将校の私物まで強奪して持ち去った。

だが、私に配られるはずの外套はなかった。その代わりにと言って病院からもらった古い薄汚れた毛布を、私は頭から被って引率の看護婦に従い久里浜駅まで歩いた。

プラットホームに立つと、寒風が膚を刺す。がたがた震えて立っていられない。毛布を頭から被り、コンクリートの床に座り込んでいると、改札口のほうから奇麗な娘さんと連れだってくる、足立隊長の姿が目に入った。反射的に思わず直属上官に対する直立不動の敬礼。長い権威に対する習性は、一朝一夕には抜けていなかった。

足立隊長も私には気付かなかったようだが、恥ずかしそうに足立隊長に寄り添って歩いていた娘さんは、恋人か、妹さんか？　彼女の持参した煎り豆をポリポリ頬張りながら、足立隊長は電車を待っていた。長い間、生死を共にした足立隊長に歩み寄り、別れの挨拶をする心の余裕をそのとき私は持ち合わせていなかった。

窓は板張り、シートの破れたボロ電車に乗って、一行は転院先の国立柏病院に向かった。暖房もない車内に、板張りの隙間から寒風が遠慮なく吹き込んできた。私は破れた窓から祖国の風景を目を凝《こ》らして眺めていた。

やがて入隊前に住んでいた横浜、鶴見付近を通過した。街は一面焼け爛《ただ》れ、瓦礫《がれき》の街と化していた。人影もまばらな街、あのときの人々は今この寒空の何処《どこ》に住んでいるのであろう。

あまりにも変わり果てた街並みに、ただ呆然として眺めるだけだった。

入隊前勤務していた東芝の工場は、今どうなっているのだろう。そこに働いていた仲間たちはどうして暮らしているのだろう。気になることばかりだった。古き回想とともに、知人友人の顔が次々と瞼に浮かんでは消えた。

上野駅で、常磐線に乗り替えの待ち時間が一時間近くあった。付き添いの看護婦が、

「駅前の闇市に何でもありますよ。時間まで見ていらっしゃったら」

と勧めてくれた。比較的元気な患者は、先を争って出て行った。私はその気にもなれず電車内で待つことにした。発車間際に患者たちは手に手に鯣《するめ》をしゃぶりながら帰ってきた。久し振りの娑婆《しゃば》の風に触れた満足感が顔に充ちていたが、みな異口同音に物価の高騰に驚いていた。

「この鯣が俺の命をかけた一ヵ月分の俸給だからな」

溜息を洩らしながら、鯣をしゃぶっていた。

柏病院に到着して大部屋に通され、装具を解く暇もなく、私は夕食の食事当番に駆り出された。炊事場に行くと大きな食缶に高粱《こうりゃん》入りの黒い飯を移していた。この病院は、元の陸軍病院。陸軍は海軍に比べて給与が悪いということは常識であったが、同じ日本の国立病院でもこうも極端に異なるものか。前の久里浜病院の、白い山盛りの粥を思い浮かべながら、湯気の立ち上る高粱飯を見ていた。これでもニューギニアの先住民集落の、豚も見向きもしないようなサクサクパンを思うとぜいたくは言えない、などと思いながら見ているうちに、意識がもうろうとして倒れてしまった。

その夜半、私は幻想の世界にいた。闇の中をしきりに模索《もさく》していたが、真っ暗闇で何も見えない。

「ここは、どこなんだろう」

じっと暗闇に目を注いでいた。すると枕元のほうから、かすかに灯りが洩れていた。鈍《にぶ》い回転ではあるが、ローソクの灯りを頼りに本を読んでいる看護婦の姿が幻《まぼろし》のように映った。一心に本を読んでいる白衣の姿が、幻想のように思えた。

「ここは、どこですか」

と私が声をかけると、

「ああ、気がついた。お母さんが来ますよ。頑張るんですよ」

「どうして母が来るのだろう。帰国の知らせも出してないのに」

としきりに考えていたが、再び混沌として、その後は覚えていない。

次の日の夕方、慌ただしくドアを開閉する物音に私は昏睡状態から目覚めた。母のおどおどした顔が瞼に映っている。幻《まぼろし》か、夢か判然としない。母の肩越しに、沈黙のまま、目を潤《うる》ませている長兄の顔も見える。母は手を私の頭に当てた。栄養失調で頭髪も抜け落ちている私の頭に手を当てたまま、母は何も言わない。変わり果てたわが子の容相を、どう感じたのだろうか。いつまでも黙っていた。

看護婦が、

「お母さんですよ。しっかりするんですよ」

としきりに、私の体を揺《ゆ》すった。

炊事場で倒れた後、私はこの個室に移された。危険状態と診た病院側が、病床日誌に記載してある本籍地に電報を打った。母と兄がすぐさま駆けつけたのだった。

その夜から、母は付き添って看護してくれた。栄養失調による衰弱、胃潰瘍、それにマラリヤによる発熱も重なり、私はこの悪循環に悩まされた。

医薬品も極端に不足していた時代、病院がせっかく工面した貴重なリンゲル注射も、骨と皮だけの私の大腿部には吸収しなかった。太い針が、痩せ細った私の大腿部に痛々しく刺さっていた。何時間経っても、一向に減らない薬の液面を見兼ねた母は、窓の外にそっと流した。

週に一度、院長回診があった。院長も困惑した表情で、衰弱を回復することが先決で、それには卵の黄味を多く摂《と》るよう母に告げていた。だが病院からは、卵の支給は全然なかった。付近の店にも売っていなかった。郷里で買い集め、父と姉が交互に運んできた。汽車の切符も容易に手に入らなかった。闇で求め、伝《つて》を頼っては手に入れ、父と姉がせっせと卵を運んでくれた。

私の個室のガラスは破れ、紙で塞いだ窓に北風が容赦なく襲う。小さな火鉢に木炭を燃やし、暖房兼炊事用に当てていた。

この室の電球の芯が切れていたが、代わりの電球がなかった。毎晩ローソクの灯で過ごすといった極端な物不足の時代だった。

捗々《はかばか》しくなかった私の体がようやく回復のきざしを見せ始めたのは、この個室に移ってから三週間ほど経った頃だった。その頃にこの室にニューブリテン島から引き揚げた重病の長谷川兵長が入室した。彼は九州出身であったが、彼の母も九州からはるばる駆けつけ、日夜看病していた。彼も栄養失調による衰弱だったが、余病がなかったので回復が早かった。一週間も経つと見違えるように元気になった。

毎日単調な看護の生活に、二人の母親たちは飽き飽きしていた。九州と東北といった土地柄に好奇心を抱いたのか、互いに世間話を交わしていたが、九州訛りと東北訛りとあっては、なかなか話がかみ合わなかった。互いに間の抜けた返事をしては、あとで気づいて笑っていた。

三月三日のひな祭の日、病院からみかんの缶詰の特配があった。美味そうに食っている長谷川に刺激され、私も半分ほど食った。途端に胃袋が引き裂かれるような激痛に襲われた。脂汗が流れ、顔が歪《ゆが》んだ。看護婦が痛み止めの注射を打ったが、激痛が止むのはほんの一時だけで、また猛烈な痛みが襲ってくる。呻き声に耐え兼ねた母が何度も看護婦室に足を運んで縋《すが》ったが、麻薬中毒を恐れて取り合ってもらえなかった。七転八倒の苦しみのうちに夜が明けた。

この体力の消耗がわざわいして容態が後退していった。同室の長谷川は、すっかり元気を取り戻し、母親と連れだって九州の病院に転院になって行った。その後ろ姿を、私の母親はさびしそうに見送っていた。

入れ代わるようにEという患者が入室した。彼はこの病院とは利根川をはさんだ目と鼻の取手在の出身だった。次の日、両親が揃って面会に現われた。父親からもらった名刺には村長の肩書が印してあった。どうしたわけか両親は付き添って看護することもなく帰っていった。Ｅの容態は決してよくない。むしろ腸結核の末期的症状のようにみえた。血便を垂れ流し、その始末を私の母親がしていると、彼は途切れるような声で礼を言っていた。

彼は内地勤務で終戦になり、いったんは家に帰っていたが、病状が悪化して民間の病院で養生していたようだった。腸結核という病を恐れてか、家族も親族の人々も寄りつかなかった。時折姿を見せるのは母親だけだった。死期の迫った頃、母親が駆けつけ、夜を通して介抱していたが、二日目に遂に母親の胸に抱かれながら、Ｅは息を引きとった。遺体に縋って泣くＥの母親の姿が、痛々しくてならなかった。

三月の中頃になって、私もようやく自分の足で歩けるようになった。嬉しくて仕方ない。長い廊下を二本の足で確かめるように歩いてみた。喜びが込み上げてくる。喜びはむしろ私より母のほうが大きかったかもしれない。

大部屋の患者に、ニューギニアから帰国したＫという男がいた。彼は衰弱もほとんど回復していたが、東京の家が戦災で焼け、家族の行方も判らず、病院に踏みとどまっていた。江戸っ子気質で人当たりも好く、私の母の大のお気に入りで、この室にも毎日のように訪れては、茶を飲み干し柿を食っては戦場の苦労話をしていた。

この頃になると私の回復の報せで郷里でも一安心したのか、頻繁《ひんぱん》に運んでくれた郷里からの物資も途絶えがちになっていた。困窮したのは木炭だった。母は病院の焼却場の跡地で消《けし》炭《ずみ》を拾い集めていたが、それも底を尽き、指先くらいの小さなものまで集めてきた。

この状況を察したＫは、どこで拾ってくるのか、大きな消炭を持って私たちの部屋を訪れた。消炭だけでなく、卵やほうれん草といったものまで持っていたので、私の母は彼からしばしば買い求めるようになっていた。病院内には、Kの他にも半ば闇ブローカー的存在の患者が相当いた。病院内で被服やお金を集め、付近の農家をめぐっては米や卵、野菜に代え、病院内で売りさばいていた。

ある日、Kが慌ただしく、私たちの室に飛び込んできた。

「おばさん、ちょっとこれを預かってくれ」

と、私の母に言うと、室の隅に包みを置いて急いで出ていった。間もなく、四、五人の患者が押し入って、この包みを発見すると、

「野郎、こんな所を隠し場所にしていたのか」

包みからは、防寒袴下《こした》が出てきた。

「これは盗品だ。いつも怪しいとは思っていたが、この室とは気づかなかった」

あたかも私たちが共犯者であるかのような眼差しを注いで帰った。馬鹿らしく、弁解する気にもなれなかった。田舎者の母はただ驚いておどおどしていた。

「あの親切なKさんが、人様の物を盗るような人とは思えなかった」

と一言。母はすっかり気落ちしていた。

それっきり、Kはこの室には姿を見せなかった。この事件があって一週間ほど経った三月の末、元気を取り戻した私を残して、母は二ヵ月ぶりに郷里に帰った。その後ろ姿は足どりも軽かった。

四月二十日、かねてから希望していた郷里の福島県郡山国立病院に転院の日がきた。弟に出迎えられ、弟と共に水郷線経由で郷里に向かった。緑の麦畑。黄色一色に染まった菜の花

畑。寺院の庭にひっそりと咲いている桜の花。野も、山も、里も、日本の春の真っ只中を、ローカル列車は、急ぐこともなくガタゴトと走っていた。

死の島ニューギニアから、命を蘇《よみがえ》らせて俺は今ようやく故里に辿《たど》りついた――。ただ呆然《ぼうぜん》として車窓の風景を眺めていると、やがて安達《あだ》太《た》郎《ら》山の優雅な姿が視界に入った。

この山の頂上付近の姿が、女性の乳房に似ているところから、この地方の人々は、乳首山と呼んで親しんでいた。この山が、雲に覆われれば、次の日に雨が降り、この山が雪化粧すると秋の採り入れを急いだ。私はこの山に明日の天候を尋ね、この山に四季の移り変わりを教えられて少年期を過ごした。

日本の国中が、戦勝の喜びに酔っている頃、私も血を躍らせて、この乳首山に別れを告げて軍隊の門を潜った。あの日から四年有余。国敗れ、南の地獄の島から身も心もボロボロになって故郷に己が身をさらしている。乳首山は、この日も少女のような白い胸を、覆おうともせず私を迎えていた。

途中、生家に一泊してから病院に行くことにして二本松駅で降りた。駅前からおんぼろの木炭バスに乗ると、すでに車内は満員だった。老婆が足元の大きな風呂敷包みを寄せながら、

「兵隊さん、こっちに寄らっせ。ご苦労さんだったない」

と大きな声で席を空けてくれた。薄汚れた毛布を持って立っていた乞食のような私の姿に、車内の人々の目が一斉に注がれた。

下車するバス停に姉が、待ちかねた様子で立っていた。ふと見ると、姉の足元に見知らぬ男の子が、二人まつわりついている。

「この子はどこの子」

と姉に尋ねると、

「うちの子だよ、義姉さんの子供だよ」

と姉は笑った。「俺が入隊した後に、二人も生まれていたのか」よちよちあるく甥の後ろ姿を見ながら、この戦争で、多くの人々の死のかたわら、こうした新しい生命の誕生のあったことを思い知らされた。

ニューギニアの草原で、行軍の途中に倒れたとき夢に見た、わが家の茅葺屋根が見えてきた。頑固なまでの面構えの屋根が私の帰りを待っていた。四年前に別れを告げたときとちっとも変わらない。わが家の茅葺屋根に胸がつまった。

家には、近所の人々まで集まって、私の帰りを待っていてくれた。隣家のおみさ婆さんが、

「その体で、よくも帰ってこらしゃった」

と福島訛り丸出しで、涙を流しながら私の頭のてっぺんから足の先まで見ていた。

郡山国立病院に移って十日ほど経った頃、マラリヤの再発に苦しんだ。激しい悪寒、その後に続いた高熱に聴力も奪われ、さらに、ジージーと鳴く油蟬の鳴き声のような耳鳴りに悩まされた。せっかく生きて帰っても、耳が聞こえないでは、この先どのようにして生きて行けばよいのだ。一寸先が真っ暗になった。

数日後、治療の甲斐あって左耳の聴力は回復したが、初年兵のとき殴られた右耳の聴力は遂に戻らなかった。

この郡山病院は、医師や看護婦も少なく、給与その他の設備の面でも久里浜病院や柏病院

とは比較にならないほど貧弱であった。何より困ったのは、南京虫の襲撃であった。

夜の消灯を待ち兼ねていたかのように、四方から一斉に、ごそごそ南京虫が這い出してくる。天井から飛び降りる奴もいる。腹部に、下肢部に、びっくりするほど痛く喰いつく。虱《しらみ》には慣れていたが、南京虫との攻防戦にはほとほと閉口した。

神経を尖らせて寝る毎晩で、すっかり睡眠不足になっていたので、日中は、つとめて散歩に出るようにしていた。野良には、田植え前の準備作業に忙しく働く農夫の姿があり、畦道《あぜみち》には戯《たわむ》れる子供たちの声がしていた。和《やわ》らかい春の日差しを全身に浴び、瑞々《みずみず》しい若草の上に仰向けに寝て白い雲を眺めていると、雲間に戦場で死んだ仲間たちの顔が次々と浮かんだ。自分が生きてここにいるのが不思議に思えた。

夢ではないか。忌《い》まわしい回想に浸っているうち、いつしか睡魔の虜《とりこ》になっていた。ふと気づくと、怪訝《けげん》な眼差しを注いでいる四、五人の男の子が、私の周りに立っていた。

私が意味のない笑いを浮かべて起きると、

「兵隊さんは、戦争から帰ってきたの」

「うん、南方のニューギニアという島からだよ」

「それでは、蛇や蛙を食ったー？」

私はぎくりとした。親か学校の先生からでもニューギニアでは蛇や蛙までも食っていたことを聞かされていたのであろうか。突然の問いに戸惑いながらも、

「うん、食っていたよ」

「じゃー、捕まえてあげる」

と言うが早いか、子供たちは四方に散って、七、八匹の蛙を捕まえてきた。

「サンキュー」

思わず、先住民集落当時の習慣が出てしまった。病院に持ち帰ったが、周囲の目を憚《はばか》って、内臓も取らずに飯盒に入れ、その上を野菜で覆い、隠すようにして火にかけた。煮えた頃合をみはからって、蓋を開けてみると、大きく脹《ふく》らんだ白い腹を仰向けにした蛙が、ぷかぷか浮いていた。見ただけでとても食う気がしない。胸が逆流する思いがした。数ヵ月前だったら、武者ぶるいで食ったであろうご馳走を、ごみ捨て場の隅にそうっと埋めた。

病棟の庭のほうから、患者と看護婦が『リンゴの歌』を合唱している声が、流れていた。

赤いリンゴに 口びるよせて
だまって見ている 青い空
初めて聞いた歌だった。これまでは、歌を楽しむ余裕がなかった。いま日本ではこんな歌が流行しているのか。ほのぼのとしたメロディーを聞いていると、心の芯まで温められるような感じになった。

病棟の周囲に植えてある花の散った桜の枝に、瑞々しい小さな若芽が力強く育っていた。その若芽をじっと見ているうちに、荒《すさ》んだ自分の心にも、この桜の若芽のように人間の小さな芽が芽生えてきているように思えてきた。

私も『リンゴの歌』の歌詞を口ずさみながら、リンゴの歌に聞き惚れていた。

おわりに

地獄の島、ニューギニアから帰還して四十年近くになる。あの悽惨な戦場に、私はなぜ生き残れたのかが、不思議だった。

東部ニューギニア派遣軍十四万人余りのうち、生存者は約一万人、生存率七パーセントと言われている。その中の一人として、私は生き残った。

私は、昭和十六年の徴兵検査では、第一乙種であった。太平洋戦争勃発直前であったためか、直ちに甲種に編入された。

私の所属した飛行六十八戦隊で、亡くなられた二百七十余名の人々の中に、栄養失調による衰弱死の方々が多くいた。私より筋骨の逞《たくま》しい人々が、ばたばた倒れた。運命と言うには、あまりにも不思議な出来事だった。

私は、復員以来、なぜ生き残れたかを、戦場での自分の足跡を、辿《たど》ることによって探《さぐ》って見たいと思っていた。運命の他に、何かあったのではないかとも考えていた。

私は、字が下手なこともあって、文章を書くことは、大の苦手だった。年賀状もろくに書いたことがなかった。だが、自分の体験記だけは、執念を燃やしても纏《まと》めたいと考え、仕事も退《しりぞ》いた昭和五十七年の秋から挑戦した。

断片的な記憶だけが頼りで、戦友会より配られた戦没者名簿を片手に、一人ひとりの面影を瞼に描きながら思い出を綴った。

戦友会の多くの方々よりいろいろな資料を寄せていただいた。とりわけ、私の上官だった高橋昌敏氏よりは、資料や情報の他に激励まで頂戴した。高田謹吾氏は、当時、軍の参謀部が使用していた、大きな現地の地図を複製して送って下さった。鈴木信治氏からは、鈴木氏が各戦線を肌身離さず持ち歩いていた、手帳のコピーを頂戴した。

こうして多くの方々のお蔭で、私の記憶の薄れていた部分を埋めることができた。

手記の半分ほどを書いたところで、思わぬ難問に突き当たった。それは、あまりにも異常な戦場の模様を赤裸々《せきらら》に書いたので、思わぬ人に迷惑をかける恐れだった。それに、ご遺族の方々に、古傷に触れるようなことを書いて、新たな悲しみの涙を誘うことに悩んだ。

こうした疑問もあって、半分ほど書いたところで手記は中断していた。

昨年の夏（昭和五十九年）、高橋昌敏氏の紹介で、トラベル・ライターの宮川雅代氏が拙宅を訪れた。宮川氏は、ニューギニア戦線の記事を書く資料集めの訪問だった。そのとき、私の書いた手記を参考までに差し出すと、宮川氏は、一読したのち、

「戦争の悲惨な姿も、旧軍隊の人命軽視の性格も、身をもって体験した人でなければ、ほんとうの姿が伝えられません。ぜひ残りを書いて纏《まと》めて下さい」

と、励まして下さった。さらに宮川氏には専門家の立場から、有益な数々のアドバイスも

頂戴した。

　このようにして、諸先輩の方々の、ご声援やご援助によって、長い間夢見ていた手記をようやく纏めることができた。

　誠に感謝に耐えず、厚く御礼申し上げる次第である。

　手記を書く動機となった、「なぜ生き残れたか」を探す旅は終わった。旅を顧《かえり》みて、運命と説明する以外には、やはり何も見あたらなかった。

　私は、その時々に接した、私の周囲の人々の善意によって救われた。私の所属した部隊の、足立中尉をはじめとした、先輩、同僚、後輩の人々によって支えられ、生きのびることができた。

　西沢軍医、杉浦中尉、佐藤英雄氏等との出会いがなかったら、今の私は存在しなかった。

　それに忘れてならないのは、現地住民の協力なくしては、生きながらえなかったであろうことである。

　わが部隊は、同じ集落に一年以上も生活していた。その間、何の報酬もなく、居住、食糧、労役に絶大なる協力、奉仕を、彼等は、惜しむことなく続けてくれた。彼等の人間愛に私は、ただ頭がさがり、彼等への感謝の気持で、私は胸が熱くなる。

　これらを含めて、私が生き残れたのは、「幸運だった」の一語に尽きる。

単行本　平成十五年五月　東京経済刊

NF文庫

7%の運命 新装版

二〇一七年十二月二十四日 発行

著 者 菅野 茂

発行者 皆川豪志

発行所 株式会社 潮書房光人新社

〒100-8077 東京都千代田区大手町一-七-二

電話/〇三-六二八一-九八九一代

印刷・製本 モリモト印刷株式会社

定価はカバーに表示してあります

乱丁・落丁のものはお取りかえ致します。本文は中性紙を使用

ISBN978-4-7698-3045-0 C0195

http://www.kojinsha.co.jp

NF文庫

刊行のことば

第二次世界大戦の戦火が熄《や》んで五〇年――その間、小社は夥しい数の戦争の記録を渉猟し、発掘し、常に公正なる立場を貫いて書誌とし、大方の絶讃を博して今日に及ぶが、その源は、散華された世代への熱き思い入れであり、同時に、その記録を誌して平和の礎とし、後世に伝えんとするにある。

小社の出版物は、戦記、伝記、文学、エッセイ、写真集、その他、すでに一、〇〇〇点を越え、加えて戦後五〇年になんなんとするを契機として、「光人社NF（ノンフィクション）文庫」を創刊して、読者諸賢の熱烈要望におこたえする次第である。人生のバイブルとして、心弱きときの活性の糧《かて》として、散華の世代からの感動の肉声に、あなたもぜひ、耳を傾けて下さい。